もりおか暮らし物語読本

わたしの盛岡

わたしの盛岡

どんなに時代が変わっても、
色あせないものがある。
それは、思い出のなかの原風景。
心のスクリーンに写される、
私だけの活動写真。
語り継ぎたい、
優しいもりおか。
話してあげたい、
わたしの盛岡。

目次

〈わたしの盛岡〉全120話

写真　松本源藏
カバーイラスト　ナカムラユウコウ
イラスト　杉本吉武
安倍文夫

わたしの盛岡

【第1話〜第120話】

本書はタウン誌『街もりおか』平成五年二月号から平成十五年一月号にかけて連載された「わたしの盛岡」を収録編集したものです。

私の銀メダル　1

「横川省三という人は、子供の頃は三田村勇治といって、わが仁王小学校の卒業生です。日露戦争の頃わが国の間諜《スパイ》として満州に渡り、服装も満人のように変えて調査を続けておりましたが、或る朝、川で顔を洗っているところをロシア兵に発見されて捕われ、遂に銃殺されました。命をかけて国の為に尽くした功績を永久に忘れることなく、私共の誇りと致しましょう」。先生は、概ねこのような説明をしたあとに、毎年、命日には旧桜山の墓へ揃ってお参りをしたものだった。

坂を登り切ったところにある横川省三の墓は堂々たる大きさだ。クラス毎に引率された私共は、班毎に墓前に手を合わせ、忠誠を誓うのだった。

左に旧桜山の高い石段を登り、旧藩主南部家の墓をすぎるとやがて展望がひらけ、高松池畔の神庭山に出る。そこにも横川省三の銅像があり、目は遠く満州の方向を見ているとか、鼻下の太い髭《ひげ》は特に印象的で、うしろに組んだ手の姿勢は頼もしい限りであった。唐獅子の背の碑文は、子供ながら心おどるものだった。神庭山は春夏だけでなく、冬も橇《そり》の遊び場で、池に向かって滑るスピードは断然豪快そのもの、息を大きく吸いこむようにして落ちていった。

或るとき、この〝横川省三と私たち〟というようなテーマで作文を書かせられたが、先生はこれを「観光報国週間記念、懸賞小学生作文」というのに応募したらしい。それが運よく一等となって国際観光局長から、賞状と賞牌が贈られて来た。賞牌とはメダルである。

親父は本物の「銀」だといって殊の外よろこんでくれた。（これは当時、昭和十三年の新岩手日報に掲ったキリヌキが残っている）

銀の価値はわからないまでも私も嬉しくて大事にするあまり、仏檀の引出しに入れたものだ。昭和十九年一月愛国の精神に燃える私は、海軍航空機整備兵に志望入隊した。

或る日親父から手紙が届いた。それには、国民は一斉に金銀供出すべしの「オフレ」が出たとかでお前の賞牌と、私が陛下から戴いた銀盃を供出したというものであった。

どちらも仏檀の引出しにあったと思うが、悔いても遅いというものだ。終戦後、復員して気づいたことだが、あの「オフレ」で神庭山の横川省三もまた、居なくなり、台座だけが残っていたのである。

バンキコーロン　2

何しろ牛肉は年に一度か二度食べる位だし、それもお客さんが来たとき、父たちが酒を飲みながらつついているのを横目でみながら、早く帰らないかなァと心待ちしている時に限るのだから尚更だ。残りの肉は勿論、糸コンの一本に至るまで鉄鍋に入れる。銅製の小さな七輪ふうのそれに、木炭を火箸で軽くたたいて砕くと、鉄鍋を割り箸でヒョイと持ち上げて入れる。途中から横に出ているレバーを左右にゆすると赤い灰がパラパラと下に落ちる。下から入る空気窓が小さな扉になっていて、さわるだけで楽しいの

だ。〝バカ、ヤケドするぞ〟と怒られながらもさわりたくて仕様がない。スキヤキのにおいは、鼻から頭に突きぬけるような感触なのだ。

その頃、夜になるといつも、うちの向かい側に屋台が店をひらいた。ヤキトリ屋である。手拭を首にかけた中年の男が、向かいの仙石さんの家の格子の隙間から電気のコードを出してもらってつないでいるのをよく見た。

寝る前に二階の窓を開けて下の屋台を見ると、プーンとヤキトリの、あのにおいがして生唾《なまつば》をのんだ。ときどき、この屋台に「サクラ肉」という張り紙が出ることがあった。サクラ肉って何だと不思議に思って父に聞くと、「あれは馬肉ヨ何故か《なすてだが》サクラ肉って言《そ》うんだ。馬肉っていえば、毎日《まいぬづ》馬を見《で》てるから、可哀そうで食《く》われネガラヨ。誰がつけたんだか《が》――」「ふーん」と私は何となく納得はしたが、〝ウシ肉〟といわないでギュウ肉というのもその理由かと思いながら、豚は豚肉だなアと、独り言をいう。

ある夜、何となく、惹《ひ》かれるように屋台の中をのぞいていた私の背中に〝源蔵、源蔵〟と呼ぶ声がする。しまった、親父にみられたと思ったが、〝ちょっと来《こ》う〟という。

「サクラ肉、そんたにたべてのか《が》。おらほは、何人だ。八人か、じゃ《すたら》十本たのんでこう」ときた。まもなく、〝お待ち《っ》どう〟と皿にのせたヤキトリ十本が届いた。父は、オカロと呼んでいた火鉢のまわりに子供らを並べて、一本ずつ渡す。〝オガさんも呼んでこ〟。私は、ヤキトリを食べる前に一寸鼻で嗅いでみる。いいにおいだ。親父は〝酒ッコあればもっといいな〟と言って笑う。残った二本はどうなる。私は即座に〝萬機公論ニ決スベシ〟と叫んだ。これは、その頃ジャンケンをバンキと言っていたから、大いに流行したのである。

〝ふろれたりや〟3

勧銀の裏手あたり、油町に銭湯があった。町の物識《ものしり》大林千次郎氏によると「日の丸の湯」だったという。番台のおじいさんは、めったに口《くち》をひらかず、目だけで、またきたな、わらしゃど、という感じの人だった。忘れてしまったが、子供は一人三銭とか五銭だったろう。板の上にのせた小銭を、手のひらで、サッとなでるようにして箱におとす。この人あとでわかったことだが、近くの神社の神主さんでもあり、元軍人でもあったそうな。

五人の弟がいた私は乳飲み児は別として週に一度くらい、ゾロゾロと連れてこの銭湯にいったものだ。下駄やズック靴をぬぐと、同じ下足箱の中に二人分ずつ入れる。重ねてある籐籠《とうかご》をとって来て、小さい弟たちの着物をぬがせる。裸になった弟は手拭も持たずに走るように湯槽《ゆぶね》の方にゆく「からだ洗ってから入《へ》るんだぞう」と叫ぶのも聞こえぬように。中はアルミの傘の下の裸電球でほの暗く、床は荒いコンクリートだから、踵《かかと》をこする軽石は持って行っても使わない。ヘチマに石鹸をつけて弟たちの身体を流すのが一苦労だ、じっとしてないのだから。胸から腹、股《もも》から足、それから背中をやってザーッと流す。ときどき、くぐり戸から三助が入ってきて、湯加減を聞きながら手を入れる。

「今日はムトーハップの日だ」と湯が、牛乳のような時があった。おふくろは「今日は、クスリ湯だった」と肌がつるつるすることをよろこんでいたが、私はあの匂いが独特で、好きでなかった。

或る日、親父が、据《す》え風呂を貰《もら》ってきた。風呂銭が節約できるということだったに違いない、何しろ人数だから。指物師だった父は、全く簡単に柱をたて、トタンの屋根をかけ洗い場に栗の板を敷き、杉板で囲い、丁寧なことに一枚の硝子窓もつけた。燃料は商売柄、木端《こっぱ》や鉋《かんな》がらがあったが、鉄砲の上から落としてやる方式だから、煙りがでようものならけむくてけむくて、おまけに夏以外は寒くて湯槽から出ても洗うのが億劫だ。「たらい」のあがり湯もすぐなくなって補充が間に合わないときた。貰ってきて小屋まで建てた父親は、ああいい気持だったなどと頑張っていたが、冬の隙間《すきま》風には抗し難く自然に中止した。かくして日の丸の湯からの帰りは、髪がハリネズミのようになったが、兄弟、手をとりながら、〝カアラアス、ナゼナクノオ〟と歌いながら戻る楽しみもあったのである。

少年倶楽部　4

その日の夕方、学校から帰るときは妙に顔が火照《ほて》るようだった。変だと思いながら、ふと横になっているうちに寒くなって布団《ふとん》をかぶった。「なに《ぬ》した」と布団《ふとん》をはがされるまでまるくちぢこまっていた私の顔をみたおふくろは額《ひたい》に手をあててから、あわてたように「おどっつあん、おどっつあん」と呼んだ。二階にあがってきた親父は、私をみるなり、サッと抱き上げ「加藤さんだな、こりゃ」といった。

私の家の三軒隣に加藤医院があった。厚い板に彫られた文字が白く浮き出している看板の「醫」の字はいまだ、印象深い。

横抱きされたまま、玄関口で「先生《しぇんしぇ》、お願《ねげえ》しやんす」と叫ぶ親父の首にすがって固くなっているとまもなく、着物の上に白衣の袖を通しながら縁無《ふちな》しの眼鏡ごしに上眼づかいの先生が出てきて、「罰当《あだ》りのワラスだな、いつだり具合悪くして」などという。

我が家に戻ると、おふくろは、桐の角火鉢に赤くおこした炭を十能に入れてきて、ホーローの洗面器をのせてタップリと熱い湯をそそぐ。室の空気をあたためて過ごすように言われたという。こうして二階に隔離されたが、あとで聞くと「疑似猩紅熱《ぎじしょうこうねつ》」だったとか。

この時、丁度夏休みに入る直前だったから学校はそのまま休むことになり、のち一ヶ月近くも閉じこもることになった。熱が下がっても室から出られない。小用は「オマル」にしゃがんだ。家族に伝染する恐れがあるということだった。

八月になって間もなく、松尾鉱山で先生をしている従姉妹が遊びにきて、私の寝ていることに驚き「少し、待っててネ」とふたたび外に出た。

「これお見舞、元気出して」と渡されたのは、附録のいっぱいついた「少年倶楽部」八月号だった。まばゆいばかりの本に私はあまりの感激で声もでない。友達から借りても一日だけだよと言われるような本だ。嬉しくて楽しくて、読み終わっては又読み、何度読んだかわからない。伊藤幾久造《きくぞう》や鈴木御水《ぎょすい》の挿絵など、今でもはっきり覚えている。枕もとに置いて一刻も離さなかったし夏休みが終るころには暗記してしまった。この少年倶楽部は私が入隊するまで大事にしていたが、この本をくれた従姉妹は、一昨年病で、亡くなった。

転校生　5

それは太平洋戦争の始まる少し前のころだ。仁王学校というのは、地域的にも農家の子どもが、半数以上いたのではないかと思う。だからかも知れないが、相応に都会風でなかったから、城南小学校や桜城小学校の子等とは、なじまないばかりかハヤシことばで応酬したものだ。

そんな風潮のある日、私らの組に転校生が入って来た。千葉県から来たという。長髪白い襟の洋服を着て、半ズボンに靴下といういで立ちである。こういう徹底した都会型のスタイルは、本では知ってても、実物は皆無にひとしかったから好奇の目を向けたのはいうまでもない。

先生の紹介でJ君と名前がわかったが、放課後になって驚いたことは履物が皮靴で、足の踝《くるぶし》でピチピチとホックをとめる、あれだった。翌日になって、話しかけてみるとことばが、いわゆる東京弁で何とも珍らしい。相手のいうことはわかるけれども、こっちのことばがうまく通じないことがあって、何度となく聞き返される始末に、とまどいがあった。

昔も今も変わりないのは「いじめ」の得意なヤツがいることだ。わざといろんなことを聞き出してはJ君にしゃべらせる。J君は話し始めに「あのネ」とか「それはネ」と「ネ」を入れる。するとすかさず「ネだとよ《ど》。おガスなア」と指さしながら、大げさに笑いころげるフリをする。髪も襟も半ズボンも、みんなヒヤカシの対象だった。クラスの男は、全部丸坊主であり、〝袖《そで》〟〝膝《ひざ》〟もつぎはぎが多く、跣《はだし》で藁草履か爪の見えるような足袋だったから無理もなかったが、困惑してしまうJ君が可哀相だった。

或る日の帰り途《みち》、「家はどこ」と聞くと北山の法華寺だという。どうして寺なのかと問いながらその方向に行くともなく歩く。と、驚いたことにJ君に両親が無く結局、寺に預けられることになっての転校だった。朝起きると、毎日板ふきや庭掃除があり、とても辛いのだと言った。

そういえば、J君の服装は秋になっても冬になっても変わることがなかった。言葉は悪いが着たきりだったのである。冬になると手は霜焼けになった。皮靴もボロになった。話しことばは、無理に盛岡弁を真似ていたし、頭も坊主にした。卒業したあとの消息はわからないが、折りにふれて思い出す、短い期間の同級生であった。

落としもの　6

家を出て右へ行くと二十米《メートル》ばかりのところで更に右に折れる角《かど》のところに、雨さえ降らなければ必ず「おこのみ焼き」の屋台店がでていた。おばあさんは屋台の上にべったりと座っていて、大抵は娘のヨシちゃんが、水汲みに走ったり、木の蜜柑箱に木炭《すみ》を入

れたりしている。黒い鉄板の上を、短い棒の先にピンポン玉をつけたようなヤツでグルグルと油をぬる。ドロドロの麦粉をジャーと流す、まるいかたちのフチのあたりから乾いたようになると、鰹節、赤いショウガ、ねぎなどをぱらぱらとのせる。爪立ちをしてこれを覗《のぞ》きながら「かまりコいいな」と顔を見合わせ、小鼻をひくつかせる。一枚一銭だったが、「サクラエビ」をのせると二銭になった。勿論何日かに一回しか買えないから、過って落としても、土や砂をすばやく払って食べる。

この通りを、もう少し先に行くと右側に八百屋があって店先にバナナが太い針先にひと房、これみよがしにぶらさがっている。横目でにらめながら「バナナは台湾どかって南洋の方からくるズぞ」「舶来だから高エ《たけ》はずだ」とわかったようなことを言う。バナナは、法事などで持帰る折箱の中にひと口《くち》程の天麩羅《てんぷら》になって入ってるのを食べた経験しかない。

もう少し先まで行くと大きな通りになる角《かど》に一銭店があった。「ドバンキ」や「ベッタ」、餡玉《あんたま》など売っている。ドバンキは、戦争に使われる兵器や間諜《スパイ》など画いたカードで、機関銃は小銃より強く、大砲より弱いというようなものだ。架空の秘密兵器にテレビジョンがあって大将より強く、間諜には弱かった。互いにかくし持ったカードを〝ドバンキ、シー〟とじゃんけんのように出し合い勝負、負ければそのカードをとられる。頭が悪いせいか私は負けることが多く、その日は、やっとせしめた一銭銅貨を握ってこの店に行ったが、店前の溝板《どがいた》につまづいたとたん、流れのあまりよくない堰《せき》に金《かね》を落としてしまった。私は頭を逆さにして溝の中に腕を入れて探した。ヌルヌルの中は深く、石ころばかりだ。口惜しさの限界がきたと、フト指に触れたもの、「あった」と叫ぶ。「どれ？」と店のおやじが顔を出した。つかんでいた金《かね》はなんと五銭銀貨だった。やったと思ったとき、おやじが言った。「あ、そいつあ、この間、俺が落としたヤツだ」。

階段の下　7

軍や特高が幅をきかしたころの遊びだったからか〝巡査泥棒コ〟があった。中身は鬼

ゴッコと殆ど変わらないが、どうも名前がいけない。とはいうものの遊びとしては結構スリルはあった。集まった人数の半分ずつが、じゃんけんで巡査になるか、泥棒になるかを決めた。当然負ければ泥棒だから「畜生、泥棒かァ」と口惜しがる。勝った巡査は、荒縄を腰にはさみ泥棒をつかまえたときに使う。「じゃ、いいか別れェ」と年上格が号令すると泥棒は一斉に走ってどこかに逃げるわけだが、巡査はそれを、いかに探し出すかなのだ。

元気なヤツは隠れないで、チラチラと、わざとみつかるようにする。巡査は〝コラー〟と追いかけるが、泥棒の方が足が早く巡査は容易に追いつかぬ。

本町に〝ハコバン〟というのがあった。右側に三尺の三和土《たたき》というか土間があって、奥に抜けるようになっている。追われた泥棒は急いで硝子戸を開けると、〝お通《とし》せってくなんせェ〟と叫びながら足早やに奥へ進む。まんなかの「おかろ」と呼ばれる角火鉢で煙管莨《きせるたばこ》を吸っているハゲ親父が〝オウ〟と返事をしているうちに、追ってきた巡査も〝お通《とし》せってくなんせェ〟と入ってくる。奥の泥棒は、一目散に裏通りの油町にぬけるのだ。油町にでると、右に行ったか左に行ったかわからぬところがミソ。他方、逃げ場に困って、自分の家に隠れるのがいる。といっても家の奥でなく入ってすぐのところ戸の蔭とか、桶屋の息子は大きな据《す》え風呂の裏側に、煎餅屋はケースのうしろに隠れたりしている。

角《かど》の大衆食堂の娘《こ》は、客の出入りしない勝手口のほうから入って二階へ通じる階段下の暗がりに身をかくした。戸をあけて入るところを見てしまった私は、〝ようし、見たぞ〟と足音をしのばせて近づき、「コラーッ」と硝子戸をあける、と白衣にコックさんの帽子を被った親父が立っていて「なんだ」と入り口を塞いでしまった。

その年の冬、夜八時頃に大衆食堂から火が出て、二階にいた子二人が焼死した。火元はあの階段下のそばだったとか。子ども等の叫ぶ声が聞こえたとも、あの親父がバケツの水を狂ったようにかけていたとも、あとで聞いた。私は家の前で腕用ポンプのハンドルを懸命に上下する大勢の消防を、顎《あご》と膝《ひざ》をガクガクさせて見ているだけだった。

女先生《おなご》　8

三年に進級したら、担任が変わり女先生《おなご》になり、A先生といったが四年生になるとC先生と苗字《みょうじ》が変わった。男の先生と同じ号令をかけても、「こらっ」と叱って頬をたたいても、決して痛いことはなく、なでられたようなものだった。いつも裾《すそ》の長いスカートだったが或る時、スカートのように見えてズボンのようなヤツをはいて来た。立っていればスカートだが、歩けばズボンになる。

「ひょんたナもの、はいて《で》きたな」と、目は後姿を追う。頭のうしろで、まるくたたむように髪を押え、いつも網《あみ》をかけている。

唱歌の得意な先生だったから、ピアノのある音楽室だけでなく、教室でもオルガンで教える事が多かった。背中を反《そ》らすようにして弾《ひ》きながら歌う姿は気持よさそうだった。

このC先生が、お産のために休むことになって、代りに隣の組のT先生がやって来た。いつのまにか、女先生が慣《な》れてしまっていたせいか、やたらに厳しく感じた。細い目にロイド眼鏡をかけて、笑ってるようにも、そうでないようにもみえる。背たけこそ小さいが声が大きく、怒鳴《どな》られると腹にひびく。

時々先生同志でソフトボールの試合をしているのを見たが、T先生は投げてよし、打ってよしの活躍で目立っていた。この特技が、教室の中ではボールがチョークに変わり、居眠り目がけ、教壇から短くなったチョークが命中する。しかし算術の授業は面白く、先生の顔が輝いてみえた。T先生は放課後の掃除点検のあと時々、掃除道具箱を開けて見て文句をいう。遅刻したヤツが裏門から入って履物を隠しているのをよく見つけられた。

T先生にやっと馴れた頃、お産で休んでいたC先生が戻ってきた。と、或る日クラスの女の子がこっそり私らに教えた。

「先生が小使室で、乳《くれ》けでらっけよ」。

「ばか、そんたなどコ見さ行くもんでね」結局、行かないことになったが、気になるので小使室に用があるふりをして行ってみる。廊下から、とんとんと降りたセメントの三和土《たたき》には赤い大きな炭火が燃えていて、鉄瓶の湯が沸いている。先生は障子の陰の、黄色くなった畳室《たたみべや》の奥の方で後向きになって乳をふくませているようだった。

やがて、数日後にはお節介なのがいて「先生、ネェヤさん赤ン坊連れてきてらっけよ」と教えるようになっていった。

オドッツァン　9

私の父は、などと呼ぶとなにかよそよそしい。我が家は、オドッツァンと呼んでいた。箪笥《たんす》や鏡台、違い棚などつくるのが職だったが、とかく大工《でえく》さんと呼ばれるのを嫌っていた。指物師だというのである。口幅《くちはば》ったいようだが名人気質というか、気分がのらないと仕事にかからないタイプで、お客さんからは「まだ、出来ネスカ」とよく催促されるのを横目で見ながら脇を擦り抜けることが多かった。桐箪笥の外側ができ始めたり、引出しなどひろがっていると、鉋《かな》ガラを踏んで家の中に入るので足袋のウラをホロッてもホロッてもついていて、畳の上は勿論お客さん用の座布団も鉋《かな》ガラだらけになる。家じゅう木の匂いだと友達が言う。

在郷軍人の分会長だかやっていて、そっちの客が多く、仕事のはかどらないのが私にもわかる。酒が強いので一升徳利を持って来られると無くなるまでいるので、弟らは押入の中で眠ってしまう。「私のラバさーん酋長の娘、色は黒いが南洋じゃ美人」と、酔いが回ると顔をしかめて歌い出す、宿題どころでないのだ。

稼ぐに追いつく貧乏なしなどと云いながら稼がないから貧乏はすぐ追いつく。「オドッツァンお金くなんしぇ」と母が云うと、「ちょっと待ってろ」と急いで溜っている仕事に手を掛け、こ一時間もすると「届けて金《げ》《で》もらってこ」と私にいう。帰ってくると母は「その金でお米買《ごめ》ってこ」、私は大きな風呂敷を持って一目散に走る。一升の米を計ってから両の手を掬《すく》うようにサッと入れて〝おまけしたよ《げす》〟という。まけなくてもいいと腹の中でくやしがる。

六年生になると中学校や商業学校を受ける友達が何人かいた。顔色を窺いながら「俺も受け《げ》てみるかな《が》」というと、すぐ「ナカラハンパに学校なんかに入《さへえ》っても、シチ役に立たねがらナ」と一蹴される。

それから数年後、私が軍隊の志願兵を希望したら、元軍人だったせいか反対はしなかったが、「兵隊に《さ》いく《ぐ》だけが忠義でもねェが」と低い声でつぶやいた。丁度町内会長もやっていたから、先に立って出征兵士を送る立場では辛かったに違いない。五十二才で亡くなったがいま、私も町内会長を押しつけられて、どうもこのあたり、血筋のようである。

活動写真　10

「オラァ昨《き》日《の》ナ、活動写真見てきたゾ」

「どこで?　誰と?」

おうむ返しに聞くのは、うらやましいからだ。食堂と活動写真は、父兄同伴と決められている。「兄貴と行ってきた」「お前《めえ》に兄貴いだっけか」「エへへ」、嘉三は曖昧に笑う。

「ナニ、見てきた?」

「ハヤブサヒデトのあれよ、えがったなァ」

と得意そうにあごを突出す。「あと、なにやってだ?」「阿部九州男の地雷也よ」と、人差し指で×の字に空を切り、胸の前で両手の親指を握り立ててドロドロドローン、机の上にアグラをかく。

嘉三は生姜町の日活館が好きだ。少し便所臭《くしぇ》いけどヨといいながらだから、余ッ程だ。私は違った。新しくてモダンな建物の東宝第一映画の喜劇が見たくてたまらなかった。クラス一番の映画好きは瀬川、この瀬川と学校帰りはいつも同じ方向だったから、洗脳されてしまった。エノケン、古川ロッパ、柳家金語楼《きんごろう》、アーノネオッサンのタカセミノルなど目白押しだ。エンタツ、アチャコの〝ムチャクチャでござりマスルガナ〟の漫才コンビの面白さは、大阪弁のせいか新鮮かつ強烈、新聞の折込み広告さへ捨てれない。

エンタツ、アチャコが今日限りというある日、近くの領平が〝オゴルから一緒に行くべ〟という。父兄同伴のことが頭をかすめたが、行きたさには勝てず、誰かに見られてないかと確かめながら早足に入る。

顔の筋肉が笑ったままのアア面白《おもし》エガッタと映画館から出た時、同級生の久子にバッタリ出合った。「ナンダエンオメハン達」といわれて棒立ちになる。が久子は、オラホの家《え》サ寄ってかネッカと指差したところは隣りの食堂ではないか。うなづく二人の先に立って久子はお客さんのいる席をすりぬけて奥へいくと厨房で働く白の割烹着の後姿に〝母さん、友達〟と乱棒にいいながら脇の狭い階段を昇る。隣が兄貴の室だという。〝此処ァ久子だけの室か〟と魂消《たまげ》てしまう。まもなく久子は、見たこともないケーキを持ってきて食べてという。二人とも正座したまま久子のいうとおりにするが落着かない。

夕暮せまる帰りみち、活動写真から出たところを見られたし、食堂にも入ったしという二重の禁を犯した思いがあって、二人共無口だった。

六さん　11

　住込みの弟子だった六さんは、若いのに筋《すじ》がいいとかで、伯父や伯母に何かと可愛いがられているのがわかった。たまに訪ねたとき六さんの側にいくと、首をかしげるように微笑んでくれる。鉋《かんな》をかけると生きもののような勢いで、シューッと飛びだす透明なカンナガラ、ひょいと口に含む。〝味があるのかな〟と思いながら、じっと見ている。

　兄弟子の「一服するか《が》」で、ひと休みすると、六さんは私の方に寄ってきて「学校、面白《おもし》えべ」といつも聞く。六さんは秋田の小学校六年を終えるとすぐ伯父のところに弟子入りしたが、学校は面白かったという。勉強が好きだったのかと聞くとウンと口をとがらす。仕事場の裏手に玉水《たまみず》という梨の木があった。枝もたわわに実がなると、六さんは危なかしい梯子《はしご》をかけ、ハキゴを腰につけて登ってくれた。降りてくると仕事用の小刀《こがたな》で、梨のほうを回しながら皮を剥《む》いてくれる。剥いた皮はとぐろをまいた蛇のように下に落ちる。

六さんが二十才《はたち》になったとかで入営することになった。甲種合格は大変名誉なこと、と尾頭《おかしら》付きに赤飯という正月なみの送別会がひらかれ私も父と一緒のお相伴《しょうばん》となる。今日からおとなの仲間入りだと伯父から盃をさされて押しいただくようにして飲んでいる。

「六《ろく》よ、えがったな、めでてえんだから飲め」と兄弟子たちにも、次々とすすめられ、真赤な顔のまま、まだ正座している。途中から私は六さんの側に行って聞く。

「六さん明日、秋田サ帰るのか」

「うん、家《え》で俺、くるの待ってるべから」、兄弟子の専三さんがそれを聞いて冷やかす。

「なァニ、早く帰《けえ》っておふくろの乳飲《つつ》みてのだべ」。伯母は更に「六さん、入営はもっと先だから、盛岡であちこち見でったらなんじょだ? 活動写真だり、なんだり」。六さんは「家《え》さば明日発《た》つってしゃべってヤンスから」と頭をかきながら、詫びるようにいう。

翌々日、早朝の号外は、尾去沢鉱山の鉱毒を貯めている池の堤防が決壊、一挙に社宅をのみこんだという。死亡者の名を目でなめるように追っていた父は、

「ろ、六《ろく》の家《え》も一家全滅だネカ、マンツ口惜スナ、たった一日遅れで発《た》てばえがった、六《ろく》だけでも助かったのにナ」。

年越そば　12

「ミノボスナンバン、粉ナンバン、お買《げ》ってくなんせ」入口で子どもの声が聞こえる。ときどき、更の沢や、庄ケ畑の方から、友達が売りにくることがあった。急いで出ると、知らない子どもでホッとする。買わないですむからだ。

十二月も終り近い冬休みになると、大人に混じってよく売りにきた。おばあさんは道路でリヤカーの側に居て子どもの注文を待っている。兄や姉が立っていることもある。みんな、寒いのにえらいなと思いながらおふくろに「いらねのか」と聞くと「間に合ってやんすって、しゃべてこ」と言われる。

正月のしめ飾りに、巻煙草半分ぐらいの大きさに切った餅、田づくりと呼ぶ小魚、よろ昆布《こぶ》そして何故か木炭《すみ》の小さい欠片《かけら》など、上部の縄《なわ》の部分にはさめる。出来上ると「これは台所に、これは便所に」と部屋毎に吊していく。毎年のことだから、そこの釘は定位置で銹びている。そして三十日は、自家製晦日蕎麦《みそかそば》の日。

仕事を早仕舞した親父は、本家から借りてきた直径一メートルはあろうかという木製、漆塗りの剥げた皿のような器で、蕎麦粉を練る。ときどき白い粉をサッとかけながら真上から両腕でグーッと押しつけると腕の青筋が浮かんだ。ほどよいかたさになったのだろう、ピシャリとその肌をたたくと、練った塊りを飯台の足をはずしたような大きな板にドサリと置く。板一枚にメリケン粉を散らしながら太さ四センチ位の長い棒でグイグイとたいらにひろげていく。正座したまま両手を膝頭にのせて、子ども達が覗きこんでいる。

「さあて、愈々蕎麦に切るか」親父は両手に唾《が》をつけてその手をもむようにすると、研《と》いだばかりのヤケに幅のひろい鉄板みたいな包丁で丁寧に切り始める。子どもらは固唾《かたず》をのむ。

このあたりまでが興味津津《しんしん》「できだぞ」となる頃には待ちくたびれた下の子ども達は、火燵で居眠り、上の子等は腹が減りすぎて元気がない。椀《わん》に入った蕎麦は割箸ぐらいの太さだが短く、「何だか、この蕎麦、咽喉《のどクワリ》つまりするな」などと言いながら、冷えた外の小屋から出して来たばかりの、氷粒の入った大根の漬物をかじる。私はこの漬物が大好きだった。

暖飯器 13

なんとなく、肩のあたりが寒いと感じながら目が覚《さ》めたときは、夜中に雪が吹いて、立付けの悪い硝子戸の隙間から、ほそい線のようになった雪があった。濡縁《ぬれえん》から裏の厠《かわや》に続く長い廊下は吹溜りになっている。用足しに行くには、はだしに草履をはいて、草箒《くさぼうき》で雪をはらいながら進む。

こんな日に学校に行くのは、靴の中に雪がはいるし足袋も濡れるので嫌だったが仕方ない。「オガさん早ぐう」と、凸凹《でこぼこ》になったアルミニウムの弁当を新聞に包んでさらに風呂敷にぐるぐると巻き、上着の下の背中にあてて前で結ぶ。こうするとホカロンみたいなものだ。新聞配達をしている清美君の家に寄ると、私よりまだ遅く「いま、行く《ぐ》、待っててでや」と叫ぶ。今日は絶対遅刻だと思う。清美君は色の白い方だったが、雪の中を急いで帰ってきたから、頬をさくら色にして髪も汗で濡れているようだ。親父が古着屋をしているから黒のマントをもっている。首の紐をしめながら急ぐふうでもなく出てくるから、のんびり屋だ。この影響はいま、私に残っている。

学校の各教室には暖飯器がある。二時間目の授業が終ると、大きな十能に炭火を入れて小使さんがやってくる。火種を入れ、黒い炭をのせて行く。格子のような戸をはずして、一番下に火を置くと、子供たちは持ってきた弁当をわれ先に棚に入れる。棚は五段位あるが、上になるにしたがい弁当のあたたまるのが遅いから下を争うのだ。休み時間だからと外に出て遊んでくると必ず、上の方になる。一番上は殆んど暖かくならなかった。

四時間目の授業が始まった頃になると、弁当が匂ってくるから気になって仕方がない。誰かが「屁くせェ」と叫ぶ。弁当に入れてきた大根のガックラ漬なんか、とくに匂う。と、あっちでもこっちでも「屁くせェ」と同調して叫ぶ。

昼休み、弁当のおかずは裕福な奴がタマゴ焼きとかキンピラ、中ぐらいは佃煮、塩引鮭だ。アルミ弁当も蓋が斜めの箸入れがついているハイカラなものだ。清美君はガサガサと新聞紙を拡げながら「今日も赤生姜か」という、「俺も味噌漬大根だ、半分ずつ取《とっ》替《けぇ》るか」と左腕で弁当をかくすようにしながら話す。校庭では、弁当の持ってこない奴が、雪の玉をつくって遠くへ放《ほう》っているのが見える。

ジェンナー 14

四ツ家町といっても、向い側が花屋町という角《かど》にロシヤパンをつくって売る店があっ

た。一段と高くなっている戸の桟《さん》は、白いペンキが塗ってあって遠目にはハイカラに見えたが、近寄ると、ところどころペンキが硝子に食出《はみだ》している。軒下に「カシロフ」と紙が張ってある。顔を近づけて中をのぞくと天井に、スレスレ届きそうな大きなロシヤ人の父さんが、手に白い粉をつけて仕事しているのがみえる。

角《かど》だから、通りからこの家の裏が丸見えで、軒下から外《そと》にわたした竿いっぱいに洗濯ものがかけてある。その下では、これまた大きなからだの母さんが、通りに背をむけてしゃがみ、金盥《かなだらい》でザブザブ洗っている。殊の外大きい腰というか尻が目立つ。こわれて柱の曲った屋根下の共同扱上《くみあ》げポンプを動かす腕は、実に力《ちから》がありそうだ。

ジェンナーはこの家の可愛《かわい》コちゃんだ。学校では一ツ下だから離れているが、朝、学校に行くとき通り道だから、よく知っている。外国人は街なかで見ることが殆んどないから、気になるのだ。

ジェンナーは、不思議なことに、父さんにも母さんにも似てないと思う。鼻なんか全然違う、ジェンナーのは小さくて、ツンと上向きだ。目もきれいだ。青く澄んだビー玉のようで、近づくと金色の睫《まつげ》が上を向いている。「青い目って、ほんとにあるんだ」とその時思った。白いエプロンをかけて妹と手をつないで、私の顔をみると、よくみる顔だからか安心したように目が笑っている。

　側をすりぬけると、かすかに甘い香りがする。いい匂いだ。毎日パンをたべているからだなと思う。

「青い目《あーお》をした　お人形は　アメリカ生まれの　セルロイド《セー》。日本の港へついた時いっぱい涙を　浮かべてた」。ジェンナーに似合う歌だけど、ジェンナーはロシヤだしと、考えたりする。

　たしか六年生の頃まで、校庭で、妹と遊んでいるジェンナーを見たと思うのだが、いつのまにか居なくなった。何處へ引越したのだろうと空家になった家の前を通るたびに、そこはかとなく寂しかった。

　ある日、「ジェンナーの父さんは、ロシヤのスパイだったらしいぞ」という噂《うわさ》がたった。「まさか」と思っても、それきりになってしまった。

カズ子　15

下《しも》大工町のまんなかあたりに、間口《まぐち》こそ四間ぐらいあるが、軒《のき》が低くて、あまり流行《はや》っていそうもない飲み屋があった。

ある日学校の帰りにみると、その低い軒の下屋根に、軒までの高さと同じ位の大きな看板を掲《あ》げるところだった。左下の方に芝居に使うような文字で「助六」と書いてある。看板の殆んど一杯に、紫色のハチマキをして片側にダラリと下げた男が〝どてら〟を着て、片手に傘かなんか持って、斜め上をギロリとにらんでいる。

カズ子の家はその飲み屋の二階だったので看板がついてからは、呼ぶと二階から顔を出していたカズ子が、見えなくなった。看板がついてから、カズ子の母さんは下の店で働くようになったので、カズ子も時々店の中に立っているようだった。

カズ子は、額《でんぴ》がひろくていろが白く、目のはしの少し吊り上った勝気な性格だ。学校に来るときの身《み》なりもサッパリしていて、顔にクリームかなんかつけてくるから、「カズ子は臭《くしぇ》ン子だぞ。白粉《おしれッ》コつけで来たゾ」と言われる。そんなのは無視してツンとしていると今度は小鼻をひろげてクンクンとそばへ寄って行くヤツがいる。とたん、カズ子は「さわらネデッ」と一喝しながら、パッと手で払う。「ヘッオッカネエ」ととび下がる。

カズ子には何故か仲よしの友だちがいない。困っているような時でも、庇《かば》うものがいない。どうも〝きかね〟過ぎるのだ。

或る日、カズ子は学校に二日続けてこなかった。先生は、私に手紙を届けるようにと頼んだ。右はじの梯子《はしご》階段の下でカズ子を呼ぶと、カズ子の母さんがひょこっと顔を出して前掛けで手を拭きながら「おもさげネナハン、カズ子いま、忙《いそが》しのス」という。と、そのうしろからカズ子が首を出した。なんと、その首は白粉《おしろい》で真白なのだ。頭の後髪もまくり上げて声も立てずにニッと笑ったようだった。カズ子はそれからも学校にはこなかった。

いつからか噂《うわさ》が立ってカズ子は芸者になったらしいと聞いたが見たことが無い。それよりも戦後になってカズ子の話が出たとき「いやア、あのカズ子は自殺したって聞いたぞ」というものがいた「何《な》して」の問いに、「何《な》してだかナ」と。あとがなかった。

みち草　16

「少し早《はえ》えども、カヨ子さ、弁当届けてきて呉《け》ねか」と頼まれた。なるほどまだ明るくて夕飯には間《ま》がある。カヨ子は私の姉で七ツも年長《としうえ》、女学校を卒業《おわ》ってすぐ、四方園の市民病院に勤めた。今日は夜勤らしい。

一緒に遊んでいた隣りの健ちゃんが「一緒に行って呉《け》るか」という。「つゆもの入《へえ》ってるから、まげねよにナ」という母の声を背に出掛ける。

内丸座の前を通ると、丁度映画《かつどうしゃしん》が終ったとみえて、ぞろぞろと客がでてくる。下足《げそく》とりの叫ぶ声と下足札を差出す客の手が交錯して大混雑している。「ろの十三番」とか「い通りすぎる。
「への三番なんてのもあるべか」「屁の三番か、可笑《おが》しくて喋《しゃべ》られネベ」と笑いながらの十五番」とか呼んでいる。

山口活版のゴミ箱の前で立ち止まる。箱から鉛の活字が溢れるように出て散らかっている。「拾ってくべ、この間《こねだ》のように名前のハンコできるがモナ」、いうも終らぬうちに、ゴミ箱の前にしゃがみこんで片端《かたっぱし》から逆さ文字を読む。指に油のような墨《すみ》がつく。「本《もと》の字あったぞ」「オラも田《た》の字めっけた」何百もあるような活字鉛だから、おいそれとは見つからないのだ。夢中になっていると、顔に墨をつけた軍手の男が、ぬっと顔を出して「コラ、あまり散《つ》らがスナ」と叫ぶ。あと一ツだったなと惜しいところで立上り、さっと逃げる。

県庁の角から桜山神社の鳥居のあるところまでは道路が広すぎて、横断は容易でない。自動車が走ると、濛々《もうもう》たる土煙なのだ。頃を見はからって一気に走る。

鳥居をくぐると、土産物屋を兼ねたような軽食堂が閑《ひま》そうに軒をつらねる。赤い色を塗ったゆで卵が、ザル一杯に積まれてある。わざと遠回りして亀ヶ池側の坂道をゆく。

と、ここから大通へぬける道の真中に、杭に太い綱で囲った回り二米《メートル》もあるような欅《けやき》の木がある。手の届く中程に大きな穴があいている。その穴に小石を一ツずつ入れる。

さて神社の前はピョコンと頭をさげるだけで抜け、ととと、と石段を降《お》りると質屋の看板の前に市民病院の勝手口がある。門灯に電気が灯《つ》いていた。

「ごめんくなんせ、姉はいますか」

と叫ぶ。小さな窓がスッと開いて婦長さんが顔を出し「あやや、カヨちゃの弟さんスカ、いま中々来《こ》ネナテ、家《エ》さ走《はせ》でたヨ」。

洪水　17

祖父の名は源八、父は正蔵で夫々から一字づつを貰って私の名が生まれた。名付け親は、祖父源八だったそうな。

祖父はいつも常居《じょうい》と呼ばれる室の一角に置かれた〝床炉《おかろ》〟を前にしている。背景の押入は、欅《けやき》の戸が八枚で、五十糎《センチ》もあるような太い梁《はり》の上には黒くなった神棚が見える。白い幣束《へいそく》が殊の外目立っている。天井板がなく黒く煤けて交差している木の奥の一番高い所にガラスの明《あか》りとり窓が光っている。

祖父はそう大きい体でもないのに威厳がある。声を立てて笑ったのを見た記憶はないが、私が顔を見せると眼鏡ごしの上目づかいで〝おいでおいで〟をする。おそるおそる〝床炉〟の前に立つと、ごわごわしたズック布の財布のなかに深く手を入れて、ジャラジャラと音がしたと思うと、ひょいと弐銭銅貨を出して「祖母《おばぁ》には黙ってろよ」という。

この祖父は、私が学校に入学《はいる》前に亡くなって、代りに伯父が座るようになったが、入学式から帰るとすぐ父が言った。「伯父《おんつ》あんに、おかげさんで学校さ《さ》入《へえ》りやしたって、挨拶《ええさつ》してこ」。私はカバンとズック袋を持ったまま走り、本家に向かう。

伯父は煙管《キセル》で刻《きざ》み煙草《タバコ》を扱っていたが床炉の縁《ふち》をポンとたたいて、私の顔をみると「源蔵か、お前《めえ》も早《は》、一年生か」と笑いながら手招きをする。「おがげさんで――」と父から言われたとおりに挨拶すると、「ようし、よく出来《でげ》だ。お金呉《がねけ》るからな」と祖父のとそっくりな財布から、そっくりの手を入れて、取り出したのは五十銭銀貨だ、「正蔵さ、ちゃんと見せるんだぞ」と念を押す。ギッチリと握って帰った私は、息をはずませて「おどっつあん、五十銭もらってきた」と告げる。「そだべ、どら、寄ごせ、細かぐしてやるがらナ」。

十枚程の壱銭銅貨は、勿体ながって滅多に使わないから、最後の壱銭は夏頃までもった。ある日大雨が降って中津川の水が、橋までヒタヒタとくっつきそうだという。怖いものみたさに出掛けた。なるほど、水は濁流で、大きな木や草が流されて橋にドンとぶつかる。流れをみていると自分が進んでるようだ。足元に落ちている石コロを拾って流れてくる大木に当てようと思った。「いち、にのさん」。投げた瞬間、私の手から離れて飛んだのは、石コロでなく壱銭銅貨だった。

通信簿 18

父の友達だった久保福さんは、七福神に出てくる「布袋《ほてい》」さんのようで名前の通り福々しい顔の人だったが、こんど剣道の師範に昇格したとかで、その祝いを私の家の二階で、極《ご》く親しい友達の三、四人でやることになったから酒を買ってくるよう頼まれた。銘酒「日の丸」と筆太に書かれた一升徳利を木綿の風呂敷で包み、木の栓をした口だけは出す。抱えるようにして近くの酒屋〝与四郎さん〟に行く。与四郎さんの店の前は、夕方になると〝かます〟や南京袋などをつけたままの馬車馬《ばしゃうま》が、あっちの電柱、こっちの格子の桟《さん》などに繋がれていて、店の中では馬喰《ばくろう》や馬車引きたちが、ガヤガヤと〝モッキリ〟を飲んでいる。四角いテーブルの下には、あかあかと炭火がみえて、皆、股あぶりをしながら漬物を二本指でヒョイとつまんでは、コップの酒を飲んでいる。

土間の左側に菰《こも》に包んだ四斗樽があって下の方に硝子栓がしてある。「酒コ一升、いつものように付《つ》けでくなんせ《しぇ》」と徳利を出す。おかみさんが、「今日もお客さんスカ」と気の毒そうな顔をして私の顔を見る。

二階の肉鍋の匂いがプンプンして、高く笑う声が聞こえてきた頃、父の手をたたく音がした。顔を出すと「蒔絵の引出しから、お前《め》の通信簿もってコ」という。何スダベと考えながら持っていく。ページをめくりながら父は「この童《わらし》、誰さ似たんだか、通信簿《ぼ》ァあひる一匹いねぞ」と客にみせびらかす。客は「じゃ《ぇ》本当だ。たいてい一匹や二匹いるもんだどもナ」という。もう一人の客のUさんは「オラあひるッコ、いっぺェいたども体操だけ甲で、修身は蟹《がに》ッコだった」と大きく笑う。客のうちでは一番若い山岸のYさんは、通信簿を疑わしそうにみながら「し《す》かし《す》よ、甲というのは《なァ》、確か八点以上だか《が》らナ。若し《す》かすると《ど》、皆、八点甲だかも知《す》れネゾ。オラ七点九分のあひるだからナ」という。久保福さんは「Yの悪癖《わるくせ》だオナ、必ず文句つけて」といいながら「はい、これは通信簿《つうすんぼ》のごほうびだよ」と牽制《けんせい》するように蝦蟇口《がまぐち》をひらく。父はとたんに相好をくずして、「ちゃんとお礼してから頂くんだぞ」。両手で受取ると、何ともいたたまれない気持で階段を下りる。母にみせると「おかげさんていったか、丁度学校の紙代に使えばいいんでネカ」と弟に乳を呉れながらいうのだった。

（注）あひるは「乙」、蟹は「丙」のことで、紙代は当時の諸費用代

ドロップの味　19

カラカラと音のする格子戸だが、店のようでもないのに「朝日屋」という家が斜め向いにあって、そこのネエヤさんがたまに走ってきて「松本《まつもと》さあん、電話でガンスヨー」と知らせてくれる。この辺には電話を入れているところが少ないので、呼出しをお願しているのだ。「お申訳《もさげ》なガンスー」とホコリを払いながら、父はネエヤさんのあとを追う。

朝日屋の電話は呼出しの人にも便利なように内側からも外側からも入《はい》れるようになっていて、履物を脱《ぬ》がなくてもいいから助かる

その日も電話だというので、何となく父についていったが、電話室のすぐ側《そば》に、桃色の服を着た子がいる。私を見た朝日屋の爺さんが云った「昨夕《ゆうべ》かた、東京から来たのス、居るうち遊んでやって呉《け》でや」、東京と聞いただけで私は怖気《おじけ》づく。東京弁はうまく話が通じなかったことがあるからだ。

翌日、私が学校から帰ってくると、待っていたかのように「遊びましょ」とやってきた。片手に人形を抱えている。髪にリボンがついている。こういうのはこのあたりに居ないから困ってしまう。しかし昨日爺さんに頼まれているからと思ったり、家の中に入れるところも無いしで、とっさに「目高《めざっこ》、捕るさ行くべ」といった。日本手拭と小さな瓶を持って近くの中津川に行くことにした。「溺《けっぱり》れるさねように気つけろヨ」という父の声が追いかける。目高《めざっこ》のいるところは牛越場《うしごえば》の坂を下がるとすぐ右の方だ。ズボンをめくりながら「お前《め》はん、何《なん》ていうの」と聞く。「サナエちゃん」と自分に、ちゃんをつけた。

手拭の両端をお互いにもって大勢いる目高の下にスーッと入れる。静かに静かにと言ってもサナエちゃんは急いでしまうからみんな逃げてしまう。「駄目《わがね》だな」というと

「わかねってナニ」と聞いてくる。「一匹も入《へ》らねェでネガ」というと「ヘラってナニ」という。これだからな、と思う。やっと二匹だけ捕れて、川岸にあがろうとしたとき、サナエちゃんが転んだ、助けようとして私も転んでしまうと、サナエちゃんは泣きながら、アハアハと笑ってくれたから「えがったなァ」と思う。

東京からサナエちゃんのお母さんが迎えにきてお別れの日、お礼だと缶に入ったドロップをもらった。桃色のドロップを口に入れると、それはサナエちゃんの味になった。

万年筆　20

授業が始まると、決まって鉛筆を削《けず》るのがいて気になって仕方がない。鉛筆入れ箱には〝肥後《ひご》の守《かみ》〟という折りたたみ式のナイフや、ちゃんと鞘《さや》のついた小刀《こがたな》などを入れているから当り前なのだが授業中の使用はいけない。鉛筆は学校にくる前に、数本削ってくることになっているのだ。そうわかっていても、家にいて勉強などしないから忘れてくるし、芯の先がボンボになってから、あわてて削ることになる。そこで削らなくていいペンは無いものかとなれば万年筆だが、これは持つことは許されてないし、高価で買えるわけのない〝あこがれ〟の品なのだ。

隣りの昭《しょ》コちゃんが盛商に合格した。新しい制服に、兵隊のような針金の入った新しい帽子を目深《まぶか》に被《かぶ》って胸を張って家を出てくる。と、胸のポケットに万年筆が光っている。おもむろに左腕《ひだりうで》を上げたかと思うと、さっと肘《ひじ》を曲げて腕時計をみながら「そろそろ行ぐかな」という。私は〝万年筆と時計か、羨《じゃみる》ましなァ〟と昭コちゃんの後姿を追う。

ふと、本家で働いている兄が夜間中学に行ってることに思いついた。

「兄貴なら《だば》万年筆ぐらい持っているかも知れない」。

学校の帰り、本家に寄って持っているかと聞くと「あるにはあるが、何するの《すけな》、俺のは瓶のインキをつけて書くのだぞ」という。

「ちょっと使って見てェから貸して呉《け》で」と、強引に借りて帰った。

帰ってすぐ瓶のインキをつけて書いてみたが間もなくインキがきれて書けなくなる。

これじゃあ万年筆で無い《ねェ》なと思う。ペン先の反対側をみると何やら動くので、ひっぱってみるとスーッとぬけてくるではないか。そうか、これはインキを吸う役目をする水鉄砲のようなものだと気づいた。ペン先をインキ瓶の中につけて軸をひくと吸う、吸う。兄貴はこうして使うことを知らなかったのだ。万年筆とは、こうして使用するものだと教えてやろうと得意になった。インキをいっぱいに吸いこんだ万年筆を胸のポケットにさした私は、やがて再び本家に兄を訪ねた。

「兄さん、インキの入れ方わがったヨ」。その声にふり向いた兄は私を見てスットンキョウな声で叫んだ。

「何だ、お前の胸、インキだらけでねか」。畜生、あれはインキの洩るヤツだったのか。

修学旅行 21

待っていた四年生の修学旅行は行先が、八戸と決まったとき、「海を見たことのある人?」と聞いたら手をあげたのは三人?だった。「俺《おら》も早ぐ海みてェな、高松の池《いけ》の何倍あるべ」「馬鹿《ばが》お前《めえ》、何十倍も広《ひれ》えんだぞ」などと、わかったようなことを云う奴がいる。

旅行に準備するものを書いた紙の中に〝寝間着《ねまぎ》〟がある。「女《おなご》みてェに寝間着《ねまぎ》、着るのか、オラ着たこと無《ね》ェな」「歯磨の塩も持ってぐのか」など騒動だ。旅館に一泊は、初めての外泊だから心配もある。――夜中、先生に起こして貰いたい人は、あとで先生に言うように――とも書いてある。寝小便のことだ。

汽車は三等でも貸切り、右も左も友達ばかり、箱がガタンと動く。一斉に「動いたァ」と叫ぶ。先生は何度も頭数《あたまかず》を数えて通る。木製の背凭《せもた》れ越しに盛んに話しかけ

る奴がいる。まじめにトンネルを数えて、記録するもの。窓をあけて体《からだ》を乗り出し顔をくしゃくしゃにして「凄《すげ》え風ッコだァ」と、煙の中のこまかな炭殻《たんから》が顔にあたる「すぐ長《なげ》ェトンネルだァ早ぐ窓閉めてェ」女先生《おなご》が金切声をあげる。

八戸の隣りの駅の「鮫《さめ》」で降りると蕪島《かぶしま》だ。スレスレに鷗がとぶ。海の上にかかった吊橋はせまい板を敷いているが橋ごと上下に揺れるのだ。タオルを鉢巻したような男がドカドカと渡って行くと、もう駄目だ。必死につかまっているロープもダクダクと上下左右に揺れて足がすくむ。途中まで行ったが、もう行くも引くも出来ず、だからといって「助けて」の声も出ない。憎たらしいことに走るように渡りながら「怖《おっかね》いのか」と蔑《さげす》むような目で見られる。ソロソロと戻ってやっと岩壁についた時は、クタクタと腰がぬけたようになった。隣の組のT先生が「松本も、甲斐無《けね》ェもんだ」と頭をつつく。

次の日の種差海岸、沖の方から寄せてくる白い沫《あわ》の波を逃げては、返る波を追う。ズボンをまくりあげた裸足が砂にのめりこむ感触が、たまらない。波と一緒に流れてきて私の足元に残ったものがある。「軽石だ」。途端にこれはきっと母が喜ぶと嬉しくなった。

盛岡の駅は夜になって迎えの人達が大勢待っていた。私にも、ひょっとしたらと思ったがやはり居ない。ぐっと、いたたまれない気持をこらえて、一目散に家へ走る。勿論、軽石をぎっちり押さえながら。

朝鮮の人　22

その頃、上の橋と富士見橋の間の中津川べりで、比較的平《たい》らな石に洗濯ものを拡げて、朝鮮から来た女の人たちが長めの「へら」のようなもので、こ気味よさそうにペッタンペッタンとたたいているのを見かけた。その音は向う岸にまでこだまして、実にのんびりした風景だ。長いスカートをたくし上げて腹のあたりにまるめ、洗濯が終ると洗濯ものを入れた金盥《かなだらい》を頭の上に乗せて、手にはバケツを持って悠々と歩くのだ。足の指だけがやっと隠れた、先のとがった白い靴をはいているのが印象的だ。

それにしても、「よく蹴躓《けっつまず》いて転《おっけ》ばねェな」と思う。

学校の帰り、長田君と一緒のときは、回り道をして大工町を通った。右側の角に梅の湯という〝お湯屋〟がある。まだ明るくて陽《ひ》が高いのに、〝ゆ〟と書いたのれんをくぐって出てくる人がいる。女の人だと大抵、襟首をみせ、湯道具の入れ物を抱えて、しなしなと歩く芸者《げいしゃっ》コだ。傍《そば》を通りすぎるとなんだか、いい匂いがする。「いい香《かま》りコだナ」と互に目をみあわせて笑う

頭の髪を白い布《きれ》でぐるぐると巻いて、地面すれすれに長い、白服を着てあの指だけ隠れる靴を裸足で履いてくるのは朝鮮の人だ。

大工町には朝鮮の人の家が何軒かあって、日暮れが迫った頃、物珍しそうに家の中を覗こうとすると、「子トモは早く帰らなきゃタメタメ」と追い払われる。

二学期が始まったばかりのその日も、大工町回りで学校から帰ると突然、家の中から転がるように髪をふり乱した女の人が道のまんなかにべたっと座ったかと思うと、見たことも聞いたこともない大声で、土をたたきながら泣き始め、ときどき「アイゴーアイゴー」と聞こえる。「何《なぬす》したべ」「誰だか死《す》んだどヨ」「愛子って誰のことだ」「死《す》んだ人の名前だべ」「余程《よっぽど》、愛《め》げがってらのに死《す》んだべおな」。

ガラス戸　23

昨夜、遅く帰ってきたらしい父は、九時になっても起きなかった。いつもその室でみんなが朝飯を食べるのだから、その日はせまくて、うしろも歩けない台所で食べていた。「ごめんくなんしぇ」という客の声で母が立っていったが、すぐ戻ってきて寝ている父を起した。「おどっつぁん、花屋町の渋川さんでがんすよ、起ぎてくなんしぇ」とゆする。父は寝がえりをうちながら「居《い》ねっていえ」という。「あゃーおら、いま起こしやんすからってしゃべってしまいやんした」。〝どてら〟をばふっとひっかけた父はしぶしぶ出ていったが、「たい《てぃ》した用でも無《ね》えのに」とぶつくさ言いながら戻ってくると、さっとまた布団に入ってしまった。むかっときた私が、「起き《ぎ》てごはん食べたら」と言っても声の方に背をむけたままだ。「いつまでも片づかねで駄目《わがね》え」と私も不快なままに台所から裏へ出る戸をビシッと聞えよがしに閉めた。と、ガシャガシャンと桟《さん》から

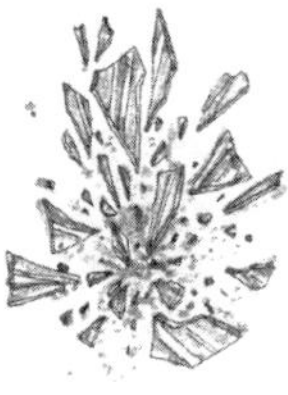

硝子《ガラス》がはずれ落ち〝こなごな〟に割れてしまった。割れる音と、殆んど一緒に飛び起きてきた父は、散った破片と私の顔をじろりと見て「拾え、ひとつ残らず拾え」と怒鳴るとまた寝てしまった。

つまらないことをやってしまったと後悔したが、私だって気持がおさまらないし、意地もある。塵取りを持ってきて黙々と拾い始めたが、いや実にこまかく割れたばかりか遠くまで飛んで無駄な時間かかるなと思う。

母が側《そば》に寄ってきた「お父《どっつぁ》さんに、ごめんくなんせ《さ》って早く過った方がいいでねか」「おら嫌《やんた》だ、おら悪く《ぐ》ね」口惜し涙がみるみるうちにこみあげてくる、顔をみられたくないから背をむけて、どうでもいいようなものまで拾っている。

日暮れどきになって、台所近くの外《そと》で鰯を焼くことになったが、今日に限って煙が家の中のほうに流れる。「家《え》の中、魚臭くなるから戸をしめてやれ」と父がいう。母は「ちゃんとしめてやんした」。見ると硝子の無い窓からヒョウヒョウと入るのだ。父は「くされ源蔵のお陰で硝子一枚損《す》したっけか」といいながら、どこからか見つけてきたボール紙を欠けた窓に合わせて切っている。

私は七輪のうえの鰯をかえしながら「やっぱり俺はわるぐねェ、悪うのは絶対親父だ、その証拠に親父は、俺さば、だまって窓、修理《なお》してらで無《ね》えか」と思うのだった。

四方拝 24

正月は、学校の四方拝《しほうはい》から始まる。元日の朝は、多少の穴はあいていても、洗濯したての下着に替えてでかける。

学校の東溜り《ひがしたま》（講堂）は、紫色に白く校章を染めぬいた幕が張られ、先生たちはみんな立派な服や着物を着て並んでいる。前の方には薪ストーブが〝ガンガン〟と燃えているが後の方は、うんと寒く、校長さんの話はよく聞こえないから、やたらと長いのだ。「皇居遙拝《こうきょようはい》」の号令がかかると、一斉に南の方に向きをかえ、「最敬礼」、「直《なお》れ」となる。鼻水《はなみず》のすする音だけが、高い梁《はり》の天井にひびく。

「四方拝の歌、斉唱」と同時にオルガンの伴奏が鳴る。とたんに、あちこちから咳ばらいがでて、なんとなく人心地《ひとごこち》つくのだ。

「年の始めの　例《ためし》とて、終わりなき世の　めでたさを、松竹《まつたけ》たてて　門《かど》ごとに、祝《いお》う今日こそ　楽しけれ」。

「初日《はつひ》のひかり　さしいでて、四方《よも》に輝く　今朝のそら、君がみかげに比《たぐ》えつつ　仰ぎ見るこそ　尊けれ」。

歌い終わると、安心したように、エホエホとまた咳をするヤツが伝染する。

真白《まっしろ》に積もった校庭の雪に、蛇のように長い足跡が、昇降口から校門へと、光りながら続いている。

「さっきの唱歌《さきた》サ、オラ危《あぶね》なく間違《まつげ》えるトコだった」。「誰かサ少し《べぇっこ》間違《まつが》うそうになったの聞《き》けたっけェサ、可笑《おがす》しくて笑わさって大変《てえへ》だった」。「可笑《おがす》しくなると、止まらねオナ」「誰《だ》れ、拵《こし》えだんだか、うまくでき《げ》てるって、先生も魂消《たまげ》でらっけぞ」「そしたら歌ってぐか」。二人はさも聞えよがしに、「豆腐の始めは豆である。尾張《おわり》名古屋は城でもつ。門松ひっくりげって　大騒ぎ、芋っこ《（イモッコ）》喰うとぎゃ、熱《あつ》どコ良い《ええ》」。

「ありゃヤス子でネカ」。

赤いきれいな着物を着て、校門の大きな石に片方ずつぬいで、赤い爪皮のついた下駄をたたいている。下駄の歯に雪がつまって、歩けなくなったのだ。

「べた雪のとき《どぎゃ》、下駄は駄目《わがね》って知《す》らネノカ」「だって《すた》」と、冷たい手に息をかける。

「お前ここサ居ろ、家《え》サ喋《しゃべ》ってけるからサ」私は、知らせに走った。ヤス子の家は金持だから、迎えにくる人はいっぱいいる筈だ。

クレヨン　25

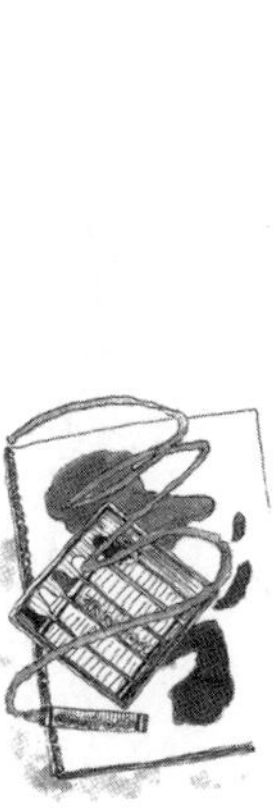

父に、初めてクレヨンを買ってもらった一年生の私は、初めての図画《ずが》の時間が待ち遠しかった。誇らしげに、みんなに見せびらかして絵をかく自分を、そこはかとなく想像していた。何しろクレヨンが新しいのだ。

その日が来た。先生は画用紙を一枚ずつ配りながら、「好きなものを画いていいからネ」という。咄嗟《とっさ》に、クレヨンを買ってくれた父を画こう、在郷軍人の服を着て威張っているところがいいと思う。

ふと、隣りの席の静ちゃんを見た。クレヨンの箱が大きい。私の二倍もある。ふたの開けるのを待つ、すごい十二色だ。私は圧倒されてしまう。私には無い黄緑や橙色《だいだい》がある、紫もある。「静ちゃん、いいな、これだば何《なって》でも画けるな」「うん、どの色から使うかなァ」と、六色の私のクレヨンをみながら、「無い色は貸してもいいよ」とやさしい。

みんなそれぞれけんめいに何かを画き始めた頃、「岩子、お前の持ってる金色のクレヨン、貸せェ」と声高く叫んだヤツがいる。金色？ 十二色にさえ驚いていた私は立上った。「どれ、ほんとか」と思わず岩子の方に、数人が寄った。銀色もある、何と二十色のクレヨンだ。席に戻ると、六色のクレヨンは、いかにも小さく見える。十二色の上に二十色もあるとは、金持《かねも》ちはいいなと思ってしまう。

何週かが経って私は先生に聞いたものだ。「俺のクレヨン六色だから、画《かが》けねもの、いっぱいでどう《なじょ》するの」。先生は「緑色は、青と黄を重ねればいい、赤と青を重ねれば紫になる」と言う。色の重ねることを教えられて俄然嬉しくなった私は家に帰ってすぐ実験してみた。重ねた緑は、ただの緑より、きれいな気がする。何となく大人《おとな》くさい色だ。「我が家《おらほ》のおどっつあんも覚《おべ》えてるか、聞いてみるかな」、と仕事場に行く。

「色を重ねるって覚《おべ》えてるスカ。六色のクレヨンでも、さまざまな色、重ねればできるヨ。友達《ともだづ》ァ、十二色だの二十色持ってるども、六色でも重ねるほう、面白《おもしぇ》え」「覚《おべ》えでるサ、クレヨンとか絵具は、色混《ま》ぜで使うのがほんとよ。十二色《いろ》とか、二十色《いろ》のクレヨンは、絵ッコの下手なヤツ使うのヨ。六色《いろ》もあれば余るくれェだ。昔、俺の親父は墨《すみ》だけで濃くしたり薄くしたりして、立派な絵ッコ画《か》いでらものヨ」。

杉の葉　26

油町は鷹觜《たかのはし》床屋の脇に裏にぬける割と広めのろ路《じ》があって、左側が馬小屋になってい

る。馬はいないほうが多かったが、たまにいるときは「どう、どどどう」と言いながら横目で馬の顔をみながら歩くとおとなしい。決して走るなよといわれている。

ろ路をぬけるとそこは一望の田圃《たんぼ》で、報恩寺や東顕寺の黒い杉の木がみえる。右は、下小路の裏手の家々が並んで遠く関口《せきぐち》のあたりにつながっている。

田圃のまんなかの小高いところはダンゴ山で、夏の頃なら兵隊《へってさん》ゴッコの攻防の拠点となるところだ。

家から、まるく畳んだ〝炭すご〟と長い棒一本を持った私と弟の圭司は、さらに金魚のウンコみたいに小さな弟たちをつれて、枯れた杉の葉を拾《ひろ》いに出掛ける。せまいあぜ道づたいに、くねくねと曲りながら歩けば、報恩寺の黒い塀の下に着く。少しだけ回り道をして〝どっこいしょ〟と急な土手を登ると、そこは一面の杉の葉っぱが落ちているのだ。

小さな弟たちの手をひっぱりながら、ついてこなくてもいいのに、と思う。

枯れて茶色になった杉の葉は、そんなに歩かなくてもすぐ炭すご一杯になった。何度も足で踏みつけるようにしてから荒縄を斜交《はすかい》にかけて結ぶ。いつもではないが、墓石の上に止まったカラスがジィーとこちらをみているときは「カラスのほう見るな、カラスに目、つけられるとそこの家の誰か死《す》ぬづぞ」と子供らに教える。カラスは不吉なのだ。やがて杉の葉で一杯にした炭すごは二つ、長い棒にとおして前後で担ぐが、後の方は前がよく見えないからよろめいて、あぜ道から落ちると、炭すごもどっさと腹の上に落ちてくる。

釜の飯《ごはん》たきは私の役目、米をといだあとの水加減は人差し指の関節で測る。といですぐ焚くと美味《うま》くないというが、貧乏だから余裕はない。〝かまど〟に、拾ってきた杉の葉をつめて、馬印お徳用マッチを擦る。杉の葉はパチパチと音をたてながら勢いよく燃える。燃え方が早いから、待ち構えたように次々と入れる。青白い煙が焚き口《ぐち》から濛々と出て、すぐ隣の室に流れこむ。「煙《ゆぶ》てぇいじゃ」と騒ぐが、燃やしてる私は何ともない。母が大根のヒキナ汁をつくりながら「和尚《おしょ》さん、いづか言《しゃべ》ってらっけが、周囲《まわり》サ迷惑かけても気のつかねのは、かまどで火焚きするのと同じだってヨ」。と、また言うのだった。

豆柿 27

校門を出るときは五人だったのに、途中、学校に近い家の順に一人ずつ抜けて、自分一人になると小走りになる。通りから裏へぬける路地を近道すれば、私の家の裏口とL型の接点でわずかだが早く着く。路地の裏は広くて奥の方に三軒長屋が見え、中程に共同用の都市水道がある。瀬川大工《でえく》さんの嫂《あによめ》さんが赤ン坊を背負ったまましゃがんで、金だらいを両足ではさむようにしてザフザフと洗濯をしている。右側の阿部さんの家では、外から見える部屋で四人ばかりの嬶《かか》さんたちが、荷札の針金とおしをしていて、声高な話声のあいまにパチパチという針金をまく音が聞こえる。

長屋の一夫君の父《おど》さんが、風呂敷に包んだ弁当を母《おが》さんから受取って出てきた。「いまがらスカ」と聞くと、母《おが》さんが「今日は《きやあ》夜勤だオス《おんす》」と代って答える。するとあの弁当は晩飯かと思う。どこかの印刷屋に行ってる筈だ。長屋の端から、ひょいと出てくる

清《きよし》くんに遇《あ》う。記章のとれた学帽を目深《まぶか》にかぶって、口をぎゅっとむすんでいる。服もいつもとどこか違う。「何処《どご》さ」というと「ちょっとの間《ぎま》――」という。「何しに《なすて》」というと「なすても」と答える。別に行先を知りたいのでもないからそれで終わりだ。

針金を釘にひっかけただけの、よちゃっと曲った裏戸をあけると、汲取り式便所の脇にでる。そこはもう我が家だ。小さい時玩具《おもちゃ》の刀で何回も切りつけた傷だらけの太い桐や豆柿の木がある。その木の下へ仕事用にと父が植えたいっぱいの木賊《とくさ》を飛び越えて、縁側から大声で「母《おが》さあん、腹減ったァ、何《なぬ》がァ」。生まれたばかりの赤ン坊に乳をくれている母は、「戸棚の中にご飯《さはん》、何ぼかあるっけナ」という。丼を持ってちょっと嗅ぐ。「母《おが》さん、少し腐《あめ》ってらようだ《でんだ》」「そだば、味噌つけて金網《あぶりこ》で焼いて食《け》えばええ。」

「うんちぇ」。

七輪を出してきた私は丸めた紙のうえに、壺から出した消炭《けしずみ》をのせて、火をつける。その上に金網《あぶりこ》を置いて、味噌をつけたおにぎりをのせる。やがて芳《こう》ばしい匂いがしてくる。小さい弟が覗きながら「俺にも《さ》」という。

やがて、あの便所へ続く長い廊下の途中で弟と二人、両足を抱えるように並んですわりながら、焼きがけの熱いおにぎりを頬張《ほおば》る。豆柿のまだまだ青い実を見ながら、「早く食べれるようにならネカなァ」と思うのだった。

兄の夜間中学　28

「ただいまァ」兄の声がした。本家に住込みで、働きながら学校に行ってる兄が、いまごろくるのは珍らしい。出てみると、風呂敷に包んだ大きめの荷物を小脇にかかえるように持って、ニコニコして立っている。「早く入《へえ》って、何なの《だえん》、その風呂敷」。「お父《おどっつぁ》さん居だか」と奥をのぞく。「お父《おどっつぁ》さん、兄貴、何か大き《おっきな》もの持って来たよー」と奥へ走る。

「珍らスな、幸一、何《なぬ》かしたのか」と父が前掛けで手を拭きながら笑い顔ででてくる。

「一寸《べえっこ》、見せたくてなはん」「その入口《へえりぐち》ではなんだ、中へ入れ《さへ》」。やがてひろげた風呂敷のなかから取り出したのは、鏡台の模型だった。「お父《おどっつぁ》さんに見て貰いたくて」「どりゃ見せでねカ」と手にとると裏をみたり、小さな引出しをスカスカとやってみたりしている。「学校で拵《こし》えたのか」「手工《しゅこう》の宿題だ」「先生、何てらっけ」「俺より上手《うめ》えナって、賞《ほ》めでらっケ」「そだべ、鏡台だば、先生もやったこと無《ね》がべからナ」〝うまいなぁ兄貴は〟と思う。消しゴム位しか入らないような可愛い引出しが四ツもついている。私も早く触ってみたいが親父に遠慮している。脇の方から顔を出して、鏡にうつしてみた。グニヤッと顔がゆがんだ。「なんだ、この鏡」と素頓狂な声を出す。「アハハこの鏡ゃァ一番安物だから」と兄貴が笑う。

小学校に入るときから指物《さしもの》を業とする本家に弟子入りして、いま高等科二年になった兄は、仕事の腕は殆んど一人前といってよかったが、この鏡台を学校の帰り持って寄ったのは、も一つ用事があったのだ。

「ところでお父《おどっつぁ》さん、俺、来年の春、夜間中学サ行きたい《てん》だヨ。良《え》かべ、お父《おどっつぁ》さん」父の顔色はサッと変わって、笑顔が消えた。「俺より、本家の伯父《おんつぁ》さん何ていうだか」。

「お父《おどっつぁ》さんから頼んで呉《け》で」と頭を下げる。「夜間中学は四年だべ、四年経ったらすぐ、兵隊検査でねカ」「おらそれでも勉強したい《すてぇ》」いつのまにか、頭から手拭をはづしながら母が側にやってきている。「お父さん《おどっつぁ》、せっかく、幸一の頼みだもの、話《はなす》ッコしてやってくんなせ《しぇ》」。父は憮然としている。

本家の伯父は、職人に学問は不要《いらん》の主義なのだ。結局は許して貰ったのだが、甲種合格で入営した兄は、戦地から帰ることは無かった。

おにぎり　29

あの日着ていた制服は合格発表前に義兄がつくってくれたものだ。義兄は「発表前につくってしまうと神さんの方がその気になってしまうらしいんだ」といい「先手必勝ってヤツさ」とも云った。

四月、学校が始まったばかりの土曜日、授業も半ドンで家に帰ると義兄が居た。

「やあ服、似合うな、神さん、完全にだまされたナ」と笑う。父は、この義兄がくると決って「チョピッといくスカ」と、右の親指と人差し指を口のあたりでクイッとやってみせる。嬉しい人がくると、そうなるのだ。

腕時計をちらっとみた義兄は「まだ少し《べえっこ》、明るいけど《んども》、いまなら《だば》汽車、丁度位《ぐれえ》いかな駅まで何分《なんぷん》だス？」と聞く。「二十分位《ぐれえ》だ」というと「源蔵さんも、俺家《おらえ》サ行かねスカ。かよ子に《さ》も制服見せるべスさ」という。私は父の顔をチラッと伺う。内心、姉に久しぶりに逢えるのだという思いを隠しながら〝義兄《あにき》、酔って、気、大きくなったナ〟と思う。

花巻駅で降りると次は電車だという。発車まで三十分もあるから、と駅前の屋台に入り、鍋焼うどんを注文したが、出来たてのうどんは何もかも熱くて口を動かす割には進まない。殆んど残ってる状態で〝駄目《わがね》だこりゃ〟となった。未練を残して走り電車に乗る。

義兄の家は温泉旅館だ。遅い夕食が始まったばかりで、義兄の父母や弟妹たちがずらりと食卓を囲んでいた。ハイカラな傘の電灯の下で光る頭の義兄の父が「さささ、あがって、あがって」と云ってくれたが、姉はとみれば、みんなの御飯を盛りながら

「立ってねで何とか挨拶するムシェ。本当に申訳《おもさげ》ないで《がん》す、こんたな時間に」と誰にともなく頭を下げて詫びている。やがて、姉のそばにはさまった私にも御飯を出してくれたが、うまそうな漬物が大きな丼に〝テンコ盛り〟にあるのをみて、スーッと箸をのばすと「食《く》いッ箸《ばし》でとらねの、箸は返して皿サ取って頂くのッ」と押し殺したような声で叱られる。上目《うわめ》づかいに回りをみると、皆、聞こえなかった顔をしている。昔の姉で無いなァと思った途端、涙ぐんでしまい「御馳走《ごっつぉ》さん」と立つ。

夜、腹減ったのと後悔に似た気持で眠れないでいると、姉が静かに入ってきて、盆にのせたおにぎりを二ツ置いて行った。

盛岡病院　30

漸く今日の宿題が終って、すぐ側《そば》の布団に寝ようとふと弟の正《ただし》の顔をみて驚いた。目

玉の黒が上《うえ》にあがって、ヒックヒクとしゃっくりをしているのだ。「お母《が》さん、正《ただし》が《ア》死《す》ぬどごろだ」と叫ぶ。明朝《あすあさ》の米をといでいた母が濡れた手のまま走ってきた。額《ひたい》に手をあてる。「お父《どっつぁ》さん居ない《ねん》ども、隣りの加藤さん早く頼んでこ」という。「こら、みんな起ぎろ、お医者さんくる前《めえ》に起ぎて布団早くあげろ」。寝惚け眼《まなこ》の弟たちがうろうろする。

やがて着物の上に白衣をはおった加藤さんが、おもての戸をあけたまま入ってきた。「こいづあ風邪から肺炎おこ《ご》したな、すぐ入院させ《しぇ》ねばねぇな。盛岡病院に《さ》、電話しておくがら。早ぐなはん」と、そそくさに立つ。父の居ないときに、大変なことになったが、「源蔵、先に盛岡病院に《さ》行って、今すぐ連れて《で》くるから《が》って頼んでで呉《け》ろ。正《ただし》の寝巻、取替《とっけえ》たりして、このまま行がれな《ね》いからナ」

病院の赤ランプのついた夜間入口は脇にあった。息を切らして走ってきた私は受付の窓にのびあがるようにして叫んだ。「お願いします《ねげえしゃん》」。焼けた畳の上で肘枕していた男が飛び起きて暗い廊下を奥へ走っていく。

正《ただし》を抱いたまま診察室に入った母は、中々出てこない。暗い廊下の長椅子で一人、掛けていると膝がかくかくとなる。貧乏ゆすりとおんなじだ。

　やがて年をとった看護婦さんと一緒に出て来た母は「やっぱり、このまま入院だどヨ」と寂しそうに、笑ってるのか泣いてるのかわからない顔でいう。看護婦さんが先に立って二階の病室へ向かう。寝台は二つとも、空いていて、ガランとしている。「家《え》がら持ってくるものあるようだ《んだ》から、源蔵ここに居《さ》て呉《け》ろな」という。病室を出て行ったあと正《ただし》の顔をのぞきこむ。荒い呼吸のようだが、よく眠っている。することのないまま、空いている隣の寝台に寝ころぶと、ガサガサと藁の音がした。耳を澄ますと雨のようだ。窓ガラスに顔を寄せて両手で被《おお》い外を見る。真暗《まっくら》だが、街灯の仄かな明りで中津川の波が光っている。雨でなく川の音だった。〃正《ただし》の奴、入院などして、大した金《かね》かかるべな。当分なんにも買《って》われねな〃と思う。廊下を歩く音がして静かに病室のドアがひらいた。荷物を持った父と母が一緒だった。正《ただし》の顔をみながら父が言った「先づ《まんつ》助かって良《え》がったんじぇ」途端にプンと酒の匂いがした。

兵営 31

「兵営に《さ》、行って見ないが《ねが》」と県庁裏の善郎がいう。先頃《せんころ》兄の友達数人と行ってきたそうだ。兵営は遠い「二里《8キロ》ぐれェあるんデネカ」「行き方《ぎがだ》は覚えた《おべだ》からサ」と威張る。大手先の敬三や油町の領平らも誘って行くことになって、その朝は八時の出発だ。

握り飯をつくって貰って新聞紙に包みはじめると、「その新聞《すんぶ》、天皇陛下の写真掲《の》ってらデネカ、粗末に出来《され》ねよに集めで焼くように、てらッけぞ」という。別の紙に包んで更に風呂敷に捲き、腰に結《ゆわ》える。天皇陛下は、元帥より上で、大元帥陛下なのだ。

仁王通りの突当り、憲兵隊を左に折れて、すぐまた右に折れ賑やかな材木町、芽町を、また突当ると左が夕顔瀬橋、橋のまんなかが川にせり出し、大きな石灯篭が並んでいる。善郎が立ち止って拝むように手を合わせる。「何にも無《なってもね》いのに何故《なすて》だ」「岩手山《おやま》を拝むとサ」「ふーん」と真似をする。北上川の音を右に聞いて行く片原《かだっぱら》には馬具屋が何軒もある。店の前を通ると皮の臭いがした。

「盛岡は、南部馬ッコが有名だから、騎兵隊だべおナ」

やがて赤レンガの高い塀が長々と続く。

「こちら、有名な狐森一番地は少年刑務所、悪いことし《わるうごどす》た奴入《へえ》る所だア」「鉄の扉に《さ》大《おっ》きな鍵、掛《つ》がってら」「ありゃ、青服《あえふぐ》着た奴アゾロゾロと歩ってく、何処へ《さ》行くだべ」「何だか、小気味悪《こきびわる》から走るべ」と急ぎ足になる。踏切を越えると、そこはもう兵営の入口だ。隊門の脇には、屋根の尖《とが》った詰所の前に、鉄砲を持って休めの姿勢で立っている兵隊さんがいる。顎紐《あごひも》をしてとても勇ましい。「観武ケ原《みたけが》の方に《さ》行くべ、そこでお昼にすべスヨ。確か湧水《わきみず》もあるっけ」。と善郎はよく知っている。観武ヶ原に着くと、馬に乗った兵隊さんが次々とやってくる。ボツボツと土煙りを立てるから、みんな道の脇によけている。敬三が、緊張した顔で手を上げ「敬礼」と叫ぶと馬の上から笑いながら敬礼を返してくれた。「敬三、お前恥ずかし《おしょす》がらネナ」とひやかされる。観武ヶ原は広かった。兵営が見えなくなるまで広かった。手で掬《すく》う湧水もうまかった。

「暗くならぬ《ね》うちに帰るべ」と領平が心配そうにいう。刑務所の前は来る時よりずっと寂しかった。材木町の明りが見えたときホッとした。「家《え》まで走るべ」。善郎は先に立って桜城学校の角《かど》を曲って行く。

赤い目　32

菊池モモちゃんは、洋服の似合う子だった。いつもきちんとした洋服を着ていて可愛いかった。着物で学校にくる子らは羨ましがって「モモちゃんはいいンな、金持ちだべオな」という。「そんなこと《たなごど》、おら知らね」と頬《ほお》をふくらませ、顔も赤くする。いつものことだ。幸一郎がすかさず「顔、赤くなったア」と、はやす。モモちゃんは、みるみるうちに目に涙を浮かべ、ポロッと頬に落ちて流れるまで我慢している。
「まだ泣かせたな《しえだ》、先生に《さ》教《おし》えるがらネッ、覚えていて《おべえでで》ヤ」と学級委員の俊子がにらむ。「は、は、えェ、おらは知《す》らねェ」と歌うようなリズムで、くるりと後向きになっ

て、幸一郎はうそぶく。

モモちゃんは、どこか体の弱い子なのだ。ときどき、首に真綿を捲いてきた。風邪ひいたとか、扁桃腺が腫れたとかいうのだ。熱っぽい顔をして、目を赤くしていることが多かった。お父さんや、お姉さんが教室までついて来て椅子にすわると「おめはん達、モモ子苛《いじ》めねで呉《け》でや」と頭をさげるのだ。

運動会が近づいて、みんなが練習しているときも、校庭の隅に立って見学している。それは遠目にも寂しそうだった。

いつも、さっぱりした洋服を着ていたモモちゃんが着物を着てくるようになった。授業中に、ときどき〝ケホ、ケホ〟と咳をした。力《ちから》のない咳だ。誰かが同じようにケホケホと真似をしたが、睨《にら》まれて笑う者はいなかった。やがてモモちゃんは学校にこなくなった。「先生、モモちゃん病気スカ」と聞いてもうなずくだけだ。

いつのまにかモモちゃんの休みが気にならなくなった頃、先生から「モモちゃんが亡くなりました。学級から三人、先生と一緒にお葬式に行くことにしました」という。学級委員の二人と隣りに座っていたワカちゃんだ。

初めて見るモモちゃんのお母さんは、始めからハンカチで顔を覆うように泣いている。〝チン、ジャラン、ポン〟が始まったとき、お姉ちゃんも泣いた。音と一緒に遠くへ行ってしまうと思ったとき、私も泣いてしまった。帰り、モモちゃんのお父さんが、白い紙に金平糖や薄荷糖、バナナ飴などを包んで三人に呉れたが、涙ぐんだお父さんの目は、モモちゃんのあの時の目と同じだった。

運動会　33

授業中に、あちこちの教室から『運動会の歌』が風にのってかすかに聞こえてくると、頭の中に、校舎の二階から四方に張った万国旗がちらつき、運動会はもうすぐだなと思う。

来れや友よ　わが友よ

一、秋は天地の精こめて
　張るや紅葉の唐《から》錦
　日もうららかに雲はれて
　　わが会場は開かれぬ

前の晩は、赤組の鉢巻をしめて新しく買ってもらった裸足《はだし》足袋を履いて畳のうえで軽く走ってみる。「これなら《だば》一等とれそうだ」と思う。枕元にみんな揃えて早めに寝る。弟が枕元に寄ってきて触ろうとする「触る《ちょす》な」と何回も怒鳴る。

朝、家の中で履いた足袋のまま、ポンと跳んで外にでる気持ちよさは格別だ。ふと思いついて「運動会に《さ》、来るにいい《え》か《が》」と聞く。「どうだがな、行ぐにいいどきゃ、栃の木のあたりに居るがら」という。一年生の運動会の時に一度来たきり、母は来たことが無い。蓆《むしろ》を敷いて、昼のおにぎりを食べたのが栃の木の下だったなと思う。

外で待っていた隣の健ちゃんが、私の裸足足袋をみてニヤッとしたので、私も足袋の裏を手のひらでピタピタとたたいて見せた。

二、ひらめく旗の数ぬきて

中に高きはわが校旗
無言の教示《しめし》身にしみて
骨鳴り肉もおどるかな

並んで徒競走の順番を待つ。ピストルが鳴るたびに一列ずつ進む。自信が少しずつ無くなるようだ。軽く足ならしをする。

順番が来た。「位置について」と声がかかる。両手を土において、ゴールを見る。右足の蹴る位置を探しているうちに「ようい」。尻を上げる。ドン、ピストルが鳴った。始めは『よしいける』と思ったし、だれかを抜いたとも思ったが、抜かれたとも思った。四等だった。ゴールで渡される旗は三等までだ。新しい足袋だったのに、と思う。

午前の競技が終ると昼食だ。若しやと、栃の木めがけて走る。いない。少し吟味して探したが他人ばかりだ。いやに派手な重箱を広げているのが目につく。「よし」と声を出して私は家まで走った。「何等だった」と聞きながら弟を背負った母は焼いたおにぎりを出した。私はくぐもった声で四等といいながら、ムグッとそれを口に入れるのだった。

学芸会 34

夏休みが終わって二学期になるとまもなく、学芸会の準備が始まって、私のクラスでは、女は遊戯、男は合唱に高見君の独唱と決まって放課後毎日のように練習している。木村君は相当な音痴で、声に強弱はあっても高低がない。どの音も合ってるというのではなく、高音となると吼えるようになる。

「木村の調子外れ《ちょすぱず》の隣だば、こっちまで変《ひょんた》になる先生」と訴えるが、どうにもならない。

「木村、お前《めえ》余り《あんま》大《おっ》きな声出すな」と頼むが、皆の声に合わせているうちに忘れるらしい。みんな、仕方なく顔をしかめて練習を続ける。

学芸会の日は、父兄も見にくるから、ほころびは縫って、垢のない下着を着て、いつもよりこざっぱりしていく。昇降口を入ると先生が待っていた。「源蔵くんちょっと」。そのまま職員室へ行く。話というのは、独唱の高見君が熱を出して休むことになった、

代わりに独唱に出てくれということだった。これには私も驚いてしまった。あんなに先生がつきっきりで毎日のように練習していたのに何ということだ。「オラ、高見みてェに声もよくねし、歌の文句も二番ぐらいまでスか暗記してネェ」というと「大丈夫だがら。音楽室で少し練習すれば」と先生も真剣だ。とにかくやることになってしまった。三十分も練習したろうか、「ヨシ、あとは先生に委《さ》せて、堂々と出るんだぞ」とポンと肩をたたいて行く。

学芸会が始まっても、私には誰が何をやってるのか殆んど、目にも耳にも入らない。ひたすら、渡されたメモを見てはハミングしながら暗記するのだ。合唱には出なくてもいいといわれたとき、木村の隣で歌わなくてもよくなったと思ったら妙に気が楽になった。

私の番が来た。一人で歩いて行くとズボンが短いせいか足首が寒い。正面を向いた。膝がカクカクする。私の顔をみて皆が嗤《わら》っているようだ。伴奏に合わせて首を振り覚悟を決めた。「雨 雨 降れ 降れ 母さんが、蛇の目でお迎え嬉しいな、ピッチピッチ、チャプチャップ、ランランラン」。

気がつくと、先生がピアノの陰で一緒に歌っている。成程、これなら安心だと元気が出た。

家に帰ってこの話をしたら母は笑いながら「たまげたごど、それで《すたど》もよく《ぐ》やったもんだナ。俺さも、もう一回歌って聞かせ《しぇ》ない《ね》か《が》」と懐から汚れた紙を出して目頭を拭くのだった。

トシ子　35

トシ子は五年の三学期に転校してきた。

先生が紹介したあとのあいさつがハキハキしていて、〝こごらあだりの者でない〟と思ったし、少し目尻のつり上がっているところなど始めからしたたかなヤツと見た。机の席の配置替えがあったばかりのその日、こともあろうにトシ子の席は私の隣りになった。

「おめはん、どっから来たえん？」「さっき先生が云ったでしょ」「ありゃ、そだっけ」「聞いてなかったの？」「は、忘れだー」「そんなにすぐ忘れるくらいなら、どこでもいいでしょ」とツンとした。「やっぱりこいつァ一筋縄でいかネナ」と思う。そういえば、顔にソバカスのあるヤツア勝気《きかね》だぞって聞いたことがある。

トシ子は昼休みになっても誰とも遊ぼうとしないし声もかけにくかった。教室の窓からじっと外を見ているのだ。ストーブの側にくればいいのにと思う。

五時間目が始まった。隣りのトシ子の膝がわずかに震《ふる》えていると思った。思わず「寒《さむ》いのか《のが》」と低い声で聞く。こんどは素直にうなずいた。私はとっさに立上り、思い切って「先生、トシ子、震えでら、寒《さむ》どー」と叫んだ。許されてオーバーを膝にかけているトシ子は、なんぼなんでも薄着だ。南の暖《ぬ》か《ぎ》い方から来たべが、そんなに薄着《た》では《だば》寒《さむ》いのは当り前《あたるめ》だ」と思いながら、ふと左手がオーバーにフワッと触った。ほんの少し手の甲が触れただけだが、そのやわらかさ、ふんわかとしたあたたかさに〝これは何の毛だ？〟と思う。

学校にオーバーを着てくるのは皆無、マントを着てくるのはいい方だ。私は服の下に何枚もボロを重ねてくるからマント不要《いらず》だ。

と、幸一郎が甲高い声で立上った。「先生、スゲェ雪だ。もっツ、もっツと降って来たァ」。私はほんとだ、と雪を見ながら〝履いで来た俺の靴ァ水漏るッケな〟と、軽く舌打ちをする。

放課後、降り止まぬ雪の中を何人かずつ組になっての帰りがけ、誰かが歌い始めた。

雪やこんこ　あられやこんこ
降っては　降ってはズンズンつもる
犬はよろこび　庭かけまわり
猫はコタツでまるこくなァるゥ

トシ子が、あのオーバーを着て昇降口に立っていたが、〝まるこくなァる〟と聞いたとき、とうとう少し、笑った。

卒業制作？　36

〝手工《しゅこう》〟担任の大沼先生は三学期初めの授業のとき、こう言った。

「お前たちの卒業記念に思い出となるものを考えていたが、足駄をつくることにした」。

「先生、自分で拵《こし》えだもの、自分で履ぐのスカ」「勿論《もずろん》」。教室はどよめいた。その頃、足駄は中等学校の生徒が黒の太い鼻緒をつけて、肩をゆすり裸足で街中をカランコロンと音を響かせ歩いていた、大人の気分になれる、憧れに似た履物だった。「そうか、先生は卒業したら、自分で作った足駄を履いて歩けというのか」。私の夢は大きくふくらんだ。


分厚い弁当箱のような木が二個、足歯となる長い板一枚が渡されて、つくり方の授業が始まる。学校の鉋《カンナ》は歯が欠けているから、表の板に筋がつくが仕方ない。黒板に書いてある寸法のとおり、鉛筆でしるしをつける。歯の入る位置に鋸《ノコギリ》を入れる。その部分を

〝のみ〟でけずる。歯の入れ方は予想以上に難しい。溝に入れる時は歯に小さな板をあてて槌を左右平均に叩《たた》くようにするのだ。「ようく聞け、歯は丁度ええと思った位では駄目だぞ。きつすぎる位《ぐれえ》でねば」と先生が叫んでいる。「歯に鉋《カンナ》かけすぎて薄くなった者は、隙間に鉋《かな》がらを一枚、はさめて入れてみろ」。「ありゃ、先生、叩《はだ》いでるうちに板割《いだ》れだ」「きつく入ったんども斜めになった、ガタガタって、これなら歩《あるげ》げ《ね》ねえ《ぇ》な《だば》い」。いや騒動だ。

横目でそれらを見聞きしながら、私はひとりほくそ笑む。少し遅れているが、順調のようだ。街中《まちなか》を歩く姿が目に浮かぶ。あとは鼻緒をたてる穴を三ヶ所あけるだけだ。概ね出来上った者に白くて細い鼻緒が渡される。あの太い、黒の鼻緒はあとで下駄屋で買うサと思う。三ヶ所の穴は、電気ドリルで順番にあける。あけたものから鼻緒をたて始めるが締まるように結べない。履くとユルユルだから「先生、駄目だ、足の親指《おどゆび》、前《めえ》サ出はる」。早くも教室の中を履いて歩くヤツがいる。「先生、何だかガクラガクラって跛《びっこ》になる」。よしどうだと私もおもむろに足を乗せる。一歩二歩と歩く。順調だと思った瞬間片方《かたひた》の足が低くなった。ハッと振向いた後《うしろ》に歯が二枚キレイに並んでいる。

先生がいった「鉋がら入れてみろ、それで駄目な時《わがねどぎゃ》、暫く水サ漬けてから履いてみろ、木、ふくらむからヨ、アハハ。ところでうまく出来たヤツいるかァ」と見回すのだった。

米虫 37

学校から帰るのを待っていたようだった。「本家の伯母《ばっちゃん》さん、お米《ごめ》呉《け》れるから来《こ》いってヨ。待ってらべから、すぐ行って呉《け》れない《ね》が」という。私は大きな風呂敷を持つと、勢いよく走って本家に向った。

本家の表から裏へ抜ける四尺ほどの土間の通路は、かたい大きな暖簾《のれん》をくぐると右側に板を敷いて米俵がいつでも積んである。さらに台所の隅にある欅《けやき》の米櫃《こめびつ》には五合升や一合升と一緒に米がかなり入っているのを知っている。

「我が家《おらほ》なら《だば》、毎日買いに《うさ》行くから《だす》、米櫃なんか、無くてもいいし《えおや》」と思う。座敷の方から、音を聞きつけた伯母が内股で足早やに笑いながらでてきた。「お米《ごめ》、貰いにきやんした」「こんな時は《たなどぎゃ》、頂きにきやんしたって、いうもんだヨ《であ》」。「頂きにきやんした」と言いなおしながら、おもむろに風呂敷を出す。ふとっているから、米櫃の前にべったりと座った伯母は、「其処へ《そごさ》広げでネカ」と顎をしゃくる。風呂敷のはじを押さえるようにして待つ。五合升で十回入れた伯母は「どうだ《なんじょ》、もっと持って行げるか」という。「いげる」と欲を出す。さらに二回足したところでフト見ると米の中に黒い点がある。なんだべと目を近づけると動くのだ。「伯母さん《ばっちゃん》、ゴマみてェな虫いだァ」と叫ぶ。「どれ、そいつァ米虫ってナ、金持にいる縁起のい虫ヨ」と笑う。

〝道理で見たこと無《ね》ェ〟と妙に納得する。「米、磨《と》げば水と一緒に流れるから心配《すんぺェ》す《す》るな」といいながら何度も巻いて包んだ米を、背中に押しつけてくれる。ズシッと肩に重みが加わる。

表に出ると、本家で働いている兄が、リヤカーを引いてどこからか丁度帰ってきた。「今朝、米の話《はなす》ッコすてらっけ、は、貰いにきたのが、重《おも》そうだな、リヤカーで持ってって呉《け》るか」と向きを変える。

〃失敗《すっぱい》し《す》たナ、もっと貰ってくれば良《え》かった〃と思う。

横町の我が家まで十分もかからないが、兄と並んで歩くのは楽しみだ。ノッポの兄の顔をみながら、リヤカーにとっつきながら足早やに行く。

晩飯に早速貰ってきた米を磨ぐ〃何ぼすても米虫は流さねば〃。

やがてみんな揃って「いただきまァす」とごはんを口《くち》の中に入れたとたん、お互いに顔を見合わせた。「何だ、このごはん、酸っぱ《け》い《え》な」。「あたり《る》前《め》だ。米虫いるよな米は、酸っぱ《け》い《え》のヨ。だから食って助け《す》ろって呉《け》れでよこしたのサ、腹くだりなんかし《さ》な《ね》いから黙って食《け》え、ハハハ」。と父は笑った。

大雪 38

「源蔵、先《まん》づ《づ》起ぎて見ろ、雪《ゆぎ》、一杯《のっこり》と積もってる《らあ》、家《え》の前《めえ》ばかりも除《の》けて呉《け》ろ」の声で

起きた。父の作った雪べらは、板に棒を釘で打ったようなものでなく、ちゃんと板に溝を掘って差込んでいるから丈夫だ。子供だから腰まであるような雪を片側に山のように積むと滑り台《すべるっこ》を造りたくなった。何回も雪べらで叩きながらなだらかな三角に仕上げる。上に登る段は靴で踏みしめながら足場をつくっていく。「こりゃあ、何すてら、学校サ遅れるでネカ」と叫ぶ声が聞こえる。「いま、行ぐ」「早く、顔《ひらからど》洗ってご飯食《け》べろ《え》」。学校に《さ》遅れる所《どこ》だったなあと思いながら、急いで斜面にバケツの水をサーッと流しておく。帰ってくれば、テカテカと凍っている筈だ。学校までは、一歩、一歩足を高くあげ、雪を漕いでいく。校門から校舎の昇降口まで深い一本道を、みな一列に並んで行く。下駄箱で靴をぬぐと、雪に濡れた足袋からふわっと湯気があがって臭いがする。

　こういう日は、大抵一時間めは、体操の時間になる。今日は学年全員で雪踏みとなった。「いいかァ、皆腕を組んで一列に並べェ」。五、六十米《メートル》の長い列ができる。先生が手をあげると、黒いラッパのスピーカーから音楽が流れた。「ようし、足を高く上げて歩けぇ」と号令がかかる。腕を組んだ列は、大きなうねりとなって進む。いつのまにか、うねりは大きくなる。「あ《あん》まり急《せ》ぐな」と斜めにひきずられた悲鳴が聞こえる。早さについて行けない狡《ずる》いのが、雪の上にひっくり返って、「気持ちいい《づぇぇ》」と叫んでいる。校庭の端まで行くと「回れェ右」と号令がかかる。濡れた足が、また温かくなってきた。靴底の型の減ったヤツはわざと足を上げすぎてテロンと転んだりする。明日あたり、学級対抗の雪合戦があるかも知れない。

　ふと校門の方を見ると正市がやってくる。「随分遅《おぐ》れてきたな」「正市の家《え》、遠いんだおや」「何処《どご》ら辺《へん》だ?」「上田の堤《づつみ》の向こうだっけ」「何時間《なんつかん》かがる?」「雪の無《ね》い日でも二時間《ぬつかん》位《ぐれえ》かかるでネカ」と左京長根からくる邦雄がいう。「今日なら《だば》、この雪だもの《お》三時間はかかったべ」。正市は頭から湯気を出して泣いているのか笑っているのかわからない顔をしている。駆けてきた先生が正市を抱くようにして「よぐきたな。頑張ってよくきた。ストーブさいって早ぐ乾がせ《しぇ》。競馬場のほう、ここよりもっと積もったべな」といいながら頭をなでた。

ランドセル　39

その日、父は機嫌よく帰ってきた。飲んできたのが鼻腔をかすめる匂いですぐわかったが、もってきた風呂敷を広げながら「いつ《いっ》もくる斎藤さんの友達《だづ》つう人から、貰ってきた」と取り出したのはランドセルだった。「少し《べぇっこ》ばかり古い《ふるす》ども、まだまだ使える立派なものヨ」という。

ことしは弟の圭司が一年生に入るので、父はそのことを思いだしたのだ。ランドセルは蓋のカドが少しばかりめくれていて、バンドの穴も大きくなっているが厚い牛革の、買えば高そうな。「金持《もづ》くせえにおいだナ、誰使ったのだべ」と蓋を上げると墨で大きく〝林〟と書いてある。「林って聞いたこと無えな」というと「此処らの人で無い《ねぇが》から当り前《あだるめ》だ。それより圭司のこと《ごど》呼ん《ばって》でこい《う》。背負《しお》わせてみねば」となった。

私のクラスでもランドセルは半分ぐらいしか無かったから、我が家では勿論、初めてのランドセルなのだ。圭司はランドセルを持つ父に背を向けて腕を片方づつ入れる。父は、目を細めて、「良い《ぇぇ》じゃネカ。帽子《しゃっぷ》ばかり《がる》も新しい《あだらす》の買うか」とニンマリする。「ランドセルだば、ポケットの裂けたの似あわねナ」「足袋も可笑しい《おかすん》でネカ」「どんなの《たなの》を着せてやったらいい《ぇぇ》んだか」と、髪のほつれを上げながら母は困っている。「どうだ圭司、面白《おもしぇ》が」。聞かれて圭司は照れくさそうにうなづく。私はフト気づいて「林の字消さねばネナ」「いや《うんにゃ》、うまくやれば、林は木へんを生かし《がす》て松《まづ》になるぞ《でぁ》、下手にいったら《どぎゃ》、それから消してもいかべ」と父は初めからそう思っていたらしい。両方生きれば、まるで松林だなと思う。

圭司の入学式には私がついて行くことになった。教室に入ってランドセルはうしろのフックに掛け、みんなの机のある椅子に座った。私の右も左も母親ばかりで、ひどく体裁が悪く、みんな私をみているようだ。ふと、隠れるようにしてランドセルを見る。みんな新しくてピカピカだ。いくら牛革でも古いものは古く見えた。ちょっぴり悲しい。帰りながら圭司がいった。「俺《おら》ァ、牛の革でなくていい《ぇぇ》、光る方がいい《ぇぇ》」。「馬鹿だなァ、牛の革のカバンは高いい《たけぇぇ》んだぞ。なかなか買えねんだからナ」。「俺《おら》ァ光るほうええ」と目をうるませる。「そんなこと《たなごど》、しゃべるナ。お父《どっつぁ》さん、よろごんで行ったと思ってるがらよ」。

少年講談 40

家を出て左すぐの突き当たり、大きな酒《さか》屋の勇三郎くんとは、学校まで一緒のことが多い。「昨夜《ゆんべ》、猿飛佐助の本コ面白《おもしえ》くて、中々寝られ《え》なくてサ、殆ど《あらかた》読んでしまったオヤ」という。「その本買って貰ったのか《が》」。「自分で買ったのサ。俺、この頃馬小屋の掃除する約束で祖父《じい》さまから少し《べえっこ》ばり銭《じぇねっ》こ貰うんだス貯めだのヨ」「羨まし《じゃみる》ナ、読んだら貸さねッカ」「うーん貸し《す》てもええ、但《ただ》ス三日だナ。新し《あたらす》のだから粗雑《そざす》なヨ」と念を押された。

それからの勇三郎くんは、毎月のように買っては「三日だば貸す」といってくれた。

〝霧隠才蔵、塙団右衛門、寛永三馬術、真田十勇士〟と続いた。それを聞いた隣の健ちゃんは「一日で良《ええ》いから俺さも貸して呉《け》ネカ」という。「そしたら俺は二日《ふづが》しか無《ね》ぐなる」というと「俺の倍《べぇ》だべヨ」と食い下がった。

学校の教室で、この話をしたら驚いたことに松阪くんが「心配《すんぺ》すな、俺もその《そんたな》本だば持ってるぞ《でぁ》、いつでも貸すから《が》ヨ」という。「何故《なすて》？」と聞くと新聞配達をして金を貯めるのだという。しかも講談社の本は「朝刊も夕刊も無理《むるす》して二区域《ふたくいぎ》やるのヨ。本コ買う気になれば、お前《め》たちみてェに遊んでられねのヨ」と威張った。少年倶楽部の倍はするらしい。

丁度その頃の或日、授業は〝国史《こくし》〟の時間で豊臣秀吉の子、秀頼が大坂夏の陣で徳川家康の軍勢に城を囲まれ、秀頼は城に火を放って自刃し、豊臣は滅亡した、というところだった。「先生《しぇんしぇ》」と松阪くんが勢いよく手を上げた。「先生《しぇんしぇ》、秀頼はなはん、実《じつ》は死《す》んだと見せ《めしぇ》かけて《げで》、城《すろ》から《が》落《お》ち《づ》のびだんだよ」。先生はつい乗せられて「何処《どこ》さヨ」と聞く。「大坂城の秘密の穴通って、敵のうしろサ、ベロッと出はって、鹿児島《すま》まで行ったのス。そし《す》て、もう一旗《ひとはた》あげるきなって豊臣の残党を集《あづ》めだんども……」「松阪、もういい。本の読みすぎだ。何の本読んだ?」「少年講談」。私は知っている、あれは真田《さなだ》幸村《ゆきむら》の本だ。「いまの松阪の話は嘘だからな。話スッコ面白《おもしぇ》くするために書いだのだからナ」と先生は念を押して教室を出て行く。「先生《しぇんしぇ》ェ、おら嘘言《まげ》わねェ」と松阪の声が背中を追う。「先生《しぇんしぇ》も知《す》らないのなんだ《ねのなんだであ》」となぐさめると「おら、口惜し《くやす》い《う》」と、いきなり机に伏せ、右手で叩《たた》き、ボロッと涙を流した。

出征 41

隣の雑貨屋の軒先にのぼりが立った。

「祝出征　里館嘉太郎君　盛岡市長大矢馬太郎」、とある。「隣の家《え》で、兵隊《へってえ》さんサ行くようだ《ふん》」「ありゃ、一番上の兄《えな》さんヨ、市長さんから、早々《はやばや》とのぼりッコ来たな」「市長さん、オヤ馬太郎づ人か」「馬鹿、大矢《おおや》、馬太郎って伸ばして読むのヨ」「オヤ、そうす

カ」「この野郎、ふざけるナ」と叱られる。

兵隊に行く、と聞くと子供は何となく勇ましくなる。「オラも早く大きくなって兵隊サ行《え》くてな」と思う。

出発の朝、隣組の回覧板で知らされた町内の人達が次々と集まってきた。麦藁に紙で巻いた日の丸の旗を、少し腰の曲がりかけた大工《でえく》さんが一本ずつ丁寧に「ごぐろうさんでガンス」といいながら渡している。〝大日本国防婦人会〟のタスキをかけた、お母《が》さん達も走って来る。モンペに裸足で下駄履いてきたのは誰だ。あれで、駅まで送って行く気だべか。と横目で見ながら低くつぶやいているのはゲートルを巻いてきた向いの熊沢さんだ。

カーキ色の国民服に自分の名前を書いた襷《たすき》を掛けて、口を右あがりにかたく結んだ嘉太郎さんが出てくると、軍服を着た町内会長が蜜柑箱にのって激励の言葉に声を張り上げる。嘉太郎さんの家の人たちは、心なしか少し項垂《うなだ》れてみえる。「武運長久を祈って今から駅まで行進をするゥ」。町内の半纏《はんてん》を引掛けた男が叫ぶと〝勝って来るぞと勇ましくゥ〟と音頭をとる。一斉に紙の旗が振られて動き出す。〝誓って国を出たからはァ、手柄たてずに帰らりょか、進軍ラッパ聞くたびに瞼に浮かぶ旗の波〃。本町から曲がって医専の病院前を通ると、二階や三階の窓から覗いて小さく手を振る人や、じっと見ている人が居る。

誰かが「愛国行進曲をやるゥ」と叫んだ。私も学校で習ったから三番まで暗唱している。〃見よ東海の空明けてェ旭日高く輝けばァ天地の精気溌剌《はつらつ》とォ希望は躍る大八洲、おお晴朗の朝雲にィ聳ゆる富士の姿こそ、金甌《きんおう》無欠ゆるぎなき、我が日本の誇りなれェ〃。開運橋を渡る頃になると、旗はちぎれて麦藁の棒だけみたいになる。市長がおくったのぼりが北上川の風に煽《あお》られて横になびく。

何げなく振り返ると、小柄な隣りの祖父《おず》さんが、右手に旗をぎっちりと握って胸のあたりで押さえながら、せかせかと小走りに軍歌など聞こえない顔で、ついて来ているのだった。

京花ちゃん　42

京花は目玉がくるっと大きくてチビだった。並ぶときは一番前でアゴをつき出すようにしている。季節が暖かくなっても、何だか綿の入っていそうな着物を着て汗をかいている。うしろの髪の毛がもちゃっとくまらけていて、いつも寝て起きたばかりのままのようだ。朝礼には遅れてくることが多かったが、それには理由《わけ》があるのだ。京花はお母さんがいないし、小さい弟が二人いて、朝ごはんを食べさせてから学校へくるそうだ。

その日、二時間目の授業だったか教室の廊下側の席に座っているのが叫んだ。「先生《しぇんしぇ》、あれェ廊下がら覗《まがっ》いて見てらァ」。皆、一斉にみる、小さな子どもが窓に顔を押しつけるようにしてキョロキョロしている。

京花がサッと立ちあがった「ひろしィ、何し《なぬす》に来たァ」とかけよる。京花の弟なのだ。「何處《どっ》から入《へぇ》ってきたけナ、学校には《さば》くるなって、何時《えっつ》も喋《しゃべ》ってるべ、わがネ奴だ

なァ」と廊下で肩を抱くようにして叱っている。「先生、俺《おら》いま家《え》サ置いでくるから」という。先生は「京花、いいから中サ入れてやれ。二時間目終ってから行げ」と笑っている。京花は弟のひろしを腰掛けの半分に座らせて左腕《ひだりうで》で抱《かか》えるようにしている。案外おとなしい弟だ。

それから数日後の夜、火事の半鐘がけたたましく乱打されて目を覚ました。火事が近いという合図なのだ。「どこだ」「仁王学校の方だ」という。「行ってみるべ」と走った。なるほど学校の方の空が赤く染まっている。次々と血相を変えて走る人がふえる。火事は学校の裏、赤川の側の長屋だ。田中の地蔵さんまでたどりつく。何十本もの太い消防のホースの所々《ところどころ》から漏る水は噴水の矢だ。火は隣りに移った。バラバラと火の粉が空に舞う。「火元《ひもどァ》どこだ」「どこだか《なんだが》、あ、また隣《となる》サ移《うづ》った」。歯がガクガクとなる。と頭の上から「邪魔だ邪魔だァ、去《しゃ》れ、去《しゃ》れェ」と怒鳴られ、逃げるようにして帰ったのだが、次の日〝昨夜《ゆうべ》火事があって〟と校長先生が壇上から話をした「昨夜の火事で水沢京花ちゃんの家も焼けました。京花ちゃんは小さい二人の弟にちゃんと着物を着せて逃げて無事でした。京花ちゃんの落ちついた行いは、感心というか立派というほかありません」。そうか、移って焼けたのは京花の家だったのか。可哀そうに。いままで京花って呼び捨てていたのに、それからは、みんな京花ちゃんと呼ぶようになった。

コロラドの月　43

体操の時間は、この日もまた鉄棒の練習だった。「うんちぇ、今日も尻上りの練習がハァ」。はじめから出来る者もいたし、何度かの練習で出来たものを合せると、いまだ出来ない者は、あと五、六人だった。

〝尻上り〟の出来た者は〝蹴上り〟の練習を始めている。その五、六人の中に私もいるし定男もいる。先生も懸命にからだを押さえてくれたり、尻を上げてくれたりするのだが、最後はドタッと落ちてしまう。この日最後までできないのは定男一人になってしまった。

「定男だけになってし《す》まったな」と先生がつぶやいた。それまでは、できなくても、そのたびに舌を出したり頭をかいたりニヤッと笑っていた定男が、さすが一人だと聞くと、「オラはァ嫌《やんたく》になったァ、ええハ、でき《げ》なくてええハ」と、溢れそうな涙を腕でグイとふきながら土の上にあぐらをかいてしまった。

学校の帰り定男は私を誘った。「なあ、お前《め》も出来《でぎね》ね《ェ》がら、出来ねのは俺ばりでねェと頑張っていたけれ《らったん》ども、お前《めえ》も出来たの見たら《みだっけや》、俺《おら》ハァ、糞《くそ》まぐれとなったのョ」と元気がでてきた。ところが、「俺家《おらえ》でレコード聞かねか」と唐突なことをいう。定男の家は、上田の富士見町、入ったことは無いが塀にかこまれた二階建ての瓦葺きがそれだ。少し遠いとは思ったが寄ることにした。

邸のような玄関でズックを脱ぐ。と、「これで足拭《あす》げ」と雑巾をよこす。〃ヘェこう《こん》いう《た》家《なえ》でぁいち《づ》いち《づ》足拭かねばねのか〃と思ったが、足の裏と光る板間を見較べて納得する。レコードは定男の兄貴の部屋にあった。天井から下がっている電気ソケットの二股のコードを差しながら「電気蓄音機、みたこと《ごど》無《ね》べ、いまレコード持ってくるか《が》らナ」と何んだかはしゃいでいる。「兄貴に叱られねのが」「大丈夫、兄貴は寄宿舎だ」「何處の」「師範《すはん》ヨ」「師範《す》て、先生《しぇんしぇ》になる師範《す》が」「兄貴《あぬき》ァ出来るオヤ、まるきり俺には《さば》似《ぬ》てない《ねぇ》んだ」とそれでも満更でない顔をしている。

本棚から四角い丈夫そうな箱を持ってきた定男は、おもむろに蓋をひらいて、何やら一枚のレコードを出し蓄音機にのせた。針先を静かに置く。ゆるやかに伴奏が流れた。定男は、つと立上って左の胸のあたりで両手を組んだと思うと「コーロラドの月の夜《よう》にィ」とのどをふるわせて歌い出した。「なんだ、こいつァ、さっき《さきた》の鉄棒も何《なぬ》も、忘れたべか」。

千太さん　44

裏へ抜ける路地の狭い空地で、ガラス玉の陣取り合戦などやっていると、豆腐屋の千

太さんがリヤカーを押して通りかかる。それを見るや否や一人が立ちあがって歌い始める。

ひとつ　ひとより　大き《おっき》い　禿《はんげ》
ふたつ　ふたつと　ない　はんげ
みぃつ　みごとに　大き《おっき》い　はんげ
よぅつ　よっぽど　大きい　はんげ
いつづ　いち《づ》ばん　大きい　はんげ
むっつ　むやみに　大きい　はんげ
ななぁつ　なか《が》なか《が》　ない　はんげ
やぁつ　やっぱり　大きい　はんげ
ここのつ　こ《ご》こらに　ない　はんげ
とぉで　とふやの　千《しぇん》こぱんげ

途中からみんな立って調子を合わせる。それ程の悪気《わるぎ》が無くても、歌の調子はいいし、文句も奇智に富んで?面白いものだから、すぐ覚えてしまう。千太さんも千太さんで、その歌が聞こえると、立ち止ってじっと耳を傾けるようにして、おしまいまで終わるのを待っている。終わると同時に「こりゃあ、腐《くさ》れ餓鬼ィ」と両手を上げていまにもつかみかかりそうな鬼気?・迫る顔で近づいてくる。「そりゃ来たァ、逃《ぬ》げろ」と散り散りになる。

千太さんは小さい時に過って頭に熱い油を被《かぶ》ったそうだ。その時から頭の半分以上が、てかてかと光る禿となったばかりか、中味にも影響がでたのだ。暑くても寒くても膝下までの袷《あわせ》かなんかの着物を着て、高足駄を年中通して履いている。手ごろな石ころを見つけては必ずカーンと蹴る癖があるので「千太が来たら気《きぃ》つけろヨ」などと注目されている。「千太ァ今年《ことす》兵隊《へえって》検査だども免除になったズナ」という噂もある。「当り前《あだりめ》だべ、何処《どご》だり《る》サ鉄砲玉撃だれた日にゃ、堪ったもんでねぇ《エ》がらな」。

或る日、千太の家の向かいの小夜子が見えなくなった。「ところで《うんにゃ》、そういえ《そえ》ば千太も、居ねェぞ《んじぇ》」となって近所の子どもらも手分けして探すことになった。

中津川だ、田んぼだと見当をつけてみたが見つからない。夕暮れになって、一緒に歩いていた健ちゃんが「いつか《づが》大泉寺にいだっけ」という。急いで行ってみた。「居だ居だ、小夜子ァ抱がさって寝てらァ」。走り寄って「どうしたんだ《なにすてらけな》」「負《お》ぶってたら《らっきゃ》寝《です》てしまったから《んだす》、少し《べえっこばり》……、な」といいながら無精髭を小夜子の寝顔に押し付けるようにして、ニンマリと笑った。

さよなら三角　45

三年生になって始めての日、臙脂色《えんじいろ》に黒い花模様の着物を着た、髪の毛が厚くて目玉のキロッとした女の子が、先生に連れられて教室に入ってきた。「今日からみんなと一緒に勉強することになった、松沢トラさんです」。「なに《ぬ》し《す》たって、トラだって」「ひえェ、トラって名前もあるのか《が》」。と何にでも口出しをする幸一郎が叫んだ。先生はきつい目で幸一郎を睨《にら》みながら「みんな、松沢さんと呼びましょうね」ともう一度言いなおしたのだが、一時間めが終わるとすぐ、「寅年だからってトラって名前つけられたのか《が》」などと、あからさまに聞くのがいる。トラはもう返事なんかできる筈もなくうつむ

いたまま、くちびるを強く噛んでいる。

「やめるんだ《むしぇ》お前《め》ハン、今日来たばかりで無《ね》っか」。トラの隣りになったばかりのキミが幸一郎にあごを突き出すようにして言う。

　何となく空気が白けた時、ひょろっと背が高くて揺れるように歩く虎夫がやってきた。トラに顔を近づけるようにして「俺、虎夫だ」とボソッというと、ニカーッと笑った。「そんだ、そんだ、も一人虎《トラ》がいだった」と誰かがいうと、教室が少しなごんだようだった。

　トラは教科書と弁当を木綿の風呂敷に一緒に包んできたが、昼休みになるとそっと風呂敷包みを持って外に出ていった。「どこへ《さ》」と聞いても返事はしなかった。昼の遊び時間に私も校庭に出たが何となくトラが気になって目でそれとなく追っていたが、校舎の裏のテニスコートの草むらにすわっているのが見えた。「可哀そうだんども、今日来たばかり《る》だし《す》、俺も何《なん》て話《しゃべっ》したらいいんだか」と思う。

　何日か経つと、トラの気だてのよさもあって友だちができたし、家が上田の方だというので同じ上田のマサとサクがとても仲よしになった。けれども専売局の辺りにくると

「ここで、さよなら《あばえ》すべ」という。トラは家を教えなかった。だから三人は、いつも曲り角で〝さよなら三角〟を歌って別れた。

「さよなら三角、又きて四角、四角は豆腐、豆腐は白い、白いは兎、兎は跳ねる、跳ねるは蚤《のーみ》、蚤《のーみ》は赤い、赤いはほおずき、ほおずきは鳴《なあ》る、鳴《なあ》るは屁、屁《へー》は臭《くさ》い、臭いは便所、便所は四角、四角は豆腐、……。また明日《だあすた》なはン」トラは一目散に狭い道の奥へ駆けて行くのだった。

トンネル 46

嘉三はおもむろにポケットに手を入れて、新聞紙に包んだものを取り出し、「見たい《てえ》か《が》」といった。「何《なぬ》よ、勿体《もってえ》ぶって、どうせたい《しぇてぇ》したもので無い《ねえ》くせに」といっても好奇心はいっぱいだ。「ほれ」といって広げた紙の中味は飴でもメラッと伸ばしたような

昔の小判ぐらいの金属片で、よく見ると字が見える。「こりゃ壹銭の字で無《ね》えか、少し《べえっこ》流れでるな」「そうよ、どのように《なんじょ》して拵《こし》えだか分《わが》らねがべ」というや俄《にわか》に声を落として「鉄道の線路に《しぇんろさ》壹銭乗せ《しぇ》でヨ、汽車、通ればこうなるのヨ」といって「ところ《ご》でお前達《めぇだつ》、北山のトンネル見だごとあるか《が》」ときた。嘉三の家は、北山のトンネルのすぐ傍《そば》で汽車が通る度にガダガダと揺れるそうだ。壹銭銅貨もその辺《あた》りでやったらしい。話し《す》を《こ》しているうちに、結局トンネルの探検をすることになってしまい、学校の帰り、領平や正三と三人で嘉三に付いていった。

　北山の踏切から線路沿いに行くとすぐ右側のトタン屋根をさして「俺《おら》ホの家《え》、あれよ」という。少し曲ってるようだが汽車で毎日揺れるからだと思う。トンネルの入口というのは、想像を越えた大きさで随分天井が高いものだ。少し中に入って話をするとガンガンと声が響いて何だか気味が悪い。嘉三が「俺サ付いて来い《でこう》ー」と叫んで急に走り出した。私は咄嗟《とっさ》に「汽車きたら駄目《わがね》がべ」と叫ぶ。嘉三は立止まって振返りながら、「今なら《だば》まだ汽車くる時《ず》間でねェから《が》大丈夫だ」といい「そだ《すた》ども汽車、来《き》たか来《こ》ねがはこうすればわか《が》るのヨ」と、身体《からだ》をガバッと伏せ、片方の耳を線路にあてている。

「汽車くればナ、必ずカアカアと《づ》音がし《す》て、汽車まだ来ない《ねぇ》内《うづ》か《が》らわか《が》るのヨ」と得意顔になる。「そし《す》たら行くぞお」と嘉三は奥へ向って走った。私も走ったが不安でいっぱいなのだ。走りながら「このトンネル、向うに《さ》出れ《はれ》ば何処だァ」と聞く。嘉三の声が反響して「山岸《ぎす》よォ」といったようだ。〝山岸なら《だば》相当《かなり》あるな。向《む》う《ご》に《さ》出ない《はらねぇ》うち《づ》に汽車来たらどう《なんじょ》する〟と愈々不安になる。嘉三が止まって待っていた。「この凹《へっこ》んだ穴は、若し汽車来たら隠れる所《どこ》ヨ」という。見ると領平も正三も来ていないことに気づいた。突然、首に氷をあてられたと思った。「冷《はっけ》てぇ」と悲鳴を上げる。天井から雫が落ちたのだ。「おら駄目《わがね》だ。怖《おんかねぐ》くなった。帰《けえ》るハァ」。私はもう振向かずもと来た線路の真中を転びそうになって走った。

皹《あかぎれ》（ひび）47

「お父《おどっつぁ》さん、踵《あくど》サ、また《だ》皹《ひび》きれだァ」「どれどれ、そうだな《ほんに》、治《なお》して呉《け》るか《が》らその足《あす》、見せ《しぇ》ろ。なにこれ位の皹《ひび》だば、これつければすぐ治《なお》る」と父は座っている仕事場から、やおら立って木のワッパに入っている漆《うるし》を持ってきた。わっぱの底に沈んでいる漆に爪楊子のような木釘《きくぎ》の先をチョイとつけると、伸ばしている足の踵《かかと》を抱えるようにして、ひび割れのまんなかに、なぞるようにつける。ビリビリッと痛みが膝のあたりまで走る。「滲《す》みるべ。効《き》いて《で》る証拠だ」と父は笑っている。「少し《すこす》乾く《ぐ》まで歩く《ぐ》な」という。

やがて私は片足とびで父の側を離れる。

私は毎年、冬になると手の甲には細かい皹《ひび》ができるし、踵《かかと》には大きく割れる皹《ひび》ができるのだ。クラスには皹を知らないヤツがいるのは癪《しゃく》なのだが、どうしてできないのだろう。それでも〝霜やけよりはいいか〟と思う。学校に行くと利男が片ビッコの手袋をし

ているから「何したの《なぬすたっけえな》」と聞く。「霜やけの包帯で片方《かたひた》入《へぇ》らねのヨ」と軍手の甲をなでる。「薬つけてるか《でらが》」「ん、オゾ、でらでらと塗だぐってラ」と顔をしかめた。フミ子は頬《ほっ》ペタと耳たぶにできた。特に耳のつけ根あたりに血が見える。「フミ子、耳かくし無《ね》えのか」「無い《ねぇ》から《が》やらないのさ《すてねがいちぇ》」とうそぶく。

体操の時間になった。歩き出すとやっぱりビンビンと頭まで響くから、ヒョコヒョコと爪立ちで《つまたてして》歩く。みるともう一人いる。勝《まさる》も私と同じように、肩をいからせ、両腕をひらくようにして、エカエカと歩いている。

「お前も踵《あくど》ひびか」と聞く。「ああ、ズック履くにユルぐねェ」と苦笑いする。見兼ねた先生が寄ってきて「見学だな、二人とも」。いってから又戻ってきて「そんな《たな》足はナ、晩風呂《ばんげゆ》サ入《へぇ》ってな、ヨードチンキ塗ればいい《ええ》」「誰《だあれ》、先生《しぇんしぇ》ヨードチンキなんか塗ったら痛《いだ》くて飛上るウ」「どこまで飛ぶってよ」「なに、先生他人《ひと》のごどだと思ってェ」。と勝《まさる》は先生の顔にメェーをする。

先生がいなくなってから私は勝に言った。「勝、おらほサ来《こ》う。皹《ひび》サバ、漆《うるし》効くでァ」。「漆《うるし》？　漆だば気触《かぶ》れネカ」「大丈夫だ。オラ何ともねェ」とは言ったが、漆気《うるしか》触《ぶ》れになったら困るなアと思うのだった。

宿題 48

「冬休みの宿題、今日の所《どこ》やったか《が》。遊んでばかり居《り》ない《ねぇ》で、早く《ひらからど》やれよ《ええ》」と台所から甲高《かんだか》い声が聞こえる。「そのうち《いま》、やるー」「何時《いっつ》も、いまいまって溜めて《で》か《が》らあとで泣き《ぎ》ごという《つめたでる》なヨ」〝ああァ、冬休みはいいけど《んども》、何故《なすて》こんなに《た》宿題ばかり出すのか《が》な〟と情けなくなる。

冬休み練習帳は、まだ大分残っているし、書方《かきかた》も図画もまだだ。手工の先生まで〝何《なぬ》か《が》拵《こし》えるによ《え》か《が》ったら拵えて《こしえで》持って来《こ》〟といってらっけ。〝余計《よげ》な話《はなす》だ〟と思う。

松の内の七日がすぎた頃「それ、今日あたり《だ》書方《かきかた》ぐらい《れえ》、書いて《で》おいた方、良い《ええ》の《ん》ではねか《が》。傍で《かたわきサ》就いて《で》見て呉《け》れるがらヨ」と母がいう。口をとがらしながらも私は書方の道具を包んだ、墨で黒くなった布巾をとり出して拡げる。「先づ《まんづ》墨擦《す》らねばナ」と硯《すずり》の水を小皿に入れて持ってくると「なんで《たら》この墨、随分斜めに減ったこと《ごど》、擦《す》る時《どぎ》の背中《しぇなが》曲ってるか《が》らだ、背筋ちゃんと伸ばしてホレ、足は正座、正座」。と足指をつねる。なんだかんだしてやっと擦り始めたが、何だか変、墨が硯の上を妙に滑《すべ》るようなのだ。よく見ると表面に薄い氷が張りかけているのだ。「ひや、お母《が》さん、墨凍っ《すみ》て《で》ら」と「そっか、今日《きやあ》は、そ《そ》いえば冷《ひ》えるな、もひとつ火鉢《ばづ》出すか《が》」「そんだ、火おこす間、休憩だナ」「何だっ《なぬすたっ》て、そんなこと《たごど》ァお前《めえ》の仕事ヨ、火おこしは夏下冬上《かかとうじょう》って覚《おべ》えてる《で》べ」と語尾を高くする。

室内があったまると、肩がほぐれる。「学校からきた紙、何枚だ」と母が聞く。「二枚《ぬんめ》だ」というと「そだべと思ったんどもヨ、そなら《だば》、これでよしというまで新聞紙《すんぶんがみ》サ練習せ《しぇ》、新聞だって贅沢するな、真黒く《まっくれぐ》なったら焚付け《たぎづげ》にするんだからナ」。ところで愈々練習だ。「いい《ええ》か《が》、筆はこう持って、筆先から静かにトンと入れたら《だ》、力《ちから》を抜かない《ねえ》で、そうそうズーッと引いて、ヨシそこでウッと軽く力を入れて《で》、ヨシそこで腰を浮か《が》すようにし《す》てか《が》ら、静《すず》かアに上に抜く。こういうのをズンズモリっていうんだホレ、も一回やってみろ」。私は横目で母をにらみながら〝今日は《きやあ》遊《あす》びに出《でハ》られない《えねえ》な〟と観念する。火鉢の炭火が大方《あらかた》灰になる頃出来あがった半紙の「大内山、松の緑」の字を見て帰ったばかりの父が鼻水をこすりながら「俺より上手い《うめえ》んじゃネカ」「な、源蔵」といってくれた。外はもう暗かった。

〝猫イラズ〟49

「何故《なすて》だか今夜《こんにゃ》、目が冴えて《あっきらあっきらって》寝られね《え》から《だす》、本コでも読むかな《が》」と寝返りをうちながら隣の布団に並んで寝ている弟の誰にともなくつぶやく。「寝られない《えねど》時は《ぎあ》、天井板の節穴《ふすあな》ひとっつ、ふたっつって数えれば《かじえで》何時《いづ》のまにか《が》寝られる《さ》」と圭司がいう。「さっき《きた》から《が》、何回数え《かじえ》て《で》も駄目な《わがねえ》んだよ、仕方無え《すかだ》講談社の修養全集でも又《まだ》読むかな《が》」「あの本なら《だば》、かえって寝られなくなる《えねぐ》の《ん》では《ねえ》?」「先づ《まんづ》お前は《めえハ》、心配しないで《すんぺえさねえ》早く《ぐ》寝ろ」。

確かにこの修養全集は面白くてなかなかに眠くならない。うつぶせになって顎《あご》の下に枕を置き、頭まで布団をかぶるようにしていると寒くないが、ページをめくる時だけ腕を出すのが、少し寒くて面倒なのだ。

読む方《ほう》がひと区切りついても、一向に眠くならない。「どうした《なんぼす》ってハ寝るか」とページの端を三角に折って閉じ、電気を消した。と、それを待っていたかのように天井裏の鼠が斜めにタタタタ－ッと走る。「畜生、また暗く《くれぇぐ》なるのを待ってた《ら》のか《が》。節穴《ふす》から反対に光洩れで天井裏明《あが》るか《が》ったんだ《べおな》。鼠って何故《なすて》暗《くれぇ》くても見えるのか《が》な」と思う。

また、鼠が走った。さっきとは別のヤツだ。さっきのより重そうな足どりだから「余程大き《おっき》いようだ《んだ》な、あれは他所《ほか》からきたな。オラホだば食う物無《え》いか《が》らな」と思っているとこんどは軽そうな感じの足音が数匹も走った。あゝ今日も運動会が始まった。急に図々しくなってチューチューとなき声がする。「まだ、俺は起《ぎ》きてる《でら》ぞ」と仕方なく立って電気をつける。と、足音もなき声もピタッと止まるのだ。「鼠も、わか《が》ってるな」と思いながら「こんな《た》に鼠も増えれば鼠取り籠、また仕掛けねば無ぇナ」「それにしても、籠に《さ》入った鼠殺すのは嫌だ《やんた》な」と思い出す。籠に捕まえられた鼠はキョロキョ口と私を見ながら時折はじっと哀願するかのように見つめてくるのだ。私は家の前を流れている堰の水に籠ごとザブッと入れるあの瞬間、呼吸《いき》を止めてしまう。

学校の帰り道、薬屋《くすり》で〝猫イラズ〟の張紙を見た。「どんな《なんじょ》もんだ」と歩きながら武夫に聞く。「ダンゴ拵《こし》える時猫イラズ一緒に混ぜ《まじぇ》て出そう《はりそう》なところに置《さ》くのサ、それを食った鼠《ねずみ》はパタンキューよ。でもナ《すたども》鼠、あちこちに死《どごだりさす》んで駄目《わがね》だって、我が家《おらほ》では止めだっけ」。「そうか《が》、毒薬《どぐやぐ》飲まされれば苦し《くるす》がって、死ぬべからな」。私は昨夜の天井裏運動会を思い出し「あれはあれで楽しそうだっけ」と思うのだった。

神庭山 50

「高松の池《いげ》、滑るに丁度よく《いぐ》なったど。いかねっか」と勝夫が靴スケートを肩にかけて誘いにきた。勝夫はスケートが得意なのだ。「俺《おら》、スケート持って無え」というと「ナ

ニ〝まぐれ〟でもいいさ《いがっけ》」「その〝まぐれ〟も無え、あるのは〝タコ《たご》〟だけ《ばり》だ」と少し悲しくなる。背後で桐板《きりいた》に鉋《かんな》をかけている父をみても知らんふりだ。勝夫は、ふと脇に下がっている橇を見つけて「そしたら《うだば》、神庭山《すんていざん》へ《さ》行って橇《そる》ッコ遊びにするか《が》」と私の気を取成《とりな》すようにいってくれる。「その方《ほ》がいい《わ》」と父が上目づかいにつぶやく。その言葉に私も何となく力《ちから》を得て「俺ホの牛橇は《べごぞらあ》二人乗りだから—」と行くことになった。

神庭山には、モヤモヤと人が居て、次から次とてんで勝手に滑り降りている。眼下の高松池ではスケートを楽しむ人が動く点線のようだ。〝スケート持ってる人《ひた》ァ、あんなに居《た》るのだ《ふん》〟と思ってしまう。「さあ俺達《おらだづ》も滑るか、舵とり俺でいいか」と勝夫がいう。「うん」と言いながら勝夫の背中にへばりつくように橇をまたぐ。勝夫は両足を漕ぐように動かしたかと思うと「それェ」と私の方に背をもたせかけるようにした。舵とりの紐をしっかりと握った腕を左右に突張って、坂を降《くだ》りながら叫ぶ、「ちゃんと俺サつかまって《たもっぃで》ろよー」。橇の板が私の尻に直接ダグダグと当たり雪の粉がバチバチと顔に当たる。いい気持だ。池の側まで降《くだ》ったところで勝夫はグイと舵を右に引いて止める。勝夫はうまい。大したもんだ。橇を引きながら二人並んで、わきの方の坂を登る。

「今度《こんだ》ァ一人で滑ってみるか」となった。勝夫は急な坂にかかると思いきり寝るようにして、靴が雪に触れぬように足も高くあげると見るまに小さくなって降って行く。真赤に上気した顔で勝夫が帰ってきた。私の番だ、ふと思った。こんなに大勢の人が滑ってるのだからぶつかると危険だ、あまり人の居ない方向へ降ってみよう、と。勝夫の真似をして橇を動かした。やや斜め左の方へ降った。スピードが出た。「そっちは《つぁ》駄目《わが》だァ《ねエ》」と背後で勝夫の声が聞えた。私の橇はあっという間に空中に浮かび、身体と橇が離ればなれになって深い雪の中に真っ直《すぐ》、スポッと落ち、空だけが見えた。

　不安な長い刻《とき》がすぎた。やがて大勢の人が雪をかきわけて助けに来た。私の腕がもげるかと思う程に引張られた。途端に左の靴が脱《ぬ》げた。「靴《くつ》、靴《くつ》」と叫んだが声にならなかった。帰り、勝夫の肩を借りて歩きながら、木の棒みたいな左足の感覚を不思議だと思った。

番傘 51

「本町の伯父《おんつぁん》の家《え》で、番傘、沢山《いっぺえ》買わせ《しぇ》られだとかって、一本持ってけ《げ》って貰ってきた」。父は、膠《にかわ》を塗ったようにテカテカと光る太い傘を小脇に抱えて帰ってきた。弟の功が「見せで、見せで」と飛び出して受取るなり早速ひらこうとしたが、かたく締っていてひらかない。「どれ、俺に《さ》貸せ《しぇ》」と私が力委せにグィッとひらく。〝バリバリ〟と激しい音がした。功がまた飛びついて「俺に《さ》貸して、貸して」という。ぴーんと丈夫そうに開いた傘からは、いかにも新品の匂いがする。

功はとたんに、おどけた素振りで傘の柄を、伸した腕の先に持って、ひょこひょこと左右に振りながら踊りだした。

「雨《あーめ》が降っても、いいです。傘《かーさ》があるから、いいです。雪《ゆーき》が降っても、いいです。傘《かーさ》をさすからいいです」歌いながら拍子をとるようにして、せまい家の中を回り始めた。

「なんで《ぬすたって》お前《めえ》、そんなに《た》ふざ《じゃば》けて《で》るんだ。新しい《らす》傘、あちこちに《どこだりさ》ぶつかって穴あけたって知らねぞ」「家《え》の中で傘さし《す》たって、雨なんか降らねぞ《であ》」「いつかのよう《えづがみって》に転《おっけえって》んで泣くぞ《ぐじえハ》」。兄弟が口《くち》ぐちに注意をするのだが止《や》めないで父の仕事場の方へ腰をふりながら歩いて行く。「あいつは《づあ》、いつ《いっっ》も変《おがす》なヤツだおな。何か《なぬが》と言《って》えばふざ《じゃば》けてョ」。と、間もなく、仕事場から、ドタンという音と「痛い《いでえっ》」という悲鳴が聞こえた。「それ《りゃ》、やったぞ《じぇ》」と父が笑った。「やっぱり《す》、転《おっけえった》んだな」と私は仕事場に走る。傘が心配だ。

功は横倒れになって口《くち》から血を流し、「あゝあゝ」と情無い声で泣いていたが、目は〝助けて呉れ《けろ》〟と言っている。近づいてみると額の真中が三角に凹んでいるではないか。「父さん《おどっつぁ》、功の額凹《でんび》んでらぁ」と叫ぶ。「何だと《なぬすたど》」と父も走ってきた。「何だってまた《だ》。源蔵、手拭《てぬぎ》、水で冷《はっけ》たくして持ってこ早ぐ」「圭司、お前《めえ》はお母《が》さんに《サ》聞いて〝オゾ〟探《めっけで》してこ」「功のバカタレ、言う事《ごど》聞か《が》ねで、いつ《いっ》も迷惑《ひまだれ》かけ《げ》るヤツだな《お》」。父は指で功の唇をめくり「口《くづ》の中《なが》、裂け《げ》てる《でら》な、これでは《だば》今夜《にゃ》の飯《めす》は《ハ》痛《いだ》くて食《か》われねな、罰当《ばつあだ》ったな。先づ《まんづ》オゾつければ治るべ。それ《す》に《た》し《ど》ても、この額は《でんびあ》元に《もどサ》戻るかな《べが》。手拭《てぬぎ》、も一回冷《はっけく》して持ってこ」。それを聞いていた功が父の腕の中で「父さん《おどっつぁ》、額《でんび》も口《くづ》も痛く《いでんど》ても、オラ食うにいい《ぇぇ》」と悲壮な声を出す、「この野郎」と父が額《でんび》をつつく「痛い《いでぇ》」と功は甘えた声に変わる。番傘は、どこも破けないで無事だった。

フルーツ・ポンチ　52

〝天皇陛下さんがお出ったこともある〟という公会堂の曲り角には、数人の兵士が重そうな荷物を積んだ車に、皆が手を掛けて懸命に動かそうとしている彫刻がある。この頃《ごろ》できたらしいこの彫刻のそばに近づいて背のびする。馬の鼻息が剥《む》き出しの歯と共に目の前に迫っていた。「兵隊《へって》さん達《だつあ》、たいした難儀《なんぎ》してるんだ」と、出征して行った人を思う。

その日は春休みだから、新しい帳面と、今年から使う分度器を買うので呉服町の赤沢号まで行くのだ。突当たり、二階建の市役所を右に曲れば、すぐ左は警察だから何となく早足で通り過ぎる。黒い塀が続くのは秀清閣だ。〝東京の伯母は昔、ここで稼《かしぇ》いでらったそう《ずお》な〟と何やら〝どんな《なんじょ》処だろう《どごうべえ》〟と思う。白《しら》ちゃけた太い木の門に寄って中庭を見ると、赤い襷《たすき》に短い着物のネエヤさんが、バケツから手で水を撒《ま》いている。

　中の橋の手摺りはツルツルしていて、殖産銀行が見えれば、赤沢号はもうすぐだ。うしろから、私の肩がトンとたたかれた。「千田先生」私は頓狂な声をあげた。「やっぱ、源蔵君だったな」と先生は笑いながら「どこサ行ぐ?」「赤沢号サ」「一緒に行ぐか」と肩に手をかけて呉れる。二年ぐらい前、千田先生は仁王学校の教生《きょうせい》の先生だった。あの頃遊びに来いと言われて遠い上田の師範学校に行き、寄宿舎でライスカレーをご馳走になったことがある。あの時の先生に、また会えて嬉しい。

　赤沢号では、先生も何か買っているようだったが「源蔵君、ゴム付鉛筆持ってるか」という。私は咄嗟《とっさ》に〝さては〟と思い、目を輝かせて「俺《おら》、持って無え」「そだべ、今日会った記念に買って呉《け》るか《が》」と、半ダース入りのゴム付トンボ鉛筆ＨＢを私の手に握らせた。店の外に出た先生は、腕時計を見て考えているようだったが「君《おめはん》は、こんど出来た〝味のデパート〟サ入《へぇ》ったこと《ごど》あるか」ときた。「ある訳《わげ》無がべ、先生」私の胸は期待に大きく膨らむ。「――だべな。よし、時間《ずかん》あるか《が》ら行ってみるか《が》」と大股に歩き出す。私は小走りについて行く。

真新《まあたら》しいテーブルの椅子に掛けた先生は「フルーツポンチ、二ツ」と、額《ひたい》の上に白いレースの飾りをつけた女の子に注文した。〝フルーツポンチってどんたなもんだ？〟と私は、こらえてもこらえても頬がゆるんできて、初めて食べるものへの期待に「待ち遠しい《つびやすう》な」とつぶやいた。

蕨《わらび》とり　53

「今年は《ことしゃ》、蕨《わらび》の当り年なそうだ《あだるどすだずおな》」と一年上《うえ》の福士さんが言う。「当《あだ》るったら？」「知《す》らねのか。生《な》るものには《にゃ》、みんな、きのこ《ご》でも栗《くる》でも当り年というのが《なぁ》あるのヨ。」「そ、

言《そ》えば、鍛冶屋《かずや》の沢田の親父《おやづ》ァ、中気《きぎ》あだったけな。ビクタラ、ビクタラって歩ってらっけ。」「話《はなす》、混《まじぇ》ぜるナ。ところで、採るサ行かねかァ」「何処サ」「区界《くざかい》の兜明神《かぶとみょうずん》ョ。あそこなら、一面《ぬたあっ》と生《おが》ってるぞ《でぁ》。」「区界まで、汽車賃《つん》いくらだ《なんぼだ》」「たいしたこと《てぇごど》無え、売る位《くれえ》採ってくればタダにならァ」と脇の方で増沢さんがいう。私は蕨とりも汽車に乗るのも面白そうだし、若しや売るくらい採れるなら、父も汽車賃を出してくれるだろうと思い、「俺のことも加え《かで》でェ」とたのんだ。

区界の野原は、それほど蕨が採れなかった。〝当り年《あだるどす》だなんて編されたな《だでぁ》〟と思ったが兜明神を登って岩に跨がり、遥かな眺めはまた格別なもので蕨とりなんか……となった。

「ところで、帰《けえ》りの汽車時《ず》間そろそろでないか《ねえが》」と武夫が叫んだ。「二時《ぬず》半ころの汽車だっけ、走《はしぇ》れば間に合うんでねか」と福士さんが遠く見える区界駅をみながら走り始めた。私もひと握りの蕨をしっかりと持って、木の根や棘のある草木を除《よ》けながら、転びそうになって急いだ。駅までもう少しだという時、汽車が駅に入ってくるのが見えた。先頭を走る福士さんが「早ぐ、汽車来たぞ《じぇ》」と叫んだが、小脇に蕨を抱えて下駄を履いてきた増沢さんが遅れ、駅の改札にも「危ない《ね》か《が》ら次の汽車にしなさい《すむしぇ》」と止められてしまった。次の汽車まで一時間《いづんつかん》なんてかからねべ」という。「そだな、その分汽車賃も安くなるしナ」となった。ところが、歩いても歩いても大志田駅に着かないのだ。「変《おが》だな《す》」と不安になって向こうから来る人に聞くと、「この道は《みづぁ》、盛岡サ着くけど《ではるん》も途中に駅は無いよ《ねえのす》」ときた。「ヘェ、盛岡まで歩くのか《が》ァ」と全員悲鳴をあげる。この道は鉄道とは別の道らしい。不安感で、皆ものを喋らなくなった。増沢さんの下駄の音が妙に谷間に響く。左を流れる川を見て「この川も盛岡サ行くベナ」と少し安心する。空が暗くなってきた頃「歌ッコ歌いながら歩くべ」となった。「箱根の山は天下の嶮──」と私はしぼり出すような声で歌う。とっぷりと暮れた頃、街の灯が見えてきた。「あの真黒い森は《まっくれえもりぁ》?」「八幡さんだねか」「そう《ん》だ八幡さんの裏側だ」と福士さんが叫んだ。八時をすぎてもまだ晩ごはんを食べないで待っていた母に、私は握っていた蕨をそっと出しながら「許してヤ」と泣きそうになっていた。

間違い　54

初めて、この年から校内自治会が出来て、学級の自治委員に選ばれた私は、第一回の自治会に出席するために、決められた教室に行ってみると、まだ誰も来ていなかった。自治会担任の、C先生が来てもまだ三、四人しか揃わないのを、イライラしたのだろう、先生は私の顔を一瞥《いちべつ》して「校内の学級を回って、早く集まるよう、声をかけてこい」と言った。「ハイーッ」とばかり教室を飛び出した私は、すぐ近くの六年生の教室をのぞいたが、誰も居ない。空《から》の教室では声のかけようがない。「まだ帰《けぇ》る筈《はづ》ァ無《ねぇ》いな、何處に行《さ》った？　何故《なすて》だ」。次の教室をのぞく。掃除をしている。ドアを開くなり叫ぶ「自治会始《はづ》めるよ《ど》ォ自治委員の人《ひたァ》は、早く来《こ》ど」「わかったでぁ、今行《ぐ》くゥ」〃よし、ここは決まったナン、何《なぬ》しろ先生から用事《よっこ》頼まれたのは《なぁ》初めてだから〃と私は張り切って次々と回ったのだが、サッパリ要領の得ない学級《くみ》もある。「自治委員って誰だ。

この組ァ居《い》ない《ねぇ》の《ん》でない《ねぇ》か」「そんな筈《たな》はない《ねぇ》。先生に《さ》聞いて見ろ」「先生は《だば》職員室だ、お前行って聞け《げ》」「そんな《たな》こと《ごど》し《す》てられ《え》ない《ねぇ》。早く《ぐ》くるよう言って《しゃべっ》呉れ《けろ》」。

私はこうして二十を超す学級に声をかけ、わからない所は職員室の先生にも頼んで、大急ぎで自治会室に戻ったのだが、廊下に聞こえてくる様子では、会はもう始まっているようだ。〃俺《おら》ァ走り回《はしぇま》っているうちに集まったんだな、よか《えが》ったな〃と、そうっとドアを押して中に入った。自分の席に座ろうとしたら、C先生は私の方へヅカヅカと寄ってくるなり、割れるような声で「この馬鹿者《もん》、今頃コソコソと来て恥ずかしく《しょすぐ》ないか《ねぇが》」というのだ。驚いた私は「先生《おめはん》が、集《あづ》まり《る》悪い《わる》から《が》各教室を回って来《こ》って頼んだでしょう《べっちぇ》。俺《おら》一番早く、先生より早く《さぎに》来たんだからァ」と、いい終るやいなや〃バシッ〃と先生の平手打ちが来た。「嘘、言え《まげろ》、頼んだ奴は《やづぁ》疾《と》うにいるぞ《でぁ》。誤魔化しても駄目だ《わがね》」「俺《おら》嘘いわ《まげ》ね、誰か、この中に《さ》いる筈だ。俺に《さ》先生用事《よっこ》頼ん《いいづけ》だの見てる人、居る筈だ」と喚《わめ》いたが、先生の権幕に恐れをなしたのか、皆、下を向いたままだ。

会が終っても私の気持は治《おさ》まらなかったが、帰りの校門のところで私に追いついたのが、「申訳《おもさげ》な《ね》か《が》った。俺ホントは覚《おべ》えていたけど《でらったんども》、俺まで先生に殴ら《はだが》れるような《よんた》気して、怖かった《おんかねがっ》んだ。あの先生、いつも《いっつも》気短《きみつか》で、手っ早《ぱや》くてゴエラゴエラってよ。許せ《しぇ》な」というや一目散に駈けて行ってしまった。

雫石川　55

「うんにゃ、どうしても《なぬすたぐ》暑い《あづう》な。汗、眼に《まなぐさ》入って《へぇ》稼がれないな《かしぇがれねえでぁ》」と、父は鉢巻きの手拭で顔を拭いた。屋根はトタンで、常居は天井板が無く直接だから、熱気はそのまま家中に充満する。屋根が憧れの瓦《かわら》であればもっと楽だべなァ、と憾《うら》めしい。昨夜、家の前に出た夜店《よみせ》の嬶《かが》さんから貰った残りものの瓜《きんか》が井戸ポンプの下の盥《たらい》の水に五、六個浮かんでいるのをみた弟は、ちらちらと横目でみながら「お母《が》さん、俺《おら》、何か《なぬが》食いたい《くってえ》」とせがむ。「夕方《ばんかた》、皆揃った時《ずき》食《く》べる《す》よう少し待って《べえっこまでな》」となだめながらポンプの水をゆっくり出している。

久慈君がひょっこり来て「川に行《さ》くべ」と言う。「今日なら《だば》大根《でえこ》洗い《あれえ》だろう《だべっちぇ》」「そ《うん》だっけ。だから《そんだ》雫石川《すずぐいすがわ》に行《さ》くべ」と来た。雫石川に行くことは学校で禁じられているのだ。「見つからないか《めっけらえねえが》誰かに」「あそこの水《す》なら《だば》、冷たいから《はっけが》今日なら《けうあだり》、先生も泳いでるんでないか《ねえが》」「そだな、特別だからな《おなあ》今日は《けうハ》。では《すたら》行くか《ぐ》」となったのだが、雫石川は初めてのせいか遠かった。小一時間《こいっんつかん》も歩いたから、髪の毛が水を浴びたように尖《とが》ってみえる。

太田橋の真下から下流は百メートル位までの所にいるいる、学校の注意をきかない奴がこんなにいるのだ。「こんなでは《ただば》、先生だって訳がわからないな《ほんでくってねべ》」と思う。見ると橋桁《はしげた》が飛び込みの足場になっているようだ。この桁に並ぶように順番を待っている。飛び込んだ者はやがて顔を出して下流に泳いで行く。見るともなく要領のわかった私も久慈君と並んだのだが、橋桁に登ってから下を覗いて驚いた。川の底が見えないのだ。しかも青黒く流れもゆったりしている。中津川と大分《だいぶ》ようすが違うのだ。〝雫石川に行《さ》くなというのは、これなのか〟と一瞬頭の中を過《よ》ぎるものがあった。「何してるんだ《なぬすてるっけな》、こら《こりゃあ》」と叫ばれて、夢中でまっさかさまに落ちて行った。深かった。まるで底なしだった。息がつまってきた。水の上に顔を出そうともがく、やっと顔が出て呼吸する間もなく沈む。充分息をしてないから更に苦しくなる。二度、三度と沈みながら「溺れて死《けえっぱりして》ぬってこれか」と考えていた。何度となく川の水を飲んだ。ぬるくて変な味だ。急に誰かが私の左手をつかんで引っぱった。ぐいぐいと引かれて体が横になると顔が空を向いた。川岸でぐったりと横になった私の顔を久慈君がのぞいて「お前《めえ》、泳げなかっ《ねえがっ》たのか、そうなら《だば》雫石は無理だったのョ」という。随分休んでから家に帰ったが、夕方みんなとの瓜《きんか》どころでなく、暑さもわからぬ青菜に塩であった。

大阪の従兄弟　56

父方の叔母に連れられて、大阪から従兄弟が三人、やってきた。「お母はんから、毎日、盛岡はええとこや聞かされてたけど、盛岡は初めてヤネン」。康伍《やすかず》くんは、私より二ツ年下だというのに、背丈《せたけ》は俺より高い位だ。全く物怖《ものお》じしない性格のようだが、大

阪弁のためだろうか、どうも、押され気味だ。妹の祐子は「いま、本町の伯父さんとこの井戸水で冷やした西瓜、仰山《ぎょうさん》食べてしもうたワァ」という。「井戸から笊《ざる》に入《へぇ》った西瓜《すいが》、独りであげた《だ》のか《が》」と訊く。「兄《えな》さんが手伝《つど》うてくれはったけど、井戸の中、深《ふこ》うて水がキラキラと気味悪う光ってるし、笊から落ちる水の音も何や頭に響くようやったわ」私は「知った《おべだ》かぶりするようだが《んたども》井戸水は《みずあ》夏は冷たく《はっけくて》、冬は温く《ぬるぐ》なるのさ」と自慢する。母が「それなら《すたらば》俺家《おらえ》では玉蜀黍《きみさ》に醤油つけて焼《で》いで御馳走《ごっつぉう》すか《が》な」と裏の小屋から七輪をもってきた。珍しいものを見るように従兄弟達が寄る。まるめた新聞紙のうえに壷から消炭を出してのせ、マッチを擦る。木炭を小さく割りながら重ねるようにのせていく。「金網《あぶりこ》とって呉れ《けろ》」と母がいうと「なんやて」と康伍くんが訊き返す。「貴方《おめはん》でなく我家《おらほ》の童達《わらしゃど》ヨ、聞えない《きけねえ》のか《のが》」。私は立ちあがりながら「大阪に《おおさかぬ》七輪《すづるん》とか消炭《けすずみ》とかあるか」と康伍くんの顔をみる「言葉がようわからへん」とつぶやく。七輪も盛岡弁も初めてだから当り前だろう。とすぐ弟の正《ただし》が「わっからへんって可笑しい《おがすう》な」叔母は「そやかて、仕様《しゃ》ないなァ、盛岡は初めてやさかいに」という。正は「何処《どご》のさかいス?」とまた聞き返す。「よういわんわ、この子ォ」と叔母もお手上げだったが、それでも両方の兄弟たちは仲良しになった。

泊まれる部屋は、全くないのに康伍君たちは泊まっていくという。

晩飯のあとホタルを見たことが無いというので近くの中津川へ行く。居る場所を知っているからだ。うちわと白い紙袋を持って捕《と》ってきたホタルを蚊帳《かや》の中に放して遊ぶつもりだ。「団扇《うづわ》で叩《はだ》いて落せ《おどしぇ》、ホタル目回しているうちにこの袋に《さ》早く入れろ」と叫ぶ。白い紙袋の中に十数匹のホタルが、かわるがわるホカァホカァと光っているのを見て「ほんまにきれいやなァ、何でこないに光るのやろ」というのに弟の正は答えた。

「おら、そんなこと《たなごだぁ》、わっからへん」。

帰り途の私は、〝今夜の蚊帳に《さ》、八人なら《だば》大変《てえへん》だな。夜中には《にゃ》足《あす》出して《す》必ず蚊《よんが》に喰《か》われても、おらハ知《す》らね〟と思った。

松屋デパート 57

学校から帰るのを待っていたように、母が「二階《ぬげえ》の室《へや》ッコ、少し《ぺえっこ》片付け《げ》て掃除《そんず》して呉《け》れない《ね》か《が》」という。「何故《なすて》、急に」と訊く。「今度、中の橋に松屋《さまづや》デパートだか《が》出来たべ。其処《そご》に《さ》どういう《なんじょな》わけ《げ》か《が》、姪の命子《のぶこぁ》がエレベーターガールとか《だが》に頼まれたって、わざわざ札幌から来るとさ《ど》。泊る所《どこ》なんとかして呉《け》れ《ろ》たって、本当《ほんたぁ》は二階《ぬげぇ》貸せ《かしぇ》ば我家《おらほ》でも困るども父さん《おどっつぁ》たら〝よがんす〟て言《しゃべ》って仕舞《す》ったとさ《ど》」「そう《そ》言え《そ》ば、松屋のエレベータ、いつ《いっ》も満員だそうだ《ってらっけ》。物買わない《ねぇ》で乗《のは》ってばかり《る》いて《いで》降りない《ねぇ》人がいるそうだ《ずんちぇ》」。その時、頭に閃《ひらめ》いたのは〝従姉妹《いとこ》がエレベータの係なら《だば》、他人《ひと》より先に乗せて呉《け》れるかも《が》知《す》れない《ねぇな》〟そのことだった。二、三日して札幌からやってきた従姉妹は、つば広の白い帽子を斜めに被《かぶ》って、真っ赤な口紅をはっきりと塗ってきた。家に入ってからも板や畳が汚いと思うのか、踵《かかと》をつけないように爪立ちして歩いている。〝掃き溜めに鶴〟なのだ。

今日から勤めというその日の朝、包み紙を拡げ、出した靴を見て驚いた。踵《かかと》が万年筆みたいに細くなっているのだ。〃ひぇー、こんな靴履いて転ばぬだろうか《たなくづへぇでおっけねんだべが》〃ところが全く危なげなく立ち、チャラチャラと手を振って「行って来まァす」。私は、その後姿がかざり屋の角を曲るまで、口《くち》を開けて見ていた。

その頃から、私等兄弟は何となく落ちつかない毎日となった。「今、白粉《おすれっこ》塗ってるよ《てらっけ》」「眼に何か《まなぐさなぬが》つけてるよ《でらっけ》」「足の爪切ってらァ」、弟たちは替わるがわる、ヒソヒソと報告にくる。「よし、俺も見てくるかな《でがな》」と階段を登った。突当りの襖《ふすま》をスーッと開けようとしたら、階段がミシッと鳴った。中から「だあれ」と声がした。〃じぇ、下手《へだす》したな〃と思ったが「何か用事ないの《なぬがよっこねぇすか》」。「そうねえ、お茶でも頂こうかな」〃敵もさるもの引っかくもの〃だ。やがて、お茶を持っていくと弟達が後《うしろ》からついて来たのを見て「みんなで何人兄弟なの。階段、急だから注意してね」。だと。

次の日曜日、やっと松屋デパートに友達三人で行った。私は従姉妹がいることは〃絶対恥ずかしく《なんたってしょすくて》〃教えなかった。相変わらず、エレベーターは満員で折たたみ式の扉を開けるのも閉めるのも大変なようだ。「中々《ながなが》、乗られないようだな《のはらえねぇよんた》」従姉妹の白い手袋と斜めの帽子が少し見えたが、「屋上まで階段いくべ」と走った。息切らして登った屋上からは、殖産銀行の円い屋根が目の前にあり、その向うには雪で真っ白な岩手山が見えた。

銀杏　58

「いま、公会堂の脇《わぎ》、歩いてきたら《あるってきたっけや》銀杏《いぢょう》の実《み》ァ、一面《ぬたあっと》に落ち《づ》てらっけ、ひとっつ踏んずけただけで、これだも《お》んな」と父が雪駄の裏を見せると、あの独特の臭い匂いがした。「あやや、勿体無い《もってえねえ》こと《ごど》、拾ったら良いのに《えがべども》」と母は私の顔を見る。謎、かけられたなと思って「おら、あの匂い《かまり》大嫌い《でっきれぇ》だからな」と逃げたが、「併し《すたども》、銀杏の実ァ買えば大した高い《たげぇ》ものだ《じぇ》からな」と追いかける。そういえば正月の、三方に乗せたお供え餅の脇に必ず銀杏の実を数個乗せ、七草粥のときに火鉢の火で焼いて、透き通るような緑の実をとり出して無病息災の薬だといって食べる。「そうなら《すたらば》臭い《くしぇ》の我慢し《す》て、銀杏の実

拾いに行くか《さぐが》」となった。母は俄然元気よく「行くなら《ぐんだば》、大き《おっき》な風呂敷《ふるすき》と新聞紙《すんぶんがみ》持って行け《げよ》、それから日赤支部の銀杏も一杯《いっぺえ》落ちて《づで》ると思うよ《ごったがら》」と抜ケ目がない。「帽子《しゃっぷ》も何《なぬ》か被《かぶ》って、手袋ァ片方跛《かだひたびっこ》でもやってかないと《ねえど》、大変《てぇへん》だんだぞ《じぇ》」とほくそ笑《え》んでるようだ。

真すぐに県庁裏の日赤支部に向う。猿川モーターの角を曲がると代書人、肉屋、米屋と並んでその隣りだ。急ぎ足で白い靴下の看護婦さんとすれ違った。鼠色で天井の高いハイカラな玄関のある支部の建物の隣りに、歩いてすぐの病院に勤めている看護婦さんたちの寮がある。二抱え《ふたかか》もあるような銀杏の木の下から見ると黄色い葉の天井みたいだ。もう四、五人位の人達が黙々と実を拾っている。口《くち》を開《ひら》けば、臭い匂いが入るようで、話もろくにせず、踏んづけたら益々臭くなるからのろまな動きなのだ。肉屋の二階に居るという善郎君が支部の裏の方から顔を出した。私の顔をみつけると嬉しそうに笑って「実っコ、もっと落と《ど》して呉《け》れるか《が》」と五米《メートル》もあるような竿を持ってきた。善郎にとっては自分の庭みたいなものだ。「頭気《あだまき》を《い》つけろよォ」と器用に竿をふり回すと、バラバラと一斉に落ちる。頭を避けて逃げようとして〝ネチャッ〟と踏んで《ふんづけて》しまった。「とうとう《つすもす》やったな、二日三日《ふづかみっか》臭く《くしぇ》ても仕様《しや》ねな」と枝の先で靴の裏をこする。

大晦日の夜は夫々の部屋におく小さな三方にお供え餅を、その上に串柿やみかんを乗せる。手伝いながら私は大声で叫ぶ。「俺の拾ってきた銀杏の実は何処に置い《さ》たァ《だ》」。母も大声で応える。「戸棚の中の笊《ざる》に《さ》入《へえ》ってらァ、今年《こどす》も買わなくて済んだし《す》、お蔭《がげ》で助かったのヨ《であ》」。

私はそれを聞いて〝買えばいくら《なんぼ》位《あでえ》なのかな《が》〟と思うのだった。

紀元二千六百年　59

「松本さん《まづもどさーん》、お出かけになりましたか《はれんすたがあ》」。入口の方で内田さんの声がした。「少し《べえっこ》、お待ち下さい《まじぇってくなんしょ》。いま着物、着てましたから《もよってやんしたがら》」。なあに外から丸見えなのだから言うまでもないのだが、母が弁解している。「大層《ひでぐ》、立派《るっぱ》な羽織、袴だなっす。拵えたの《こしぇだのスカ》」「なに《なァぬ》、本家の兄貴《あぬき》から借りて《で》きたのス」「お前《めえ》さん、借りた事忘れない《ねえ》で、損じさせないよう《そんざさねえでくなんし》

に《えや》」「俺の借りる方《ほう》が兄貴着るより多いとか《どがって》、言ってた《そってらっけ》、早く《ぐ》俺に《さ》下げて《おろす》兄貴新《きあ》しく拵《すぐこし》えればいいんだ《のになァ》」「お前《めえ》さんたら、他人《おひとさん》の前《めえ》で勝手なこと言って《なんだりかんだりくちゃべって》」「先づ《まんづ》よ」父は話をはぐらかして「お待たせしま《しゃん》した。では《すたら》、行きます《やんす》か」。この日は、皇紀二千六百年の式典が県公会堂であるとかで父達は在郷軍人なので呼ばれたのだ。母は「お静かに《すずかにぃ》」と後姿を追って言いながら肩から襷《たすき》を外している。

〝金鶏《きんし》、輝く日本の、栄《は》えある光身に受けて、今こそ祝えこの朝《あした》、紀元は二千六百年、ああ一億の胸は鳴るッパカパン〟。この秋は二千六百年行事が続いて、学校では、この行進曲ふうの歌の他にもう一つ荘重な歌を練習していた。〝とお皇統《すめろぎ》の畏《かしこ》くも、肇め給いしおお大和、天津日嗣のつぎつぎに、御代しろし召す貴さよ、仰げば尊し皇国の、紀元は二千六百年〟。

　十二月の発表会にむけて、男の組と女の組が初めて一緒に歌う三部合唱なのだ。授業が終ると、校舎の西と東の端から音楽室に集まってくる。右側が女、左側は男と、並ぶ場所も決まっているが、男女の境目が何となく開いていて、どちらからともなく避《よ》けているのだ。音楽室の壇はせまいから両端は外《はず》れてしまう。「壇に《だんこさ》乗れないから《のはらえねえがら》真中の人《やっ》達《らあ》はもっと寄れ《よされ》」と押す。と「きゃあ、何《なぬ》するの《えん》、そんなに寄《た》らない《ねえ》で、きゃあ触らないでェ」と叫ぶ。「押すな、押せ《しぇ》ば駄目だ《わがねえ》」と押されて女の列に首を突込んだ孝一が嬉しそうな悲鳴をあげる。練習のたびにこうだからわざとやっているのはわかっている。

初めての三部合唱で、私ら低音組は高音組の声に押され気味、自分の声が聞こえないし、低い声は力《ちから》も入らない。並んでる場所も一番端《はし》で壇から外れ〝面白くない《おもしえぐもねえ》〟場所だ。

練習が終って帰り途、一緒になった孝一に聞いた。「女《おなご》の声が高くて《たげえ》隣りのお前は《めえハア》、大変だろう《てえへんだべな》」。「それは《ハア》そうだが《んども》、気分はいいさ《きもづあはええな》。何というか《てしゃべったらええが》、息《いき》する度《たんび》に女《おなご》の髪だか《なんだが》乳《つづ》の匂《かまりコ》いなんだか、女くさくて《おなごくしえのって》、悪くないな《わるぐねえで》俺は《おれハア》」。

台湾から来た子　60

私の家のすぐ近くに、台湾から一家四人が引越してきた。お父さんはヒョロッと背が

高く身体を揺らしながら歩くようなひとだ。

「医専の学生なそうだが《だずんども》、子供《わらす》二人いるとか《ずな》。勉強はできるって学校の先生云ってる《しゃべってて》ようだが《らっけが》、どうだ《なんじょだ》」と父は学校で聞いてきたらしい。「できるっけ、できるんども体操が全然《まるきり》駄目だっけ《わがねが》」と弟の功が口《くち》を出す。

「何故《なすて》だ」「クタラクタラと歩く《どぐ》んだよ」「クタラクタラってどんな《なんじょ》格好だ?」「こんな《た》格好だ《すう》」と真似して歩いてみせる。「何で《なんたら》、どこか《ごが》体悪《わる》いんでないか《ねえが》」「そうかも《うんだごったァ》」。

その日の朝、この冬一番の大雪が降った。学校へ行く途中の曲がり角で、兄の華龍《かりゅう》が妹の秀華《しゅうか》の肩を抱くようにして登校するのと出合った。短靴が時々ズルッ、ズルッと滑るたびに華龍の腰のあたりをつかんでいる秀華がしがみつく。私は何だかはげましてやりたくなって、後《うしろ》から追いつき並んで声をかけた。「寒がべ。台湾から来たって《ずな》」華龍はびっくりした顔で私をみたが、功の兄貴だとわかったらしく唇をふるわせて頷く。「台湾には《だば》雪《ゆぎ》無い《ねが》だろし《べがら》特別寒べな。シャツばかり《ばり》何枚《めえ》重ねても《で》寒いから《わがねが》な」と袖のあたりを見る。

台湾というところは、一年中夏のようで、バナナがいっぱい採れて、学校の教科書では阿里山蛮の話を習ったし、新高山は台湾一高くて、富士山より上だと聞いた事などと、目の前で力なく雪を踏み、スフでつくった服を着せられた小さな兄妹とはどこか噛み合わず、黒いマントを着ている自分が悪いように思ってしまう〝そう《ん》だ、学校に《さ》着いたら《だらば》、華龍と秀華の先生に《さ》机《つぐえ》の席《せぎ》はストーブの側にして下さい《やってけで》〟と頼んでみよう《みるべ》と思った。

放課後、昇降口に降りると華龍と秀華がいるではないか。私の顔をみて少し笑ったところを見ると、うまくいったらしい。帰りの途《みち》は雪も融けかかっていたが、私のマントを兄妹の肩に掛けてやった。「どうだ《なんじょ》、温かいか《ぬぎぃが》」。抱くようにして話しかけると通じたのか、頷いている。家に着くや母に訊いた。「何か貸せる《なぬがかすてもいい》マントは無いか《ねぇが》」「俺のショールならあるけど《んども》」〝ショールでも無い《ねぇ》よりいいか《ますがァ》〟と思う。次の日の夕方、華龍の母さんが紙に包んだ肉マンを持ってきた。私の顔をみると「アリガトネ、アリガトネ」と二度いってくれた。

卒業の日の報復　61

「おら、あいつ《づ》に苛められたまま《やられっぱなしで》、卒業出きない《したくねぇ》」「おらもこのままなら面白くない《だばはらべえわるであ》」「そうだ《そんだなァ》、皆でやれば負けないかも《みなすてやっつければまげねぇがべ》」「そうだ《うん》、どうにか《なんじょにが》してやってみるか《やっつけるがァ》」「どうせ《どせこせ》、卒業すれば会うこともないしな《ねぇすヨ》」。苛められても決して屈することのなかった勝夫が中心になって、じっと我慢してきた連中が自然に集まっていた。この日は卒業式の予行練習でみんな気持ちが浮きたっていたが、一方では気持ちの整理というか、苛めを公認したかたちで卒業したくないという思いもあった。

北舘の「わる」は四年前の女《おなご》先生になってからかも知れないが、苛めは次第に激しくなって二度と苛められたくない奴はへつらって子分になった。苛められたことのない私にはこの時「出番」はない筈だったが相談をかけられては仕方なかった。北舘は陰湿で、皆に嫌われていることを知っていて、それを耐えられなくて自分を守ってくれる誰かが居なければの思いを強気に代えて、たまたま腕力の強かった面に頼り、クラスの誰彼を配下のように君臨することで満足していたのだ。

　心の底から屈服している者は一人もいないのに、逆らえば損、騒いで問題を起こすよりは、と我慢して嫌がらせに耐えているだけだったが、卒業という転機に勝夫のつぶやきで火がついたのだ。先生と話しているのを見れば「俺のこと《ごど》言《しゃべっ》たな」というし、新しい靴を履いて来たときは「私はね《おらなはん》、小刀《こがたな》で切られたよ」とマサが言う。「私はねあのね《おらなはん》姉さん《なはんねっちゃ》から貰った辞引《ずびき》、裂かれた《ふっちゃがれだ》」、サクも思い出して口惜しそうにいう。「僕《おれ》なんか、馬の糞拾《くそさら》って食《け》えといわれた《ってしゃべられだであ》」と定男が投げやりに言った。「よし《ようす》、皆何かしら《みんななぬがかぬが》苛められているから《やられてぃるよんたがら》、卒業の日《そのどき》は俺が集まれったら集まれよ」。勝夫は口《くち》をひんまげるようにして宣言した。

　その日私は渦中の者でないがやはり朝から落ちつかない。式が終わって教室へ戻る足どりは今から起こる何かに重かった。勝夫は早々《はやばや》と教壇から「みんな集《あづ》まれ、北舘、前に出ろ《さではれ》、皆に《さ》今までの事《ごど》、あやまれ」と絶叫した。一瞬、北舘は周囲を見廻したが、いつもの子分が居なかった。雰囲気を察して逃げたのだ。「なんだってんだ《な、なにすだど》」顔を強張《こわば》らせたが観念した。「許して呉れ《すけろ》」と床に手をついた。〝どうする《なんじょする》〟と勝夫が目で訊いていると、「一回でいい《ええ》から俺に叩かせろ《さはだがしぇろ》」と叫んだのがいる。「俺《おら》も」「私《おら》も」と騒がしくなったとき、邦雄が、徐に《おもむろ》「叩く《はだぐ》のはやめた方がいい《はあええ》。そんな頭叩《たなあだまはだ》いたって、手が《てぇ》汚《けが》れるだけだ《ばるだでぁ》」。とあっけない幕切れとなった。

留守番　62

母は私か学校から帰るのを待っていた。爪皮《つまかわ》の足駄を出して、洗濯したばかりの足袋の小鉤《こはぜ》を懸命にかけている。「俺には《おらさば》、その内《うち》に大きくなるって、ガフガフの足袋履かせ《しぇ》るくせ《しぇ》に、自分は何故か《ずぶんごだアナステダ》自分の足より随分小さい《かなりつしぇ》足袋履くもんだな《ぐもんだお》。若しや《もすかして》、足《あす》、小さく見えるのかと思って《つしぇぐみしぇる気ィすてがァ》？」「安い《やすう》足袋は《づうものは》、洗濯すれば、小さく《しぇぐ》なるのよ《もんだであ》。さて《ところで》、父さん《おどっつぁん》に頼まれて新築地の宮さんの家《え》まで用足して《よたすす》くるども、誰か来たら話コ《はなす》しっかり《ちゃんと》聞いていて呉れて《でていけでや》」と言いながら風呂敷を小脇に抱え、鼠色の角巻を背中から勢いよく〝ばほっ〟と掛けると万年筆位の大きな安全ピンで前を止める。「では《すたら》、頼むね《なはん》」と何だかよそゆきの声を出して出て行く。〝誰も《だっても》来《こ》なければ《ねえ》いいな〟と思う。何となく急に家の中が広くなったようだ。〝何か《なぬが》食べ物《くうもの》無いか《ねえが》〟とフト思う。いつでも腹は空いているのだ。ありそうな場所を目で追っているうちに佛檀に気づく。あるある。茶托《ちゃたく》に蓮華の型の落雁が乗っている。〝何処のご法事《ほんず》で貰ってきたのだ？ この頃行った筈無い《ねえ》から《が》、随分硬く《かんなりかでぐ》なってるな。けれど《すた》も昨日《きのな》は佛檀《ほどげさん》に《さ》上《あがっ》ってなかった《ねがった》な。ははァ、留守番の駄賃《だつんこ》に知らん《すらね》ふりして、こそっと置いて《で》ったな、大変《たいした》気きいたもの《ん》だ〟。と一人合点をする。噛ってみると線香の匂いがする。とすると〝大分前から上ってた《らった》かな、これなら《だば》、叱《すか》られ《え》る筈はない《ねえ》〟と自信を持つ。

「コンニチワン」と何だかふざけたような声がした。〝やっぱり《やっぱす》誰か《が》来たか《がァ》〟と落雁を置いて立つ。大きな藍色の風呂敷を背負って鳥打帽を被った大人が笑っている。〝いつ《いづ》か《が》来た、富山の薬屋だ。薬代《くすりでぇ》いくら《なんぼ》と《って》言われたら《しゃべられだら》どうする《なんじょにすたらいかべ》〟と困惑する。「今日は《きゃあ》誰《だって》も居りません《ながんす》」と顔いろを見る。「坊や、お留守番、感心やねェ」といいながら風呂敷を解き柳行李を拡げる。「ハイ坊やゴメンヨ」と中にはいってきて壁からトンプクの袋をはずし、中味を数えては袋の裏に書き、新しいのを足している。〝坊やなどと《などったり》おだてたりして《すて、あやすな》〟と次にきそうな悪い予感に身構えていたが、「使った分書いて、又足しといたから、今度《こんどァ》は夏になるけど、お金はその時一緒にって、母さんに言《いう》とくれやす」と呆気《あっけ》なかった。やがて帰って来た母は「あやや、いい所《ええどこさ》に来たったこ《ご》と、夏まで助かったな。金は天下の回りものっていうけど《そうんども》、家には《おらほさば》一向に《さっぱり》回ってこないか《ねえが》らなァ」と帯の紐《ひも》をほどきながら、寂しく笑った。

進学 63

六年生半ばの頃、そのことで父にそれとなく打診してみた。「俺《おらほ》の組では《であ》、次の学校に行く人は《さいきてえひとあ》何人だか居るようだが《よんたんども》俺も次の学校に《どごさがァ》行きたい《てえ》な、行きたい者は《いくてえやつあ》先生に《さ》

教えろと言ってた《ってらっけ》」。父は即座にこう言ったものだ。「何するのだ《なにすっけえな》。勉強しても《すたって》福助みたいなものだ《てぇん》」「福助足袋、何故《なぬすたって》」「頭ばかり大きくて《おっきくなっても》仕事に《さ》役立つことは一向に覚えて《よんだことばさっぱりおべぇで》こない《こねぇ》。なに《まんつはァ》読み書き算盤だけで充分だ《たくさんだであ》」「それなら《すたらば》何故《なすて》中学校だのがある《って》のさ《べぇ》」「銭《ぜにっこ》の余ってる人《ひたァ》は使い《つけぇ》道に困って学校に《さ》でも入れ《へぇ》ればどうにか《なんじょぬが》なると思うのだろ《んだべな》」「俺《おら》もどうにか《なんじょぬが》なりてえ」「どうにも《なんじょぬ》ならない《ねぇ》サ、だいいち何処から《なぬすたぐもどごが》も金《ぜにっこ》なんか出ない《ではってこねえであ》。五人も六人も子供ら《わらしゃど》が居て、食べる《かしぇ》だけで手一杯《てえいっぺえ》だってわからないか《わがらねえってが》」。〝そうか俺家《おらえ》では隣の村上さんより二人多いし健ちゃんの所より三人多いな。その割に家は狭くて室数も無く《ねぇし》みんな寝れば歩く所《どこ》もなくなる。父は懸命に《おやずあいしょけめ》働いても《かしぇだがらって》追《おっ》いつかないのだ《ねぇのなんだァ》。学校などに《サ》行かず早く働け《ねでひらからどかしぇげ》という意味か《わげだな》。下手すれば《しぇ》、高等科も《さも》行かなくていいなんて言うかも。危ない《ねぇ》危ない《ねぇ》。それにして《す》も俺ァ金持に生まれれば良か《えが》ったな〟と思うと口惜しい。秋頃、放課後になると受験を決めた者達の補習授業が始まった。帳面を広げ机に片ひじをついた手で額などを押さえている姿が廊下の窓ごしに見えて〝奴等《あいづら》だけトクだな〟と思う。それなのに私の顔をみて「お前達《めえだづあ》早く帰れて《けえるにいくて》いいなア。私は《おらはァ》毎日残って勉強させ《しぇ》られるのは閉口だよ《はァやんたくなるであ》」と本音だか嫌味だかそれとも自慢なのか言う。「なあに嫌《やん》なら《たば》やめればいいさ《だらいがべ》。」と思わず語気を強める。

翌年四月、本家の伯父の所に住み込みで働いている兄が、やっと夜間中学に通うことを許して貰った時、私につぶやいた。

「これから《が》はな源蔵、小学校だけでは《だば》駄目だ《わがねえんじぇ》。高等科終わったら、も一ツ上の学校に《さ》も《も》行きたいと《てえって》頼んだらいい《ほええ》」。

南部賞　64

卒業式が終ってホッとする間もなく、先生が私の肩に手をかけて「すぐ正面玄関で待ってろよ」と言った。〝どうした《なぬすた》のか《が》な〟と思ったが、やがて、「さ、行くか《いぐが》」と詰襟の首のホックをかけながら徳山先生が足早やに出てきた。「何処に《どこさ》?」「あれ、言って《しゃべっ》な《ね》がったか《が》、南部《なんぶ》さんのお邸に《やすぎさ》行く」「どうして《なすて》」「今日、南部賞もらった者は毎年《まいとす》、

先生と一緒にご挨拶に行くことになってでな」「ヒェー大変《てぇへん》だナ、おらこんな服《たな》でー」「服見せに《ふぐみしぇるさ》行くのでないから《ねぇが》心配《すんぺぇ》するな。それよりしっかり《すっかど》挨拶しろ《しぇ》よ」。こうして四ツ家、花屋町、油町、下小路と歩きながら先生はときどき懐中時計を見て「十一時半だったな《てらっけ》」とつぶやく。鉄の扉の通用門を入って小窓から来意を告げると「左様ですか、少々お待ちを《べぇっこおまじぇってくなんせ》」といって案内されたのは大きなお寺のような玄関。段を上ってすぐ右側の重そうなドアの中は天井の高いラックを塗った西洋式の応接間だ。かしこまって目だけキョロキョロしていると、向鶴《むかいづる》の紋のついた菓子を二ッ皿にのせて、さっきの人が持ってきた。先生が小声で「すぐ食うなヨ《くなヨ》」という。緊張のせいか尿意をもよおし「先生、おら出たくなった《でっつまった》、便所はどこかな《どごだべ》」「不調法《ぶぢょほ》な奴だな全く、こちらではお手洗というのだ《おてあれぇってそうもんだ》」。トイレは驚いたことに畳敷きで四畳半位もあり便器には柄のついた蓋がしてある。やがて背も鼻も高い、袴をはいた人がおもむろに入って来て威厳を正すように腰掛ける。「本日は殿様がお留守で私は代理の執事ですが、大変ご苦労さんでした、これからもよく勉強して下さい」と言うと笑いもせずに、あっけなく出て行った。家に帰って父に、学校でもらった硯箱と紙に包んで貰ってきた菓子を見せた。「何だか金箔の紋の入《へえ》った硯箱《すずるばこア》は勿体なく《もってえねえ》て使いにくい《つけえづれえ》し、このお菓子《がすぁ》は紋が入《へえ》っている《てえるば》から《るで》かえっておいそれと食《か》われない《ねえ》な」と私の顔を見て笑った。

約束 65

〃てるてる坊主　てる坊主　あした天気にしておくれ　いつかの夢の空のように　はれたら金の鈴あげよ〃歌いながら吊した願いが叶って気持いい晴れの朝となった。今日は、近くの友達みんなで岩手公園に行く約束だ。なのに朝御飯のとき、母はやや切羽つまったように「あのナ、頼みたい事《てえごど》ができ《げ》た。今朝《けさかた》なんとしても《たって》行かねばねェ用事《よっこ》できてナ、この子供《わらす》も連れていけない《でがれねえ》ので二時間程《だスぬつかんばり》、看て呉れないか《みででけらえねえがな》」と来た。弟は一才になったばかり「おしめは《すめあ》、あんまり濡《あまるがげえ》れるようなら《んた》取替えてな《とっけえでス》」と念を入れてでかけた。まもなく隣りの良一さん《りょういっつぁん》が「行かないか《いがねえすか》」と呼びにきた。〃どうするか《なんじょすがナ》〃と一瞬

思ったが〝よし《す》、背負《おぶ》ってくか《ぐが》、約束だし《す》ナ〟と決める。守手《もるで》を出してきて上の弟に手伝わせ、どうせ《どせこせ》昼までに帰ればいい。

公園は鶴ケ池から坂になる「やっぱり重いな《やっぱすおもでぇ》」と思う。みんな軽く先に行くのをみて〝くされ母《おが》、何用で《なぬよっこで》何処に行った《どごさいったでァ》〟と愚痴る。赤い太鼓橋の高い石段を上ると南部中尉の銅像は本丸なのだ。緑が美しい。サヤサヤと快い風が、弟をおろしたばかりの汗ばんだ首や背中に心地いい。やがて「小さな《べえっこな》でんでん《でで》虫《むす》いた」「蟻コ《ありっこ》ぞろぞろと何か《なぬが》持って穴の中に入ってく《さへえってぐ》」とあちこちから叫び声が聞こえる。と背の高いロイド眼鏡の大人が「君達、写真撮って《おめはんだづしゃすんこ》呉《け》れるから」と寄ってきた。「俺は《おれハ》いいから、お前達《めえだづァ》並んで撮って貰ったら」。弟を脇に抱きながら叫ぶ。「あのね《あのなはん》、写真出来たら《しゃすんこでげだ》、明後日《あさって》の昼間までに《ひるまあだり》この石垣の隙間に《すぎまっこさ》入れておくからね《ぐがなはん》」という「そうなら《すたらば》隙間の下に《すぎまっこすたさ》目印の石《いすこ》を置けば」と教える。まもなく耳をつんざくようなサイレンが鳴った。十二時だ。おしめを替える暇もなく、あわただしい帰りの参道の茶店から、おでんの匂いがした。

その翌々日の昼すぎ、弟が行ってきた。「ちゃんと約束の所に《どごさ》写真《しゃすんこ》あったったよう。」

笹の実　66

先生はその日、「この次の土曜日、非常時における食糧増産の意味で、六十年に一回し《す》か採れない《ねぇ》笹の実を取りに行く《ぐ》こと《ごど》になったがァ、場所は山田線の大志田《おおすだ》駅を降りてすぐの山なそうだ」。「先生、大志田なら《おおすだだば》汽車で行くの？」《スカ》「当り前《あだるめ》だ、歩いて《あるって》行ったらその日のうちに帰《けぇ》ってこれない《ねがべェ》」「でも《それにすても》、遠足みたいだな《みってぇなもんだなァ》」「遊びに行くのでない《ねぇ》。国の為の食糧増産だ。皆《みんな》、家《え》か《が》ら米袋とか《どが》手袋とか《どが》持って間違っても、いい服など着てこない《ねぇ》ように《ぬ》」「残念でし《す》た。オラ持って無ェ」と虎男がわざと立ち上がっていう。「六十年に一回なら《だば》、今度《つぎに》笹の実なる時は生きているか《どぎあいぎでるべが》」「先づ《まんづ》怪しいな《あやすべな》、人生五十年と云うからな《てしゃべるがらなァ》」。

あっと言うまだったが、めったに乗らない汽車だから窓から顔や手を出しては叱られる。汽車から降りて駅前に整列していると、汽車が戻り始めた。「なんだァこの汽車ァ

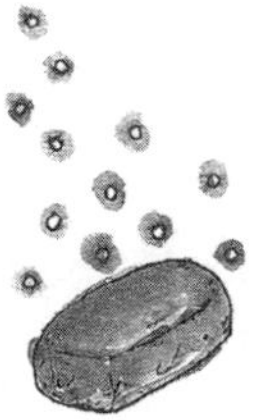

大志田止《どま》りか」。約二百メートル位戻って止ると、やがて機関車の煙突からモクモクと黒い煙が登った途端〝ぐわっぐわっ〟と鋭い音がして汽車は白い蒸気を吐きながら力強く助走をつけ、別の線路を登っていった。〝変わった駅だな〟と思う。線路を越えてゾロゾロと笹藪の中に分け入ると確かに白い実が一面に見える。一粒とってたべてみる。〝粉《こなっこ》を硬《かだ》く《ぐ》し《す》たようで苦い《ぬげえな》〟。採って袋に入れる要領を教える人が居たが、実《み》は小さいし、袋は大きくてどうもはかどらない。「米袋ァ大《おっ》きすぎたな《だ》」「袋の口《くづ》広げて持って呉れ《けねえが》、組んで《くみっこになって》やれば早い《はええ》ようだ《よんた》」それにし《す》ても軍手、親父から借りてきてよかったと思う。結局大した収穫にはならなかったが、帰りの汽車の中は笹藪の臭いで一杯だった。

二、三ヶ月経ったある日先生は、あの時の笹の実で作ったパンだと、一ヶずつ配った。パンは仄《ほの》かに熱かったが「食べて《くって》いいの《いぃのスカ》」「うん、どうだ《なんじょ》」早速齧《かじ》った奴が叫んだ。

「美味い《うめえっ》……くない《ぐねえ》」。それはとても咽喉《のど》をとおる味には程遠いものだった。

酷暑 67

「先ず先ず《まんつなっス》、お父さん《どっつぁ》、隣りの八百屋にね《さなっス》、冷蔵庫とか入った《だかってへぇ》ようで《ん》すヨ《がんす》」「ほう《ぁ》、とうとう入った《っすもすへぇ》か《が》。先頃《せんどな》あたりから欲《ほ》しいって《すぅてぇ》盛んに言ってたから《しゃべってらったが》ナ。ちきしょう儲《もげ》けたか《だが》、それとも借金したか《すたが》」「あれお前さん《おめぇさんのかって》、あの位《くれぇ》、繁昌している《はやってやんす》もの、儲けた《もげだ》でしょう《でがんすだ》。

冷蔵庫《れぞこ》の蓋はね《なっす》、栗の木で作ったとみえ《こしぇだどめでなっす》頑丈そうで、把手《とって》も金庫みたいに《みって》ビンガビガと光って、〝ガギッ〟としまる先ず丈夫そうだ《まんずじょぶそうだっけ》。あれなら《だば》、中の氷《スガッ》コ中々溶け《げ》ない《がん》でしょ《すごった》。私は《おらなっす》ね、麦茶の冷たい《はっけ》の《ど》を《こ》御馳走《ごっつぉ》になりました《やんすた》ヨ」「成程《なあるほど》、我家《おらほ》の水コ《みんつこ》も薬罐《やがん》に《さ》入れて《で》冷たく《はっけぐ》して貰うか《が》」「それは《そいづぁ》、あまりにも《なんぼすたって》、図々しいのでは《つらつけねえのでながんすか》」「それは《はァ》そうだ《ん》。それにし《す》ても今日《きゃあ》は随分暑い《あづう》のでは《でねぇが》」と父は首にかけた日本手拭で額《ひたい》の汗をふく。鉋《かんな》をかけようとすると板に汗が落ちるし、掌《てのひら》に鉋がくっついて仕舞うと休憩ばかりしている。「扇風機でも買うか《が》ァ」「お前《めぇ》さんたら《のかってえ》、買う金など《なんか》、どこ探したって無いですよ《ながんすべ》、子供たち《わらしゃだぁ》聞いて本気にしたら《でほにすたら》どうします《なんじょにしゃんす》」「俺《おら》、聞けた《だ》お父さん《どっつぁ》、それでも《すたども》扇風機はこの稼ぎ場には《さば》置かれない《ねぇ》よ、鉋殻《かながら》みんな飛んでしまうべ」「源蔵、お前《めぇ》なかなかいい《ががええ》事《ごど》言う《しゃべる》でねェか《が》。なら《そうだば》、買うのを止めるし《す》か無い《ねぇ》な」「とかなんとかいっちゃって、始め《はずめっ》から買う金なんか無い《ねぇ》のは《なァ》知《わが》ってらァ」と私もうそぶく。「これでザーッと一雨《ひとあめ》くればいいけど《んども》なァ《なっすウ》」と母はぶらさがった乳《おっぱい》のみえるような肌着のまま、汗をかいて眠っている赤子の腹に、そっと手拭いをかけている。突然、近くで油蝉の鳴き声がした。「どこの電信柱《でんキンばしら》だ、そう言《そ》えば、功《いさお》の奴《やづ》ァ蝉っこ採って呉《け》ろって大分前か《いっつが》ら喋《しゃべ》ってたな《らっけ》、どれちょっと行ってくるか《が》」と立ち上がり、急いで下駄をひっかけ外へ出る。

折りしも冷蔵庫を入れた八百屋の親父が三輪自動車〝くろがね号〟に乗って、反《そ》り返るような姿勢で土煙りと底腹《そこっぱら》に響くような音を残して通りすぎた。蝉は勿論、小便をひっかけて逃げてしまった。

燕のとぶ頃　68

家の前を流れる堰の水は、見た目にはきれいだが底のほうにボーフラの揺れているのが見える。頭の完璧に禿げた隣りの〝箱屋《はごっこや》の親父《おど》さん〟が、その水を柄の長い柄杓《ひしゃく》で何度もすくっては道に土埃がたたないようにと撒いている。近眼の度の強い眼鏡をかけた奥《かが》さんは、その様子をじっと見ていて「堰《しぇぎ》の水《みずァ》はあんまりかき回さない方《かきまさねえはァ》がよがんすだよ。聞こえましたか《きげェやんすたが》、お前《めえ》さん」と声高に叫んでいる。〝婿というものは《むごづうものァ》辛いなァ《ゆるぐねえなァ》。何《だ》しろ《あれ》あんなに禿《た》げて《で》まで威張られてな《えばらえでヨ》〟と思う。撒いていた水を、おっと避けるように通りがかった紺屋の若旦那《えなさん》が「お稼《がせ》ぎですな《がんすう》」と云いながら、鳥打帽にちょっと手をかけ、背負った風呂敷包みをゆすりあげながら挨拶をして行く。

上《あが》り框《がまち》に腰かけて何となく外を見ている私の目の前を、燕が続けざまに低空でよぎる。下田米屋の軒下に燕の巣があるのだ。突然、裏の方で「痛い痛い《いでえいでえ》」と叫ぶ声がす

る。「何《なぬ》し《す》た」と反射的に立上がる。弟の正《ただし》が頭を押え、顔を大いにゆがめている。「やられだ《え》、蜂《はづ》にやられだ《え》、巣、見《め》つ《っ》けたので《たんだす》、棒《ぼっき》で落そうと思ったら《おどす気になったっけあ》、急に《きゅうぬ》こっち《つさ》に飛んできて」とギョロ目に涙を浮かべている。仕事の手を止めた父が道具入れの引出から赤チンを取って「これでも《けえづ》塗れば、なんぼか良いだろ《がええごった》」と脱脂綿でぬりながら〝蜂《はづ》の針《はるっこ》入《へぇ》って無い《ねぇ》か《が》〟と両手親指の爪をたてる。声を聞きつけて二階から看護婦見習の姉が降りてくる。「こんな時は《たなどきァ》赤チン《ツン》でなく《グ》オキシフルで消毒し《サ》なければ《ネバ》いけないの《ネエノスウ》」とあきれたようにいって、近くの薬屋から買ってくると手早く処置にかかる。グヂグヂと泡の立つ頭をみて父が聞く。「消毒し《す》たあとどうするのだ《なんじょすっけなァ》」「あとは《どァ》、オゾでも塗ればいい《ええ》んでない《ねぇ》の」。しばらくたって父の独りごとが聞こえた。「火傷なら《だば》味噌つけて布《きれっこ》で包め《くる》ばいいのに《えんども》、オキシフルなどと云って《ったりす》、随分高く《ひんでェたげえぐ》ついたもの《もん》だナ」。

東京は遠かった　69

斜め向いで藤島さんの何か《なんだ》にあたる林さんという人は、盆の頃に毎年やってきて一ヶ月も居るような人だが、東京の大学に行ってるという話だ。その時私は雑魚《ざっこ》つりのためのテグス糸を結んでいたが、林さんはひょいと覗いて「君たち、何やってるんだい」という。「見ででわがらねスカ、テグス糸結えて《ゆっけで》るのス」「ホウ中々丈夫そうだね」「そう《うん》だよ、引張っても中々切れないよ《ひっくれねえ》」「ひっくれって、なんだい」「ひっくれってか、こうして引張ってもひっくれねのス」と糸をパクパクと引張ってみせながら話すと「ハア切れないということかァ」と笑う。「それよりなはん、林さん東京の話《はなすっこ》、少し《べえっこ》聞かせて下さい《けでえ》。俺《おら》ァ、来年修学旅行で東京へ《さ》行く《ぐ》んだよ」「そう、来年行くのォ。そうさな、一番は電車かな、東京の人はどこへ行くにも先づ電車、市内のチンチン電車に、山の手線みたいな省線電車、そして驚くのはやっぱし地下鉄だねェ」「フーン土《つづ》の中《なが》電車走る《はしえる》のか《がァ》。併し《すかす》そんなに《た》土《つづ》掘って大丈夫かな《なんともねえべえが》。ところで思い出した《おんもいだす》。盛岡にも地下《つか》の大変《たいすた》長い《なげえ》抜穴あるのを知らないでしょ《すらねがえん》、公園の三の丸の井戸から岩山までずっと抜け道《ぬけみづ》あるそうだ《づょ》」「いまでも抜けられるの」「今は《はァ》行か《いが》れない《ねえ》よう《よぬ》大き《おっ》な石《いす》埋めて《で》金網かけてるの《げでるっ》サ《け》あの石《いす》、片附け《とのげ》れば行ける《げる》という《どがづ》話《はなす》だ、昔の殿様達《だづァ》は、敵《てぎ》に攻められた《えだ》時の逃道《ぬげみづ》をつくっていたと《だど》さ」「岩山の出口は」「そう言《そ》えば、俺《おら》も岩山の出口は《ぐづば》聞いたこと《だごど》無い《ねえ》な」「そいつァ君、怪しいよ」。

その年の秋には一年先輩の人達が修学旅行で東京へ行った。次は俺達だと心を躍らせていたのだが、来年の東京ゆきは戦争が本格化してきたのが理由で〝中止〟になったと先生が話し、「皆が毎月十銭づつ貯めたお金は返すことになった」、というのを私から聞いた父は「お前《め》は《はァ》損し《ス》たと思うべが、俺は《はァ》儲けた《もげだ》な。大体《あらがだ》五円ぐらい《ぐれえ》だし《だすな》、ま、俺が掛けたもんだ、そっくり俺が貰うぞ《であ》、良いか《えがべ》、源蔵」。

子宝 70

「居ますか《いだスか》、や《じぇ》、いるな《いだ》。遠慮なく《ねぇぐ》入りますよ《へぇるんちぇ》」。渋川さんが来た。〝あの人はいつも《いっ》あだか《が》らな、入っても《へぇるむ》いいと《しぇって》言わない《そわねぇ》のに《うづぬ》入って《へぇ》くるもの《ん》な〟と少し離れた所から、私は弟達を見ている。「ところで松本《まづもど》さん、咽喉乾いた《のどっこかわぇだ》ようだな《よんたなス》、少しばかり《ちょぴっと》やらない《ねぇス》か《か》」「そうだね《なっス》。では《すたらば》源蔵、台所に《でんどごさ》ある一升徳利《どっくる》持って五合程《ぱり》買って来て呉れぬか《けぇねが》」「又《まだ》つけてくるの《ツケでくるのスカ》」「あとで《ど》父《おやづァ》がくると言ってな《ってそってらっけてな》」。

私はやがて大きな風呂敷に包んだ徳利を抱くようにして駆けて行く。酒屋の旦那は「先月分もまだなよう《だ》だって言って《しゃべって》おくれ《ぐ》や」と言う。この瞬間が一番嫌なのだが仕方がない。そんなところに、遠戚のおき《ぎ》みさんが訪ねてきた。「おばんです《ガンス》」と飲んでる二人の脇を腰をかがめてすりぬけてきた。突然の訪問に母もあわててその辺りを片付けるふりをしている。「どうしました《なんじょしあんした》」「実は、《づつはなっス》貴方《おめさん》もご承知の通り、《おべでるようになっス》おらほはどういう《なんじょなわ》訳か子供が《げだがわらすこァ》生まれないので《がんすえん》、おらほの亭主ときたら近頃やたらに《つかごろむやみ》その話《はなスコ》ばかりし《す》て、跡《あど》とりがどうのこのって、うるさいものだから《しぇんだスなッス》、思い切って今夜《こんにゃ》お邪魔し《す》たところです《たどごろでがんスタ》」「で、相談という《そうだんコって》のは《わス?》」「それは《ス》、お宅には子供等が《おめはんどごだばわらしゃどァ》多くて前から《いっぺえいでずっとめえがら》羨まし《す》いとは《など》思っていたけど《だんども》、今日は我家に《おらほさ》一人養子に《よすこぬ》譲って貰え《けら》ないかと《ねえもんだべかと》思ってね《なっス》」「なに《ぬ》、子供《わらす》譲ってくれと言うの《けろってスカ》」「先づも少し《まんつスあどべえっこ》聞いて下さい《でくなんしぇ》。お宅の父さん《おめはんだづの》はいつも《しょっちゅう》ああし《す》て酒《さけっこ》を飲んでるし《ス》、子供らも《わらしゃど》多勢居て《いっぺえいで》生活《くらす》も大変かと《ゆるぐねがべど》思ってね《ス》、一人でも減ればいくらか《なんぼが》でもその方《ほァ》がいいかと《いいんでねえべがど》——どういうものでしょう《なんじょなもんでがんす》ね《べ》、私は《おれごだァ》子供《わらすこ》育てた事が無いので《でだごどァねんだス》、学校に《さ》入《へぇ》る前の正さん《ただす》はどうかなと《だばなんじょだべなァ》思って——」と、渋川さんと飲み話をしていた父が突然、声高に「先刻から《さきたがら》聞えぬ《きけねぇ》ふりして《すて》居たが《いだんども》、何か《なぬスカ》、私の《おらほ》子供《わらす》欲しいのだつて《けでけろってが》、私は《おらなっス》いくら《なんぼ》貧乏しても《すてでも》子供《わらすコ》譲ってまで楽しようと考えた事はない《すべがなんかってかんげえだごどァねぇガンス》。他人《ひと》の事は《ごどァ》心配せず《すんぺえさねえで》、さっさと帰つて下さい《おげれってくなんしぇ》」。母は同時に頭を下げた。

ヨシ子の髪　71

いつでも、いましがた起きたばかりの顔と頭で学校に来るヨシ子だったから、ある日、「あんたは《おめはんさァ》、女子《おなご》なんだから《が》も少し女子《もうべえっこおなご》らしく《すぐ》、髪位《ぐれえ》は櫛《くす》で梳《けず》ってきたらどうだ《なんじょ》」と言ってしまった。「フン、あんたのように《おめはんみってえに》学校に《さ》来るのに十分もかからぬ《がらねえ》人の話は《はなすば》聞きたくねエ、私は家から《おらァえが》学校に《さ》着くまで急いでも一時間以上かかる《でハきがねェくれェかが》んだから」「それ《そんで》でも《もさァ》、あと少し《べえっこ》早く《ぐ》起きたら《ぎだ》よいじゃないか《ええんでねえが》。起きれない時《ぎれねえどき》は起して《おごす》もらうとかして《どがすてさァ》」「起して呉れる《おごすてけえ》人なんか誰も《だって》居ない《いねえ》」と吐きすてるように言う。「お母さん《が》は」「疾うに《いっつ》死《す》んだ」「死《す》んだ？　あんた《おめはん》、お母《が》さん居ないのか《いねえのが》、お父《ど》さんは？」「父は《おどァ》母《おがァ》死《す》んでから《が》毎日《ぬづ》夜勤とかで《どが》、晩《ばんげ》に稼いでるから明方帰って《あけがたけえ》きても暗いし《くれえス》、自分《ずぶん》も眠いだろうし《ねぶてえがべえす》…」「そうなら《れだば》本当《ほんと》に起き《ぎ》るのは《なァ》難しい《ゆるぐねェな》。では《すたら》朝飯《あさめす》は」「父《おどァ》が、明方《あけがた》工場から帰《けえ》ってきてから、ささっとつくって《こしえで》すぐ寝るとか《どう》」「ご飯は朝炊《あさまた》かないの《がねえのが》」「ご飯は夜《ばんげ》、父《おどァ》が出掛《がげ》ける

時《どぎ》、私《おれ》が朝《あさま》の分まで炊く《ぐ》か《が》ら」「だったら《すたらば》冷たい《はっけえ》飯《めす》食うのか」「うん、今のよう《みって》に寒く《ぐ》なれば釜毎《むずら》、風呂敷《ふるすぎ》に包《サくる》んで火燵《こだつ》の中《なが》に《サ》入れて置くの《ぐのス》」。その時、ヨシ子より、も少し遠くからくる梅野が聞いた。「ヨシ子に姉が居た《いたん》よ《で》な《ねが》」「居るよ、六年生卒業し《す》てすぐ、新田町《すんでんまづ》だか《が》仙北町《せんぶくちょう》だか《が》の薬屋《くするや》で小守してるとか《こもるっこすてるどかってらっけ》」「姉も、居ねのか《が》ア《ァ》」「ところで《すたどもすぅ》、あんた達《おめはんだづ》、何故《なすて》そんな《た》に他人《ひと》の事《ごど》根掘り葉掘り訊くの《ぐのス》、関係無いでしょ《かんけねえがえんちぇ》」「何故《なすて》だっけ、あ、ヨシ子の髪毛《かみのけ》モチャッとし《めって》て《で》、みっとも無い《たぐねえ》から、どうにか《なんじょぬが》ない《ねえ》か《が》とい《っづ》う話《はなすコ》だったナ」梅野が口《くち》をはさんだ。「そんなに《たぬ》汚い顔《きたねえつら》や《だの》頭をしていれば《などすてれば》嫁《よめっこ》に《サ》貰って呉《け》れる人は《ひとァ》、一人も無い《いねえ》んだナ」「いいよ、無く《いね》ても。私は《おらァ》学校卒業した《おわった》ら、うんと稼い《かせえ》で金《ぜにこ》貯めて《で》、家《え》建てて《で》、うまい《めえ》もの食って、あんた《おめはん》なんか、嫁に貰ってくれ《け》なくたっていいよ」と、いつのまにか目を潤ませた。

祖父の死　72

「正蔵、起き《ぎ》ろ、親父《ず》死《す》んだ、起き《ぎ》ろ正蔵親父《ず》死《す》んだ」表の硝子戸をたたきながら、懸命に伯父の押し殺すような声がする。やっと夜が明けかけたぐらいで、まだ暗い。父は咄嗟《とっさ》に起きると天井から下がっている平べったい傘の電球にスイッチを入れる。光りが急に目を刺す。外をみると人力車が居る。本家の隣の俥屋のニタ《にた》さんがニタニタと笑ってるようにみえるが笑ってるのではない。そうみえるだけだ。本当の名は仁太郎さんだ。それにしても私の家と本家は普通に歩いても三分位なのに、伯父が乗ってきたのだろうか。「兄《えな》さん、どうして《なぬすたって》俥など頼んできたの《のス》」父が聞く。と「馬鹿、急ぐか《しえぐが》らョ」「でも《すたって》、俥やたたき《だぎ》起し《す》て乗っ《のは》て来るより走っ《はす》て来る方が早いのでは《ほァはえぐながんすかァ》」「屁理屈《ぐず》いうな正蔵、親父《おやヅァ》いま死んだ、早く来い《こう》」と俥に乗り込む。父はその後を軽い足どりで駈けて行く。

本町から寺の下までの葬列は徒歩なのだ。伯父も伯母も一族は額《ひたい》に白三角布を鉢巻し着物の上にも白布をカミシモにかけて進む。金襴の布を被《かぶ》せた棺桶は二人の人夫が汗を流して交替で担ぐ。私は祖母と一緒にニタさんの俥であとから続く。道筋の家の人々は、葬列をみて〝どこの葬式かな〟という顔で手を合わせる。

亡くなった祖父は、父や弟子たちには厳しかったようだが、私がヒョイと戸の陰から顔を出すと、それまでの威厳を崩して手招きし、「こっちへ《ちゃ》来《こう》い」と言う。私は素早く前に出て両手を揃えて正座をすると、「何歳《なんぼ》になった？」と聞く。×歳というと「ようし少し《スべえっこ》待ってろよ」と懐《ふところ》に手を入れ、三ツ折りになったズック袋のような財布をほどき、奥の方に手を入れて探り必ず二銭銅貨を呉れる。一銭のおでんを買っても、一銭のおつりがくるのが無性に嬉しい。

俥に揺られながら、私は〝祖父《おんず》さんって、やさしいい《すくてぇぇ》人だったなァ〟と思い出すのだった。

しばれる《す》頃　73

角《かど》の畳屋のマサ坊は、寒くなると泥棒《どろぼ》シャッポ《ぷ》をかぶる。耳が霜焼け《すもやげ》になりやすいのだ。毛糸の袋を逆さにしたように被って両目のところに穴があいているが、笑うと目が細くなるからわかる。うんと寒くなると、口《くち》の所が息《いぎ》で氷って五ミリ位のツララ《たろし》がつく。

一尺近くも雪が降ると大抵の人がゴム長靴を履くが、マサ坊の長靴は膝が隠れる程大きい。「マサ坊ョ、どうしたって《なんぼすたって》お前《めえ》の靴《くづ》ァ、大き《おっき》過ぎないか《ねえが》。歩く《あるぐ》のに難儀だろう《ゆるぐねぇがべ》」。するど、隣の与右衛門が口《くぢ》を出して「マサ坊ァ大きく《おっきぐ》なっても履け《げ》るよに《ぬ》って親父《おど》ァ買って呉《け》れだとサ」。マサ坊はニヤッと頷く《うなづ》。「でもサ《すたってサ》、マサ坊の歩き方なら《あるぎがだだば》、ズスラ、ズスラと擦《す》って歩く《ぐ》もの、雪の上だけ《ばり》でないから《ねえだス》、大人《おどな》になるまでにァ底《そご》だの踵《あぐど》だのテロテロと《ど》減って仕舞うだろ《べっちぇ》」。与右衛門が又いう、「靴《くづ》の裏の型《かだ》ッコ減ったら、あの更《ふけ》の沢《さわ》の方から《が》学校に《さ》くる子供等《わらすだづ》みたい《てえ》に荒縄でギリッ《ル》と結べ《ゆっけれ》ばいい」。マサ坊は顎《あご》をつき

だしボソッと云う「おらほの親父《おど》ァ、何でも《なっても》買って呉《け》れる時は《どぎァ》、大《おっ》きくなれば丁度よく《えぐ》なるって、シャツもズボンも大《おっ》きいのを買う癖《くしぇ》あるんだ《おんな》」「それは《はァ》、シャツだのズボンなら《だば》、先を《さきこ》捲《まぐ》ればいいが《いいんども》、長靴《くづ》ァ捲《まぐ》られない《えねえ》か《が》らな」と云いながら私も話を合わせる。「おらほでァ靴《くづ》ァ小さく《つうせぐ》なったと《たって》言っ《しゃべっ》ても駄目《わがねえ》なんだヨ。〃どれ履いて《で》みろ〃って無理《むる》無理《むる》履かせて《がしぇで》〃そりゃ入《へえ》ったんじぇ、まだまだ履け《げ》る、靴と《くづど》いうもの《やづァ》は足の方を合《あ》わせればいい相当《かなり》いい《はげる》ものだ《ん》〃なんて誤魔化すんだよ。何せ《だァレ》靴の中で爪立ち《つまたて》して《す》るようなもんだ」。と、すかさず与右衛門が「そこへ《さ》いけ《げ》ば、おらァ一人息子だから《なんだス》、お前達《めはんだづ》みたい《ってえ》にゴチャゴチャと兄弟《きょうでえ》居ない《ねえ》し《ス》、云えば《しゃべれ》〃そうか《が》〃って買って呉《け》れるけど《んども》」。と、急に声を落として「俺《おら》、本当ァ養子《ようすこ》なんだ《だおや》」マサ坊が訊いた「ヨスコったら」「外《ほか》から《が》貰われて《で》きたのヨ」。マサ坊はフーンと言ったが、わかったのか、どうか。

姉の文化祭　74

姉が女学校から帰ってきたことは二階から聞こえてくる甲高《かんだか》い歌声でわかった。近く学校内の文化祭があるとかで、このところ毎日、同じ歌を繰返しやっている。何の歌なのかわからないが外国語らしい。「何《なぬ》なのか《なんだが》、さっぱり《は》わからぬ《どほんでね》歌を《うたっこ》毎日毎日《まいぬづまいぬづ》よく《ぐ》続く《つづぐ》もんだな」と父も半《なが》ば呆《あき》れているようだが、たまたま父のところを訪ねてきた友達が、二階からの声を聞きつけて「じゃ、なんだかお前《めえ》さん達《だづ》の家《え》ですか《だすかであ》。何《なぬ》やってる《ら》んですか《がんす》。変な声《ひょんたな》、聞こえ《きけ》ますな《やん》」と言うと「これだから《が》学《がく》の無い《ねえ》奴ァ《やづ》話に《はなすぬ》ならない《ねえ》のだ《おな》。うちの《おらほ》娘は《むすめァ》、学校で習ってる外国の歌の《うたっこ》、練習し《す》てるのス。変に《ひょんた》聞こえ《きけ》るのはお前の《めはん》頭《あだま》ァ古くさい《しえ》からでしョ《がらでがんすだヨ》」などと弁護している。「それにしても《すたって》誰《だって》もわから《が》ない《ねえ》歌《うたっこなぬ》をどうして《すたって》学校で教える《おしぇ》のか《が》な」と思う。父の友達が帰ると父は声を落として「あの歌は《うたっこァ》何という歌なのか《うだっこなんだが》、お前《めえ》聞いて来ない《でこねえ》か《が》」。すぐ二階の姉に訊く「あのね、《なはん》い《いっ》つも練

習し《す》てるのは何《あれ》と《て》いう歌なの《うたっこだえん》」「言っても《しゃべったって》わからないと《がらねえどハ》思うけど《おもうんども》アヴェマリアって言う《そうん》の《だヨ》」私はすぐ下に降りる「アベマリヤだって《どゥ》」「何だって《なぬすたってェ》、阿部マリヤ？　それなら《すたらば》苗字《みょうず》ァ裏の阿部さんと同じ《ず》でない《ねえ》か《が》ァ」。とわからないままに何か、わかったように感心している。文化祭の日、母が姉に、「あんたの《おめはん》出る《でハ》時《ず》間は何時《ず》頃なの《なのス》」「午後、一番初めだけど《だんども》来なくても《たって》いいよ。聞いても仕様ない《しゃねえ》んだ」「それは《ハ》そうだけど《んども》」と母は踏切《ふんぎ》りのつかぬ顔をしていたのだが、姉の晴れの舞台とでも思ったのだろう、二歳になる弟の正を負《お》ぶって「お父さん《とっつぁ》一寸《ちょっとぎま》、見に《みるさ》行ってきます《きやすんだス》」と出掛けた。ところがとても聞いて来たと思えない程早く戻ってきたのだ。

「とても《とてもとても》女学校とい所は《どごろあ》、赤ん坊など負《お》ぶって行く処《ぐどご》で無か《ねが》った。廊下で会う《いぎあ》人も、後《うす》に《ろさ》立っている人も、いい着物ばかりだし《着た人ばかるだス》、背中で泣かれたら《がれなどすたら》恥ずかしい《おしょすゥ》思いを《バ》する所《どご》だった」と声をはずませ、口惜しそうに笑った。

名前 75

校庭には、二階の屋根から落ちた雪がドス黒くなってまだ残っているが、正面玄関わきの小さな花壇には春を告げる水仙の芽が、そちこちに塊《かたまり》となって出ている。

職員室に用があって行くと、いきなり「源蔵君、お前《め》さ《は》んの名前は誰か《が》ら貰ったもの《ん》だ?」と藤村正三先生に訊かれた。「何故《なすてス》」、「可成《かんなり》、昔《むがす》くさ《せ》い《え》名前だと思って、いつ《づ》か訊く《ぐ》べと思ってらった」「そすか、教《おしぇ》えるか《ス》な《カ》。俺の父親《おどっつあん》は正蔵と《て》言《そ》う《う》し《す》、祖父《おんづさん》は源八《げんぱっつ》という人だったか《が》ら、そこ《ご》から一ツずつとってつけたそうだ《ってらっけ》」「そうかァ」「そうかァって何故《なすてス》?」「いやァ《うんにゃ》、俺はまた《だ》、昔《むがす》の忠臣《すん》蔵に《さ》出てくる《でハって》四十七士《すじゅうすづす》のなかの赤垣源蔵か《が》らとったのかなと思《がなって》ってサ。そうでなくてよ《え》か《が》った。赤垣源蔵は大酒呑みだったそう《ずも》だ《な》」「そうだよなァ、源蔵君の親父さん《おやんつぁん》も酒ッコ強いほうだからなァ」「俺はサ《なはん》先生《しぇんしぇ》、酒呑《さけっこの》みの心配《すんぺぃ》なんかよりも、源蔵という名前は爺《づ》様《さま》みたい《みってぇ》だなって嫌に《やんたく》なるんだョ」

「なら《すたら》、どんな《たな》名前なら《だば》よか《えが》った？」「そう《ふん》だなァ、カズオと《ど》かヒデオと《ど》かァ。米内光《みづ》政なんていい名前だなァ。先生、女《おなご》だってサ、和子と《ど》か《が》愛子と《ど》か《が》って子の字《ず》ついてる《で》方《ほぁ》がいいな。教科書に《さ》出てくるのだって花子だべ。だぁれオラの組などァ、シゲだべサクだべ、アサ、サダ、キミにリヨだなんて何故《なすて》リヨなんだか《が》」。と少し離れたところにいた担任の千葉ツユ先生が話にのってきて「私《わだす》もね、ツユなんて何故《なすて》つけた《だ》もんだべと思って聞いた事があるんども、そしたら《そすたっけぇ》相撲の露払いは先に立って道をひらく《ぐ》し《す》、入梅の頃生《うま》れたからだって教えられたら《だっけぇ》、いい名前だなって思うようになったのス」「やはり《やっぱス》訳があるんだ」「そして、年《とす》とってくれば、だんだん名前に《さ》似合ってくるし《す》、仕方無い《すかたねぇ》と《て》いうか、気にならなく《ぐ》なるもんだ」「はァ、下手《へだ》にいじらない《ちょさねぇ》方《はァ》がいいんだなァ、早く《ぐ》大人《おどな》になり《る》てぇ、おら」。

サーカス　76

「お父さん《どっつぁん》、お父さん《どっつぁん》、サーカスの象《ぞう》ァ来たっけよ、公会堂の所《どご》でいま見て来《で》た」息せき切って帰るなり、店先で仕事中の父に話しかけたが、「そっか《がァ》」と父の反応は鈍い。「大《おっ》きか《が》ったァ、漬物樽《だる》みたい《みってぇ》な足《あす》、でったでったと着いて《で》、長い《なげぇ》鼻で土《つづ》の臭《ぬお》い嗅ぐようにし《す》たか《が》と思うと、ぐるっと丸めて《で》何か《なぬが》口《くづ》の中に《さ》入れた《だ》りするんだよ」それでも父は仕事の手を休めず「ふうん」と空《から》返事をしている。貰ってきたハガキ位のちらしをみながら「空中ブランコもやるって書いてる《かがさってら》よお父さん《おどっつぁん》」と気を引くのだが、効き目がない。「オートバイの曲芸もあるようだな《よんだ》」と横目で父をみるが、ムスッとしている。〝これは駄目だな《ハわがねな》〟と思っていると、低い声でつぶやくように、「サーカスなど《なんど》、そんなに《た》見たいのか《みってぇてが》」という。少し離れたところで綻《ほころ》びを縫っている母が「見たいでしょ《みってがんすだァ》、子供《わらす》だもの。けれど《すたども》、あきらめる方《だほぁ》がいいな源蔵、兄弟《きょうでぇ》みんなぞろぞろとやるよな金も無《ねぇ》

し《す》、だからって源蔵一人で行《い》け《げ》も《でも》無《ね》い《え》し《す》」。「わがった、わがった」と私は話から逃げる。

ところが、次の日、ひょっこりと本家で稼いでいる兄がやってきて「お祭り《まづる》で休み貰ってきた。源蔵、一緒に行く《ぐ》か《が》」ときた。「俺だけスか、弟達は？」「お前《めぇ》だけ《ばり》よ、学校に入《さへえ》らぬ《らねえ》者《わらしゃど》を、金魚のウンコみた《て》い《え》に連れて行けねェ《がれねえ》」と耳元でいう。母に目配《めくば》せをして裏から出掛ける。〝兄貴はサーカスに入る気だろうか。金は持ってるだろうか〟と気になるところだが、中々話を切り出せないで歩く。鳥居下の石の太鼓橋までくるとズンタッタ、ズンタッタという音とサーカスの音楽が高くなる。堪らず勢いこんで訊く「サーカスに入《さへえ》るのスか」「入《へえ》らねェ」と兄はにべもなく話し、「サーカスに居る人達《たづ》はナ、親に捨てられたのだ《えだ》とか、拾った子供《わらす》だと《ど》か《が》、芸を仕《す》込まれてやってるという《ず》話だ。気《き》味《び》悪《わる》い《う》か《が》ら寄らね方《ほあ》いい」。

子心親不知　77

金造さんは私より四ツ歳上《としうえ》で、煎餅屋の跡取り息子だが、たまたま一銭玉を持って煎餅の耳を買いに、〝申し《もうス》〟と言いかけたとき、店の奥で「オラこんな《こんたな》汚れた《こやばつねえ》仕事《すごと》の跡なんか継ぐ気は無い《ねえ》から《が》な」と声高に叫ぶのが聞こえた。「煩い《うるしぇ》、お前《めえ》のそんな《たな》話《はなす》は《あ》きき飽きた《ぎだ》。金造みたい《ってえ》な醜い者《みだぐなす》は《あ》何処に《どっこさ》行っても《たって》使って呉《け》る所は《どごあ》無い《ねえ》ぞ。黙って家《おらえ》で稼げ」と吐き捨てるようにいう親父の声と、言いながらもガチャガチャと煎餅を焼く鉄のはさみを何度も裏返しする音がして、「また始《だはず》まったな《ハァ》、お前《め》さんはそう言うけど《そうども》、金造も好き《ぎ》このんであんな顔《たな》になったので無いし《ねえす》、も少し《ス》言い方があるので《ん》無いです《がんす》か」とおふくろは、金造さんの肩をもつ。私は〝ささ、さ、悪い所に《うどごさ》来たな〟と音を立てないように後ずさりをした。「兎に角《とぬかく》、そんな顔《たな》の者から《すたやつが》何一ツ《なぬひどづ》、物買う人は《ってけるひとァ》無いん《いねえん》だからな」。親父の追い打ちをかけるような声が聞こえる。確かに、金造さんの顔は左目が

つぶれて、べっこりと凹んでいるだけでなく、頬にも深い疵痕《きずあと》があって何とも怖い顔なのだ。どうしてそうなったかは聞いたこともないが、ある日店先に子供連れの母子が来たとき、いつもは妹のクニちゃんが出るのに、何とも金造さんが「はい《はえェ》」と顔を出したものだから、子供がワーッと泣き出してしまったという位だ。近所の私等はいつも煎餅の耳を買いに行けば、紙袋にテンコ盛りにまけてくれるからいい人なのだが。

夏休み明けの学校の朝礼で、高等科二年の金造さんが校長先生に呼ばれて壇上に登った。

「金造君は、学校脇の赤川で、歩き始めたばかりの女の子が川に落ちて溺れていたのを助けてくれたと、その子供のお父さんが学校にお礼を言いに来た」。校長先生は声をつまらせながら金造さんを自分の側《そば》にひきよせ、肩に手をかけて「金造君よくやった。先生からも礼をいうぞ」というと、金造さんは両手で頭の髪をガリガリと掻いてばかりだった。

記念写真　78

「お前《めえ》さん、外加賀野の大矢さん、覚えてるでしょう《おべでやんすえん》」「はて誰《だれ》だっけ」「あれ、春木場《はるぎば》の私《おらほ》の実家に近い《さつけえ》、生垣を回した――」「お前《めえ》の実家は《ずっかぁ》、いつか《づが》の中津川の洪水《みずます》で流されて無く《ねえぐ》なったんでないか《ねえが》」「そうで《ん》す《がんす》、どうせ《どしえこしえ》荒家《あばらや》でしたから《がんしただす》。あやお前《め》さん、いまその話で無いでしょ《がんすえじぇ》」「そうだったな《そだったな》大矢さんがどうしたんだ《なぬすたってよ》」「この間《こねだなっス》、大矢さんの何番目さんだかいらして《おでってなっス》、写真屋《しゃしんや》になる練習しているとかで《どが》、無料《ただ》でいいから何とか、写真撮《しゃすんこ》らせて呉れませんか《けながんすえが》って頼みに来《さ》ましたよ《やんしたったた》」「無料《ただ》だって、昔から《むがすが》無料《ただ》より高く《たげえ》つくものは《ハァ》無い《ねえ》っていうけどな《そうども》」「それは《ハ》そうだけど《んだども》、その息子さんは、足《あすぁ》が片方《かたひた》悪くて兵隊《へってえ》にも《さ》行けない《ねえ》から《が》って、そんな体《だな》でも何か《なぬが》役に立つこと《ごど》無い《ねえ》かと《がって》写真屋になる決心《すんす》した《た》って言ってたから《のだそうでがんすから》、大丈夫でしょう《ながんす》よ《か》」「それなら《すたらば》撮って貰うか《が》。丁度俺も在郷軍人の最高の勲章みたいな《って》有功章を戴いた《いだでだ》

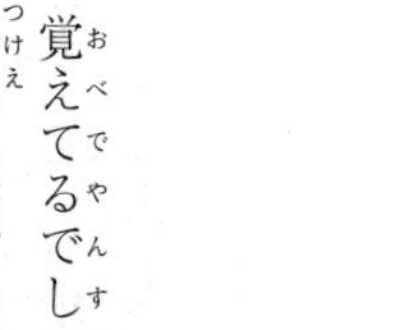

ばかりだし、カヨも来年は嫁に《よめこさ》行く《ぐ》って先頃《せんころ》決まったし、めったに写真《しゃすんこ》など撮ること《ごど》も無《ね》い《ぇ》か《が》ら頼んでみるか《が》」。

こうして数日後、大矢さんがやって来た。父は軍服を着て胸に勲章をつけ、一番早く椅子を裏庭に出し腰掛たが、折角だからと丸髷《まるまげ》を結いに行った姉がまだ来ない。母は母でまだ学校に入らない子供たち三人に少しでもよさそうなものを着せようと、いまになってまだ迷っている。兄がやっと前掛の埃《ほこり》を払いながら馳けて来た。「どうして《だあれなァ》こんな《た》に写真《すん》屋さん待たせて《だしぇで》、写真代は無料な上《ただだべス》に、合わない《ねぇ》などいう《そ》ものでないね《んでハねぇなっス》。申訳ないです《おもさげながんすなァ》大矢さん」「そんな事《たなごどァ》ないです《なござんす》。頼んだのは私《わだす》の方ですから《ござんすから》」。それから約三十分もして姉が帰って来たが、これから着物を着るのだという。父はもう我慢が出来ない。「これ以上待たせ《だしぇ》られ《ぇ》るか《が》。羽織りでも引掛けて後《うすろ》の方に《さ》立て《で》。顔と《ど》頭《あだま》だけ見《め》えればいいのだ」。この写真、父と家族が一緒に撮った最後のモノになった。

お盆 79

学校から帰ってくるのを待っていたようだ。「樺コ《けえばっこ》、一把買ってきて呉《け》れ《え》な《ね》い《え》か《が》。買ったらすぐに帰《どけえ》って来るんだ《じゃ》ヨ」。私は渡された金をつかんで河権さんまで走って行く。そういえば、今朝早く父は墓掃除をして来たと言ってるのを聞いた。母は、学校から帰る兄弟五人を連れて、夕方に出かける。母が洗濯したばかりの浴衣を着て帯をしめ、この日のために買って貰った新しい日和下駄《ひよりげた》を履く。〝寺の下〟までは結構遠いので、母は下の弟を背負《おぶ》っているが、肴町から餌差小路に曲るあたりにくると額《ひたい》に汗をかき、息をはずませて「も少し《あとぺえっこ》だな」と呟く。軒先に家紋の入った提灯を下げた家が数軒続くと間もなく伯母の家の前を通る。「いらっしゃるかな《おでったえがな》」と立ち止まる。裏の方まで見通せるような家なのだが、目敏《めざと》く私達に気づいた伯母は奥から走り出てきた。「暑《あづ》かったべ。休んでって《ぐむしぇ》、先づ額《でんび》の汗《あしぇっこ》、これ《こいづ》で拭いて《ふぐむしぇ》」と濡れた手拭を出し「おヨシ《よっす》

さん《あ》も子供等《わらしゃど》いっぱい《ぺぇ》で苦労しますネ《なんぎすなはん》」と目を細め、私には「花《はなっこ》、いっぱい《ぺぇ》持ってごくろうさん、これからもお母《が》さんを助《のごど》けて頂戴《でけでや》」という。急にそんなふうに言われるとなんだか悲壮な気持になってしまう。「お母《が》さん、早くお墓《はが》に《さ》行こう《くべ》」「そうしよう、では《うだなそすべすたら》先《さぎ》にお墓に行《さ》って来ますから《きやんす》」。「帰りに《けえりに》、必ず寄ってってね《ぐむしえや》、西瓜《すいが》、冷たいの《はっけえどご》を切っておくよ《ぐがらすう》」と後《うしろ》から伯母の声が追う。

本堂の軒下は、茶と線香の入って手のついた箱を用意した十組位の子供らと墓参りの人たちが入り乱れ「お茶等《ぢゃど》、持っておでんしえ」と競って叫ぶ子供の声が聞こえる。「お父《どっつぁ》さんの掃除《そうづぁ》は上手だね《だおな》」といいながら背中から下《おろ》した弟を私に預け、「お祖父さん《おんずさんす》、子供等《わらしゃど》つれてきました《きやんス》ヨ」と盆花を飾る。「さ、みんなお祖父《んず》さんに《さ》お茶《ちゃっこ》をあげてから一緒に拝もうね《おがむべす》。よく来《ぐ》たなってお祖父《んず》さんも喜《よろご》んでいるよ《るごった》」。私は弟を抱きながら捲《まく》れた樺に火をつける、と激しい音をたてて黒い煙がのぼり、弟たちの顔は可愛い赤鬼になった。

ひと違い　80

「ヨシ子《およすこ》ヨシ子《およすこ》ヨシ子《およすこ》」入口の三和土《たたき》に立ったまま、奥に向って祖母が母を呼んでいる。続けざまに呼ぶのはいつものことだ。「はいはいはい」と母も調子を合わせて出ていく。「返事《ず》は一回で良い《ええ》」「あら祖母さん《あいやおばさんス》、私《わだす》の名前も呼ぶとき《どぎゃ》一回でいいですよ《よござんすヨ》」「そんなことは無い《たなごだァねエ》、ヨシ子《およすこ》は何回も叫ばなければ《さがばねえば》耳は聞えない《みみァきけねえ》人だ」「そうですか《そうでがんすすか》。ところで今日は、何の用でしたが《なぬがよっこでござんすたが》。先ず《まんつ》お入りになったら《へえれったらなんじょでがんス》」「あら《ほんに》何の用だっけ《よっこだったべえ》。そう《ん》だ、今ここに《さ》来る時《どぎ》、美味《うんめえ》そうな玉蜀黍《きみ》、あのいつもの《あれえいっつも》山岸《ぎす》の奥から《おぐがら》来る婆さん《ばさま》、横町の角で売ってた《ら》ようだから《だっけがら》、食べさせたい《くわせてえど》と思って懐《ふどころ》、探《さぐ》ったら《てみだっけ》、忘れたよう《できだどめ》で入《へえ》って無い《ねえ》の《のス》。少し《べえっこ》貸して呉れないか《けねえがえが》」「どうも《だあれ》我が《おら》家《ほァ》は子供ら《わらしゃど》が多いから《いっぺえだす》、それでは申訳《ハもすわげ》ないですよ《ながんすから》。祖母さん《おんば》の分だけ買ってきますか《やんすえが》」「いや《うんにゃ》お前の《こっちの》家は《えでァ》子供ら《わらしゃど》いつも腹減ら《はらコ》してると《すてるっけなど》思ってさ」「それはもう《はなっス》」。そのやりとりを聞いていた私は、頃合いをはかって

「祖母《おんば》さん俺《おら》ァ食いてェ」というと三人の弟たちも口を揃えて「オラも、食いてェ」と同時に叫ぶ。「その声聞きたくてョ」と祖母は大笑い母は「燕みたいで《みってぇ》嫌だなァ《やんたくなるなァ》」と一緒に苦笑いして「それでは《すたらば》祖母《おんば》さんも一緒に食べるよう《べす》、お前《めえ》行ってこい《こう》、七《なな》本だよ、おつ《づ》り貰ってくるのを忘れないで《ねえでなァ》」と十銭玉を二枚もって一目散に走る。玉蜀黍《きみ》を売っているのは婆さんでなく爺さんだった。息せききって走って来た私はちょっととまどったが「もっス、玉蜀黍《きみ》七《なな》本下さい《くなんしぇ》」と言うと、じろっと私の顔を見た爺さん「七《なな》本？　いくら持って来た？《ぜにっこなんぼ》」と握っている手をみて訊く。「二十銭」と答えると、「丁度《ちょんど》よく《えぐ》持って来たもんだな。それ七本、一本まけ《げ》るか《が》らな」と新聞紙に八本包んでよこした。家に帰って拡げると、「なに《ぬ》、おつ《づ》りよこ《ご》さな《ね》か《が》ったって、一本まけ《げ》た位《だぐれえ》にしてあの婆様《ばさま》もやるもんだ」と祖母がいうので「爺さん《ずさま》だったョ」というと「そう《そ》いえば斜め向い《むげえ》に《さ》もう一人居たかな《みだようなきもすな》」。

雨の遠足　81

いつもより暗い朝だったから「どうかな《なんじょだえな》」と不安だったが、約束の駅前広場へ急ぐ。まもなく先生がメガホンを持って「測候所に聞いたところ、今日は小雨なそうだが、戦地の兵隊さんのご苦労を思い今から仙岩峠遠足に出発します」となった。みんな久々の汽車が楽しくて和子なんか大釜あたりでもうキャラメルの箱を開けている。幸雄《さちお》が見たことも無い立派な山用の皮靴を履いてリュックサックも大人用のデカいのを背負って来た。「幸雄、なんで《たら》そんなに荷物《たぬぬ》もって来た？」 幸雄はこの四月、千葉県から転校して来たばかりだ。「僕の父さん、山は恐い《おっかな》からって、雨合羽と懐中電灯と水筒もこんなに大きいのと、おにぎりも三回分持ってけって。嫌だなったら、だったら行くなって叱られちゃった」「そうか、ちゃったか《が》、それにし《す》ても随分立派《るっぱ》な靴《くづ》だな。俺のズックは指《あ》の所《さ》に穴コ《あなっこ》あい《で》てるのにな」。ふと、何故こうも違うのかと思う。女の子等が向こうの

方で遠足の歌を始めた。

「鳴くや雲雀《ひばり》の声うららかに」すると向席《むかいせき》の善郎が〝鳴いでねな〟と相の手を入れる「陽炎《かげろう》もえて野は晴れわたる」善郎はすぐ〝晴れでねな〟「いざや吾が友うち連れゆかん、今日は嬉しき遠足の日よ」〝そんなに《た》嬉しいか《おもしえってが》、俺《おら》は《ハ》雨心配《すんぺえ》だな〟とつぶやく。終着駅の橋場から並んで歩き始めた時には予報通り小雨が落ちて来たが、仙岩峠へと進むにつれて激しくなった。「先生、俺《おら》背中から申股《さるまだ》まで濡れて来た」「先生、マサ子寒がって震えてる《でらァ》」「よし《ようす》、靖君《やすす》、早く《ぐ》先頭に《さ》走って《はしえでって》止《と》まれって言って《しゃべってこ》、無理だ休憩だ、幸雄君はその合羽をマサ子に《さ》貸してやれ、他《ほが》に具合悪くなった奴《やづァ》いねか《が》」と先生の髪もずぶ濡れだ。粘土のような道にズック裏が減っているせいか、やたらに滑り易く、幸雄の靴が堂々と見える。合羽は、橋場駅に戻るまで、先生に背負《おぶ》われたマサ子の背中にあったが幸雄は満足そうに、その側《そば》を歩いて来るのだった。

マスク　82

「お早よう《はや》ござい《がん》ます《す》。朝晩やはり《やっぱす》寒く《ぐ》なって来ましたね《きゃんすたなっす》」「そうですね、《そんでがんすなア》山に《おやまさ》も《も》雪が《ゆぎっこ》降ったそうでないですか《ずんでながんすすか》」。母が向いの婆さんと外で箒を持った儘、立ち話をしている。

板間を裸足で歩くとヒヤッとして足袋の欲しい頃なのに、学校に足袋を履いていこうものなら「男のくせ《しぇ》になんだ《なんだけなア》、意気地なし《このずぐなス》」と言われるし、思われもする。家では「そんな汚ない《たなきたねえ》足《あす》で歩か《が》れれば畳《ただみ》の方《ほぁ》が汚なく《ぐ》なるよ《でぁ》」と言われるのだが、だからといって祖母の作ってくれた足袋はガフガフと大き過ぎて、あまり気が進まない。それよりも毎日穿《は》くズボンの尻と膝に穴があいて、どうも風がスースーと入るのが寒い。「母《おが》さん、ズボンの穴《あなこ》縫って呉れ《けで》、尻《けつ》と膝株《ひじゃかぶ》から《が》風邪ひき《ぎ》そうだ」と頼むと「晩《ばんげ》に寝て《で》る内《うず》にやるから《が》」「忘れないで《ねえでや》、風邪ひいても《だってす》知らないから《ねえがらなはん》」と念を押す。翌朝、枕元のズボンを見て驚いた。膝にも尻にもベタッと大きな布《きれ》を張ってるのだ。「どうして《だあれすて》こんなに《た》大《おっ》き

な布《きれっこ》張って、恥ずかしくて《おしょす》学校に行けない《さがれねぇ》。これなら《だば》穴のあいた《だ》ままの方がいい《ほぁええ》」と泣きたい思いだ。

「嫌なら《やんたば》穿く《ぐ》な、父さん《おどっつぁん》の股引き《ももひぎ》だり穿いてけ《でげ》」「といっても《すたたっても》、股引きでは《だば》あまり《る》ひどい《げあだ》」。併し今朝の母は強気だった。「ズボン直してくれと《けでって》頼んだのは《なア》誰だ。裏か《が》ら布《きれっこ》張ればいいなんて《ぐれえ》解ってて《で》も、夜中《なが》も遅く《おしえぐ》なれば眠く《ねぷてぐ》なるし《ス》、見たら《だっけあ》お前《めえ》だけ《ばり》でなく圭司《けいじ》のも、正《ただす》のも穴あいて《で》いて《で》、これでは《だば》夜明けてし《よああげです》まうし《す》な。穴か《が》ら風邪ひくとか《どかって》言った《しゃべった》のを思い出《す》して、マスクかければいい《ええ》なと考えた《かんげえだ》のサ、ちゃんと直したズボンなら《だば》誰に《さ》も恥ずかしがる《しょすがる》ことは《ごどあ》無い《ねえ》。ボロのまま《まんま》、洗濯もしない《さねえ》ものを着せて《で》るのなら《だば》ともかく」と終りは低くつぶやく。仕方なくそのズボンを穿いていった私は、みんなに笑われる前に「どうだ見ろ、これは《いづあ》膝株《ひじゃかぶ》と《ど》尻《けつ》か《が》ら風邪ひかぬ《ねえ》ように《ぬ》ガバッとマスクして来たのだ。ハイカラだべ」。

年越《としとり》 83

「今日《きゃあ》は年越《とすとる》だか《が》らナ、お前達《めえだづ》も神棚の掃除《ず》、手伝え《やってけろ》よ。飯台《はんでえ》の上に《さ》、足上《あさ》げ乗せ《しぇ》れば届く《ぐ》べ」。父は注連縄《しめなわ》の幣束《へいそく》を小刀で手際よく切りながら話した。神棚は押し入れの上にあって黒く煤《すす》けている。私は中から大黒さん、灯籠、七福神、八咫《やたの》鏡と一つずつ取出し、顎《あご》をあげて私をみている弟達に手渡す。濡れた布と乾いた布、真鍮の磨き粉などを用意、十二月三十日年越の日は毎年、兄弟でやる仕事なのだ。三歳の弟が瀬戸物の御神酒《みき》徳利《どっくり》など持つと「ほら危ない《ねえ》危ない《ねえ》、落し《おどす》て稼《かしぇ》ぬ内に《ねえうずぬ》取返せ《とっけえ》。お前《めえ》もまだ《だ》、叩き《はたぎ》、家《え》の中でかけ《げ》る奴《やづ》あるか《が》、外《おもで》に《さ》行げ」と父の声が忙《せわ》しい。やがて「お父さん《どっつぁ》終ったよ」「よし《す》、元通《もどる》りちゃんと置いて《おがさって》るな。次は佛壇《ほどげさん》だ。中《なが》のもの皆出《みんなだ》し《す》て、花立は水《みっコ》入《へえ》ってるか《が》ら転ばさぬ《おっけさねえ》ように《ぬ》、位牌《いへえ》も頭ぶつけ無い《ねえ》よう静かに《すずがぬ》な」。弟たちは蝋燭立てなど御佛器は殆んど真鍮で出来ているから磨き粉で擦れば布が黒くなって面白い程光っ

てくるので夢中だ。「おと《ど》なし《す》い《う》と《ど》思ったら《たっけや》線香ポクポクと折ってらァ」小さい弟はまた隙がない。父は「真鍮はいくら《なんぼ》磨いてもいい《ええ》が、金箔は駄目《わがねぞ》、だんだん薄く剥《は》げるんだか《が》ら、そんな《た》に力入《つからへえ》れて拭くな」こうした騒動がどうやら終わって夕方になる。

母は貧しいながらも、何とか年越のご馳走づくりで、昔の古い箱から皿を取出して並べる。黒豆や蒲鉾がみえて、いつもと違う匂いがする「何だかいい《ええ》匂い《かまるこ》するな」、腹がグーと鳴る。「さあ、そろそろ出来《ぎ》た《だ》ようだ。皆《みんな》、揃って神さん佛さん。拝んでか《が》らな」「何と《なんて》言っ《しゃべ》て拝むの《えん》」「今年《こどす》、一年《いづねん》、有難《おわるがど》うがんし《す》た。来年も病気《やめえなど》し《さ》ない《ねえ》ように《ぬ》って拝むのョ」。そこへ母が前掛で手を拭き拭き走って来て「私《わだす》のこと《ごど》も加えて《かでで》下さい《くなんせえ》」と云いながら、何かに躓き、バッタリと手をついて転んだ。「あやや、痛いこと《いでえごど》、この腐れ畳の縁《へりっこ》、来年は《ハ》どうしても《なんたって》取替《とっけえ》えれるように神さんに《さ》頼まなければ《ねば》なりません《ねえなっす》ネ父さん《おどっつあん》」。

元朝参り　84

いまか、いまかと待っている除夜の鐘が、桜山さんと報恩寺の両方から、互いに音がぶつかり合うように聞こえてきた。「さあ、元朝参り《がんちょまい》に行《さ》く《ぐ》か《が》」と火燵《こたつ》の上の蜜柑《みかん》をつかみ、頬《ほお》ばりながら立ち上がる。隣りの健ちゃんが、完全装備をして顔を出し、「行く《ぐ》か《スか》」と呼んでいる。「いま行く《ぐ》」と急ぎ襟巻をする。襖のかげから母が「天神《ずん》さんに《さ》は《ば》必ず寄ってこいよ《くるんだんじぇ》」と言い「わか《が》った《たァ》。学問の神様《かみさん》だか《が》らだべ」。健ちゃんは「俺も言《そ》われた《だ》、天神さん《おでんつぁん》に《さ》行け《げ》って」と笑う。「ところで君は《おめはん》、賽銭《さいしぇんコ》いくら《なんぼ》持ってい《え》く《ぐ》？」と訊くから「俺《おら》、持ってかない《がねぇ》」というと「それは《だあれ》それでは《だば》何《なぬ》拝んだって効きめ無いん《ハァねぇん》だ《だなァ》」というから「だって《すたって》あげればいいというの《ってすか》私は《おらなはん》、大きく《おっきぐ》なって稼ぐ《かしぇぐ》ようになったら賽銭《さいしぇんコ》いくら《なんぼ》でもあげれるようにして下さい《すてくなんしぇ》って拝むのさ」「神様《かみさん》と約束する訳か《のスか》、忘れなけ《ぬば》ればいいが《ハぃぃんどもス》」「神様は《かみさんハァ》忘れて《で》も、私は《おれハァ》忘れない《ねぇ》よ」。神社に近くなるに従ってお詣りの人はいつの間にか増えて、顔見知りの大人たちは「あけ《げ》まし《す》ておめでとう《がんす》」と足元を気にしながら挨拶を交わしている。除夜の鐘が次第に遠くなる。「あの鐘の音《おどァ》、いくら《なんぼ》鳴るか知ってるか《がおべでるスカ》」「知ってる《おべで》サ、百八ツだべ」「何故《なすて》、百八ツだべ」「それは《そいずァ》きっと《きっともって》、本当は《ほんたァ》百丁度だったのに寝《ぬ》ぼけて余計《でよげえ》叩い《はたい》たの《だん》でない《ねえ》か《がァ》」「最初《はずめで》の人が《ひとァ》間違ったって喋《しゃべ》らねばそうなるものな《んだもんなァ》」「家《おらほ》の父《おやず》もそうだよ《だんちぇ》、なか《が》なか《が》間違《まづが》ったって言わない《そわねぇ》で、それでいいって頑張るんだよナ」「威厳《いげんコ》、保《たも》つ気《ぎ》になってるから《が》な」やっと石段を登り、大勢の人に混じりながら神前で柏手《かしわ》を打つ。「君《おめはん》も、勉強《べんきょ》でき《ぎ》るように《ぬ》って拝んだか」と訊くので「家《おらほ》では今日あた《だ》り、赤ん坊生まれるらしい《すう》んだ。前《めえ》から《が》若《も》し《す》や元旦でない《ねえ》か《が》ってらっけから《が》〝そうなら《だば》豊臣秀吉と同じだ、天下取りだ〟って。今日生まればいいなァって拝んだ」「これで何人目だ」「八人目だ」。その弟、結局、元旦に生まれたが、秀吉は朝、弟は夕方のため、天下取りは儚い夢であった。

奉安殿　85

校舎の正面玄関奥の小さな庭に、教育勅語や御真影を保管している奉安殿があり、その前の廊下を通るときは一旦停止して奉安殿に向って軽く頭を下げて通ることになっている。その日は紀元節の式典練習があり、遅れそうになった私は、そこを立ち停まらずに走りぬけたのを体操の先生に見つけられた。「止まれェ」と破鐘《われがね》のような声がして「何故《なすて》、叫《さが》ばれた《だ》か《が》解《わが》るな、そこ《ご》に《さ》立ってろ動く《ぐ》な」と去って行く。走ったための汗が次第に冷えて来て玄関からの風が身にしみる。「失敗《すくっ》したなァ、職員室《しょぐいんすつ》から出て《ではって》こっち《っ》を見た《だ》のと《ど》、俺が通《はしぇ》るのと《ど》ビダッと合ったもんだ。俺も悪いが《わるんども》運も悪か《が》った」と舌打ちをする。やがて、東溜《ひがしだまり》から「雲に聳える高千穂のォ」と紀元節の歌が聞こえてきて思わず私は「高嶺おろしに草も木もォ」とつぶやいていたが、何しろ冬の廊下は格別で声が震えた。若い方《ほう》の小使《こづかい》さんが通りかかって「どうした《なぬすたっけな》、立たせられたのか《ただしぇらえだのが》、フン」

と蔑んだような顔をして通る。下級生の女の子も、わざわざ側《そば》に寄ってきて私の顔を覗きこんで行く。寒さと共に堪らない気持になってきて「畜生《つきしょう》、いつ《づ》まで立たせ《だしぇ》る気だ?」と苛立つ。約一時間、式の練習が終ったらしくゾロソロとみんなが戻ってきた。「なんだ、見えないと《ねえど》思ったら《たっけや》、こんな所に《たなどごさ》立たせ《だしぇ》られてる《えでら》のか《が》」。「何したの《なぬすたえん》、可哀そうに震えてる《ふるえでらんちぇ》ね」。「場所《ばしょあ》、悪いな《わるうな》此処《ここァ》」夫々慰さめとも侮《あなど》りともつかない声をかけて行く。やがて担任の女《おなご》先生がきた。「奉安殿で停まらなかったって? 悪か《が》ったって思ってるべ? 立ってろって喋《しゃべ》った先生が、もういいか《が》らって」。側に寄ってくると肩を抱くようにして「寒か《が》ったべね、ここは《こごァ》特《とぐ》に風の強い所《かじぇっこのつええどご》だもの」と頭と背中を摩《さす》ってくれた。私は思わず、女《おなご》先生のセーターに顔を押しつけて涙ぐんでしまった、がその時いつもの先生と違う母のような匂いを感じとった。

母の病気　86

「起きてくれないか《ぎでけぇねぇが》、源蔵、起きて呉れ《ぎでけろ》」確かにそう聞こえたが、少したってパクパクと掛布団の端《はし》をひっぱられ、とび起きた。「どうした母さん《なぬすたおが》」。母は弱々しい声で「とて《とって》も頭痛《あだまいだ》くて起きられないから《ぎぇねぇだス》、お前《めぇ》起きて《ぎで》、かまどの御飯、何とかたのむ」。外はまだ暗く台所の板場はつめたい。私は足音をしのばせ、新聞紙をまるめる音にも気をつかいながらマッチを擦る。消壷から消炭を出して焔《ほのお》の上にのせる。消炭が赤くなったところにすぐ細く割っておいた木をのせる。ほどよく火が回り始めたのを見計らって、外の軒下においてある薪をとりに行く。昨日の雪が融けて少し濡れていたが、鉈《なた》でコツコツと割ると大丈夫なのだ。〃母《おが》さん、具合《ぐぇぇ》悪く《ぐす》して起き《ぎ》れなかった《ねが》のは珍しいが《すんども》、度々《しょっちゅう》だと困るなア《べなァ》〃と煙の滲みる目をこすりながら改めて思う。〃ところで味噌汁《ずる》はどう《なんじょ》するんだ〃と母のそばに行く。「申訳ないが《おもさげねぇんども》豆腐《とふ》やまで一走《ひとばし》り行って、昨日《きのな》は豆腐《とふ》だったか《が》ら

今日は油揚《あぶら》げ一枚買ってきて、大根のヒキナ汁にすればいい。大根は戸棚の下に風呂敷に《さ》包んでる《つつまさって》から《が》」とかすれ声を出す。外は明るくなって、めざす近くの豆腐屋からは白い湯気がモウモウと出ている。腰まであるような長靴を履いた兄《えな》さんが新聞紙にパッと包んで「はいヨッ」と威勢がいい。家では、台所の煙が部屋に洩れて弟たちは「煙い《ゆぶて》、煙い《ゆぶて》」と騒いでいた。「こら《こりゃあ》、母《おが》さんの頭《あだま》のあた《だ》り歩く《ぐ》な。掃除《そうず》はし《やら》なくていい。すぐ飯台《はんでぇ》出し《す》て茶碗《ちゃわんコ》並べて」と大きい方の弟にたのむ。御飯は丁度、厚い蓋の下からプクプク噴いていた。もうすぐだ。「弁当いるのは誰と誰だ」「今日は母《おが》さん病気だから《が》、梅干と味噌漬だけ《げ》だぞ」。それでも熱い御飯と味噌汁で終ると学校へ追い出してホッとする。「俺《おら》、今日学校休むから《が》」というと母は「俺は《おれごだ》富山の頓服《とんぷく》のめばなおるから《が》、休むな、少し《べぇっこ》遅れたが《べども》学校には《さば》、行ってくれ《けろ》な」。

世界地図 87

枕元に誰かが立っている気配があった。うす目を開けてみると、弟の功が寝巻のまま立っていて下唇を突出し今にも泣きそうになっている。「やってし《す》まったのか《が》」と飛び起きた私は、功の寝巻の尻に触り、布団を剥ぐ。「来年、学校だというのに、情け無い《げねえ》奴《やっ》だナ。夜中《ながぬ》に一回起こ《ご》し《す》たったのに《けじぇ》」。言いながら台所に居る起きたばかりの母に叫ぶ。「母《おが》さん、功、又《まだ》世界《がい》地図だァ」「本当《ほに》、大きな太平洋だこと《ごどや》。ぼんやりしてないで《ぼやっとすてねえ》風邪ひかない《がねえ》うちに《づぬ》寝巻《まぎ》も猿股《まだ》も取替《とっけ》えて《で》。洗濯《たぐ》はいつものように頼むな。それにし《す》ても功のナニは病気だべな、下の弟達より長い《なげえ》なァ」と首をかしげている。

敷布の洗濯は大きいから裏の渡り廊下の脇に、木の盥《たらい》をおき、井戸ポンプの水を汲んでバケツで運ぶ。世界地図のあたりに、洗濯石鹸をぬり、腕をまくって両手で洗うのだが眠いせいか力《ちから》が入らない。次は寝巻もあるし学校に遅れると思うとイライラする。ふと左官やさんが壁土を足で踏んでいるのを思い出して、早速足袋を脱ぎ、ズボンをまくり、足でグシュグシュとやり始め、その上そっくり左官やさんを真似し、腰に手を当て〝いちに、いちに〟とやって、いい按配に石鹸の泡が見えてきた。と突然、左足がぐらりとなって「危ない《ねっ》」と廊下に手をつく。石鹸水《みず》がザアと流れた。盥の底が抜けたと気づいた途端、学校はやはり遅れるナと思った。弟《いさお》が離れたところで見ていたらしい。「は、は、え、俺《おら》知《す》らね」と囃す。「この寝小便《ねしょべこ》たれ」と言い返したが空しい。知らせを受けた父が顔を出した「骨惜しみ《せっこぎ》すれば《たがりァ》、罰《ばづ》あた《だ》るのヨ。今日の所《どごろ》は仕方ない《すかたねェ》、向い《むげえ》の桶屋へ持《さ》ってって、治《す》して貰って来い《こう》」という。落ちない雷《かみなり》に安心し素早く片づけ向いの大吹《おおぶき》桶屋に壊れたままのかたちを持ちこんだ。福禄寿のような頭の親父さんが云った「どうすれば《なんじょせえ》、こう《こんたに》なるんだべな」。

兎 88

「兎、飼ってもいいかな《いがいが》」「何でまた《なぬすたってまだ》、急に」「朝ちゃんがサ、飼ってみるなら《んだば》一匹《ぴぎ》呉《け》れるってサ」「私は《おれごだァ》、あまり生き物《いぎもの》飼うのは好き《ぎ》で無いけど《ねえんども》、飼うと《ど》なれば、小屋《こやっこ》も拵《こし》えねばならないでしょ《ねえがべスサァ》」「その兎の小屋なら《こやっこだば》、俺《おら》、自《ず》分で拵《こし》えるか《が》ら」「無理《むる》じゃない《ねえ》か《が》、板《いだ》と釘《くぎっこ》さえ《しえ》あればいいというもん《づような》じゃないよ《でハねんだヨ》」「大丈夫だ母《おが》さん、金網《かなあみっこ》は河権で売ってらっけス、板《いだ》も林檎箱の古《ふるう》いのなら《だば》呉れるって《けえるってらっけえ》、丁度《ちょんど》いい大きさだっけ」「随分《ひんでぇ》手回《まわス》しいいな、餌《えさっコ》のこと《ごど》もちゃんと聞いて来ただろう《んだべ》な」「聞いた《だ》、聞いた《だ》。葉っぱなら《だば》大抵《たいてい》のもの食うど。」

こうして私は四角い木枠をつくり、買ってきた新しい金網を張り釘を打ちつけては曲げるように留める。網戸は開くようにする為、蝶番が必要だと気づいて森政商店に走る。

「蝶番《ちょうつげえ》ひとつだって？ お前《めえ》さん《はん》ね《なはん》、蝶番《ちょうつげえ》と《づ》いう《うも》のは、ふたつ付けねば駄目《わが》な物《ねもん》なんだヨ《だんちぇ》」「でも、おら」とポケットに手を入れると「ああ、銭《ぜにっ》コなら《だば》後で持っておい《ん》で」「それじゃ《うんだば》」と、金の心配が消えたことで安心する。

兎小屋は我ながらよく出来たと思った。床《ゆか》には炭俵《すみすご》を入れ、近所の八百屋に行けば、捨てるような葉っぱは、ナンボでもあるそうだ。早速、朝ちゃんの家からもらって来た兎は、赤い目をキョロキョロさせて、奥に行ったり、網戸に鼻を押しつけてヒクヒクしたり、忙しく動く。網戸は針金を曲げて釘にひっかけるようにして留めたが、やや心許ない。「明日《あすた》、もう一回森政に行《さ》って鍵《かぎっコ》買わなければ《ねえばねえなァ》」と思う。

その翌朝、歯を磨きながら裏の兎小屋へ様子《ようす》を見に行った。なんと、網戸が開いて兎がいないではないか。「大変《てへえ》だ。誰《ぬ》か《ぐ》に盗《が》まれた《だ》」と叫ぶ。ききつけて母が来た「ちゃんと鍵《かぎっコ》、掛けていたのか《げでらったのが》。とにかく兎だって此処《さ》に来たばかりだ、迷ってその辺《ごらあだり》に居るんだ。縁側の下など覗いてみて《だどがまがってみで》、みんなで《すて》」と初め賛成しなかった母に言われ内心ホッとした。

旧の節句　89

「お父《どっつぁ》さん、いま《いまナハン》、学校の帰《けえ》り、田圃の方来たら《ほうきたっけやナハン》、鯉のぼり立てている家《とこ》あったよ《っけよ》」。「そう《ん》だ、すぐ旧の五月五日だもな」「我家《おらほ》でも立てるべお父《どっつぁ》さん、俺も手伝うから《がらス》」「じゃ《すたら》一丁やるか《が》、天気もいいし《ス》な」「うん」。

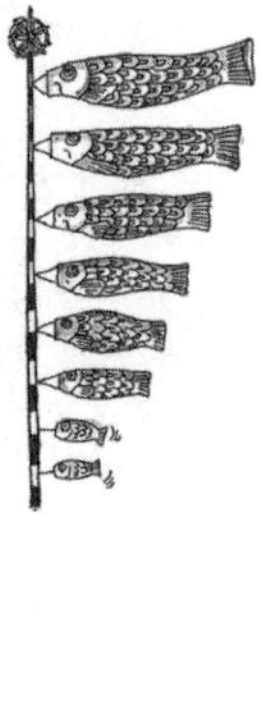

鞄を投げるようにして裏の長い廊下に走る。廊下の天井に太くて長い竹竿が結《ゆわ》えてあるのだ。「解《ほど》くとき《どぎ》は両端《りょうはず》は最後《あど》だぞ《ぬな》」と父の声が追いかける。

竿を立てる前に先の方に滑車と矢車をつけるのだが、その矢車が去年のものと違うようだ。「この矢車は新しいの《あたらすのすか》、それともー…」「そうさ、去年のは《やつぁ》壊れたから《だが》、工夫し《す》て俺が拵え《こしえ》て《で》みた《だ》のさ」「この矢《やっこ》の部分を一本ずつ、全部拵えたの《こしえだのすか》」「ああ、矢《やっこ》の数も少し《べえっこばり》増やし《す》てみた《だ》」「へえ、お父《どっつぁ》さん上手《じょんず》だな」「箪笥より楽ださ」と笑っている。矢の形《かたち》が田楽《でんがく》を薄くしたようになっていて、フーッと吹くとクルリと回った。いよいよ竿を立てる。竿は倒れないように私が体でいっぱいに支えると、父は大きな掛矢を回転させるかのように杭を打ちこみ、素早く荒縄をグルグルと捲き結ぶ。「あのね《なはん》、家《おら》には《ほにゃ》吹流しが無い《ねぇ》ね《なはん》」「ああ兄弟《きょうでぇ》が多いから《いっぺぇだがら》、仔鯉《こっこのこい》を増やし《す》てな」「そうか《そっがぁ》、お父さん《どっつぁ》お母《が》さん、兄貴に俺と《ど》、圭《けい》、正《ただ》で六匹、あとは画用紙《かみ》に《さ》画《か》いたのが二ツだな、又、生まれれば地面《つづのうえ》に《さ》着く《くっつぐ》な」「その時は《どぎゃ》、竿取替えね《とっけえっこさね》ば無い《ねぇ》な」。

結び終った布の鯉は六匹とも青空に見事にひるがえったが、紙の二匹はくるくると気狂いのように旋回している。「あ、可哀そうに《ぬ》目回《めえまわ》るべな」と思う。姉が生まれたときに植えたという桐の木が、風でユラユラと揺れている。母が小走りに家の中からやってくる。「間に《ぬ》合ってよ《え》か《が》った。丁度柏餅《かすわもづ》、油町の太田さんで売っていたから《らったが》、奮発してきた」「随分《ひんでぇ》、気が利く《きぃきぐ》な、珍し《す》こと《ごど》もあるもんだ」「それハどうも。ところで居ない《いねぇ》子供《わらす》の分は残して《のごす》下さいよ《くなんしぇや》、全部食べないで《くってしまわねぇで》」。

農業実習　90

校門脇、ブランコの後《うし》ろを流れる堰をまたぐようにせまい板を渡ると、学校の畑があって、月に何度か交替して農業実習があった。前の実習で蒔《ま》いた、ほうれん草が　芽を出していて「蒔き方《ぎがだ》は下手助《へだすけ》だけど《だんども》、とに《ぬ》かく芽《めっこあ》は出ている《はってえ》な」と安心する。家が農業の級友何人かは、ちゃんと地下足袋など履いて凛々しく、足袋の中に土など入るわけもないが、大抵はズック靴だから「靴《くづ》の中《なが》に《さ》土が《つづぁ》入《へえ》って気持悪いな《きもづわるうなァ》」という。すかさず光男が「俺《おらぁ》は、この間《ねえだ》そうだったから《が》、靴下《くづすた》履いて来《で》たのサ《おや》」「成程、考えた《かんげえだ》な、だ《すた》けど《ども》俺は《おらほは》そんな《たな》ハイカラな物《ものァ》無《ねえ》いから《が》なア」「靴下《くづすた》などハイカラだか《が》? 俺《おらぁ》は姉《ねっちゃ》の古い《ふるくしぇ》のを貰ったのさ《よ》」と聞くと、家《わがや》には靴下を履いている人は居ないことに気づく。それを側で聞いていた喜代三が「馬鹿くさい《しえ》事《ごど》言う《しゃべる》な。裸足《はだす》に《ぬ》なればいいのだ。靴《くづ》も靴下《くづすた》もいらねえ裸足《はだす》が一《いづ》番よ。第一《だいいづ》、今日あた《だ》り、肥やし汲《す》みし《す》て畑に《さ》かけ《げ》るんでない《ねえ》のか《が》、ズック靴《ぐつ》の上に《さ》掛か《が》ったらいつまでも臭《くしぇ》くて、目もあて《で》られ《え》ねえぞ。裸足《はだす》なら《だば》、水でサッと洗えば何とも無《ね》い《え》か《が》らな」。喜代三の言った通り、今日は畑に肥やしをかけるというのだ。学校の便所の汲みとりは肥桶に入れる所から始まるが「あ《あん》まり掻き回《かっちゃま》すな。益々臭いぞ《くしぇんでねえが》」「柄杓《ひやく》、あちこ《っ》ち打《っぶ》つけるな、撒《まが》かれば何《なぬ》もかに《ぬ》も臭《くしぇ》くて大変《てえへん》だ」と騒動だ。桶をリヤカーに積んで運ぶのも又騒動で「そんなに《たぬ》歩き《ぎ》ながらハンドルを上げた《だ》り下げた《だ》りするな。中でダッパダッパと跳ねて、顔に《さ》かかるでな《ね》い《え》か《が》。前後《めえうすろ》選手交替だ」と叫ぶと前を引いていた利雄が「そうか《が》」とハンドルを急に下ろしたから堪らない。中の肥がダッパンと多量に桶外へ跳ねて出た。それが私のズック靴にバシャとかかった。「何だ何だ、畑《はたげ》に《さ》かけ《げ》る前《めえ》に《ぬ》ハァ靴に《さ》かけ《げ》てしまった《すまったであ》。えい、くされ利雄《とすお》の小《こん》馬鹿たれ」と毒突くと、利雄は「なあに《ぬ》、臭い《くしぇ》のは三日位《ぐれえ》なもんだ」と、他方《あさって》をみて、うそぶくのだった。

扁桃腺　91

まるで昼の弁当がうまくなかった。いつもなら食べ終わっても、もっと食べたいと思うのに、食べ残した弁当に蓋をしてハンカチに包むと早退《はやびき》の許可を貰いに職員室に行く。階段の一歩一歩が頭に響く。

「先生、早退《はやさが》りさせて《しぇで》下さい。後頭部《うすろこんどァ》が痛《いでぇ》いし、喉《のど》も乾《かわえだ》いたように《ぬ》ヒリヒリする《ずう》」「どうれ」。先生は私の頭に手をあてて「ほに熱い《あづう》な、悪く《ぐ》ならない《ねえ》うちに《づぬ》早く《ぐ》休め、家《え》まで送る《おぐ》から《が》」とすぐ自転車を出してきて「ちゃんと掴《つか》まってろよ」と後をむく。荷台に跨がった私は先生の背中に額《でんび》をつけ腰のバンドにしがみつく。砂利道の石ころを弾《はじ》くたびに頭にビンビンと来たが歯をくいしばって耐える。「あやや先生、申訳《おもさげ》ないで《ながん》す《す》、何《なん》でまた《たらまだ》」と母はあわてて出てきた。「悪いとき《わるうどぎ》は、明日《あすた》も休んでいいで《よがん》すよ」と言い残し、先生は急ぐように背を丸めて自転車を漕いで行く。

扁桃腺が腫れて急に熱が出たのだ。弟たちがうるさくて寝てられないだろうと特別に姉の部屋に寝かせてもらったが、日中一人で一つの部屋にいる不思議さは占領しているような感覚、外から聞えてくる音、かすかな話声、豆腐屋のラッパ、天井の節穴が人の顔に見える幻覚。頭や喉《のど》の痛みがなくなり始めると、病気が新鮮なものだと思えてくる。これで枕元に少年倶楽部でもあれば最高だと思う。

三日目の朝、姉が顔を出した。「どうですか《なんじょだえん》。好くなった《えぐなったすか》？ 腹空かない《はらへらねすか》？ 空いた《へった》のなら《のだば》治った証拠だし、食《す》べるなら《んだば》桃の缶詰が何か買ってくるよ」というではないか。「空いた《へった》空いた《へった》、缶詰食いたい《てぇ》、何処《どっこ》も痛くない《いだぐねぇハ》」「缶詰の方が薬《くする》より効くな《ききめっこあるな》、じゃ《すたらば》買ってくるね《なはん》」とハミングしながら出て行く。私は姉の帰りが待ち遠しくてたまらない。そこで私は思うのだった「この手で行けば《いげ》、時々《とぎどぎ》病気すればいいのだな。でも《すたども》、病気したく《すたぐ》なったと言えば《ってしゃべれ》、少し変だしな《べえっこおがすがべすなァ》」

紫陽花はうなだれていた　92

卒業まで一緒だった阿部君が〝どうやら死にそうだ《なんだがもだねぇよんたズナ》〟と聞かされて平野君を誘って見舞いに行くことにした。その日になって平野君は「阿部君は肺病なそうでない《だずうはなすでねぇ》か《が》」という。「そんなこと《たなごど》言《そ》って行かない《がねぇ》気か《きが》、阿部《それだば》君可哀そうでないか《ねぇが》」「それは《ハ》そう《そん》だけど《だども》」と口ごもる。「そう《そん》だとし《どす》ても、あまり《あんまる》側に《さ》寄らねばいい《ええ》んだ」と押し切ってしまう。阿部君の家は、広かった「そう、《そすか》見舞い《みめぇ》に来て呉れたの《けたのすか》」と阿部君の姉が喜んで裏の離れの二階に案内してくれた。通路の右側に紫陽花《あじさい》が暑そうにうなだれている。手摺《てすり》の無い階段がやや暗く、ミシミシと音がした。「誰れ《だれだえん》」と部屋から弱々しい声がした。「友達《だづ》が来て呉れたよ《けぇだ》」と襖を開けてくれた。「よう、阿部君元気か《がァ》。少し心配して《べぇっこすんぺぇすて》来てみた《だ》ァ」というと「さっぱり《る》元気で無え、あといくら《どなんぼ》も持たないだろう《だねぇごったァ》。お前達《めぇだづァ》、好《え》いなァ」と落ちくぼんだ眼《まなこ》を向けて力《ちから》なく笑う。私は内心、骸骨を連想し、元気だっ

た頃の阿部君の顔と重ね合わせ、胸がキュンとなる。阿部君は更に、薄い掛布団をはねて膝から下の両足を見せ「これ《りゃア》、こんなに《たぬ》なってし《す》まった《たァ》」と右足を少し上げてみせる。膝頭《ひざかぶ》だけが大きな玉のように見え筋肉は全くなくなっている。平野君が思わず「随分痩せたものだ《やしぇだもんだなァ》」とつぶやく。「俺さ、毎日《ぬづ》この足《あす》と腕を見ている《でれば》と《サ》、やはり《やっぱス》、ソロソロだなァって思うんだ。でしょ《んだべ》」私は、何か言おうと思っても、阿部君が哀れで返すことばがみつからない。お見舞いという慰めのために来た筈なのに、阿部君に押されっ放しの空しさに涙が滲《にじ》んで、唇をかむ。ふと、彼の枕元にある何冊かの教科書を見て「阿部君、そんなこと言う《たなごどそ》な。また《だ》学校で会おうよ《うべす》。待ってるからな《がらよ》」「松本《まづもど》君、無理して《むるすて》言うこと《そうごだァ》無い《え》よ。俺は《ハァ》ちゃんと解《わが》ってるから《が》」とうるんだような目玉を向けられて、とうとう私は、涙をポトリと畳の上に落としてしまった。

恋文 93

「誰《だれ》なの《だえん》、私《おれ》のカバンに《さ》、手紙なんか入れたのは《へぇだなァ》」。みんな帰り仕度をしている教室で和子は大きな声を出した。「なに《ぬ》なに《ぬ》、どんな《なんじょ》手紙だ、見せて《しぇで》みろ」「いやだ《やんた》私《おら》、こんなもの《たな》」「だったら《そんだったらば》、叫ばなければいいのに《さがばねえばいいんじぇ》。どれ」と浩《ひろし》は和子の手からヒョイとかすめとると、読みながら逃げ歩く。「なんだなんだ、こいつ《づ》あラブレターでねえか《がぁ》。誰だ《だあれだァ》? 書いて《で》和子のカバンに《さ》入れたのは《へぇだやづはァ》」「ヤブレターって何だ」と幸一郎が聞く「馬鹿タレ、ラブレターも知《す》らねのか《がァ》、恋文のこと《ど》よ、お前《めえ》も童《わらす》だよ《お》な」「お前と同じ歳《おんなズとす》だア。恋《こい》ぐれえは覚えて《おべえで》らァ、いとし《どす》いとし《どす》と言う心《こころ》だべ」「よし《す》、ならば《すたら》接吻って覚えたか《おべえだが》? 知らんだろう《すらねえがべ》」。俊子が脇から口《くち》を出した「何なの《なんだえん》、二人とも《おめはんだづァ》、何の話なの《はなすなんだが》。手紙どうなった《てがみっこなんじょになったえん》、浩《ひろす》さんも接吻なんてし《んかってす》たこと《ごど》も無い《ねえ》くせ《くしぇ》に、知った《おべえ》かぶりばかり《だぶるすてェ》」。浩はムキになった「ならば《すたら》お前はし《す》たことあるってか《ごだァあるってがァ》」「あるわ

けないでしょ《げねがいちぇ》、それより誰の手紙なの《てがみっコだえん》?」「それがサ、名前が書いてないんだ《かがさってねぇんだヨ》、それにし《す》ても随分下手な字《へだくしぇず》だな、こんな字なら《たなずっコだば》貰っても胸はときめかないな《むねっかァとっかめがねェじゃ》、な和子」「知らない《すらねぇおらァ》!」「どれどんな字だって《なんじょずっコ》」と善郎が覗く「これは相当な《じゃじゃじゃかんなり》金釘だ。待て《で》よ、この間《ねぇだ》読んだ探偵小説だと《ば》左手で書いた《けぇだ》のではないか《ねぇが》。左手だとみんな似た字を《ぬだようなずっコ》書くそうだ」「そんなこと《たなごど》より、中味何と《ながサなんて》書いてるの《でらえん》ヨ」とトヨ子が催促した。浩はおもむろに「それがサ、和子が《のごどォ》好き《ぎ》で、夜も《ばんげ》一向に《ろくさま》寝られね《え》どサ」「わかっ《が》た、書いたのは《だなァ》定男だ。この間《ねぇだ》から授業中居眠り《ねぷかぎ》ばかりしているから《すてらっけス》」善郎の推理が続く。「それにこの字《ず》なら《だば》、定男だ。定男なら《だば》左手でなくてもこんな字だ《たなずっコ》」「そうかもな《そんだがもすれねぇな》、定男は眩し《まっぺ》がって瞼《まぶた》、しょっちゅう掻いてるっけ」という幸一郎の話を浩は「それは《ハ》関係ないな《ねぇんだ》」と和子に目を向けると和子は「嫌いだこと《きれぇだごど》、私は《おらハ》。定男さんなら《だば》嫌だなァ《やんた》」。

お月見の頃　94

〃名も知らぬ《らあぬう》遠き島《しいま》より　流れ《なあが》寄《よう》る椰子の実一つ、故郷《ふうるさと》の岸を離《はあな》れて　汝《なあれ》はそも波に幾月《いくうつうきい》〃

声変わりの真只中にいる私はそれでも南方に勤める父に思いを馳せて歌っていた。それを台所のかまどに火を焚きつけながら聞いていた母は「そうだヨな《ん》、お父さん《おどっつぁん》の居る所に《どごさ》も、椰子《やす》の木《きあ》あるんだな《だべ》ア」と火をみつめながらつぶやいている。太平洋戦争が、まだそれ程に風雲急を告げる前、父は海軍嘱託となり南方調査隊という名の一員としてニューギニア方面に行って数ヶ月経っていた。「何《なぬ》を調《すら》べに《ぬ》行ったのかな《だえん》。母《おが》さん、お父《どっつぁ》さんは何時帰って《いづごろけえ》くるの《くるのスカァ》」「何時《いづ》になるのか《んだがァ》、私《おら》も詳し《くわす》こと《ごどァ》は聞かせられてない《ねえよ》。総て《なっても》秘密だからって」「秘密か《が》ア、椰子の実の汁《つゆっかァ》は甘くて美味《うめえ》いそうだ《づなァ》。バナナなんかも毎日《まいぬず》食ってるかな《らえがなァ》」「なに《なんぬ》、食いものの話《はなす》ばかりして《るす》、お父さん《おどっつぁん》は遊びに《さ》行ったのでないのだ《ねえんだがら》、叱《すか》る人居《ひとあ》なく《ぐ》なったって《がらって》怠けては《ハ》駄目だヨ《わがねえんじぇ》、お前は《めえハァ》お父さん《どっつあ》が居ない《ねぇ》間はお父さん《どっつあ》代り《がわ》なんだから、しっかりして呉れ《ちゃんとすてけろ》よ」。父の居ない寂しさは、いつ帰るか、そして無事に帰るかと不安でたまらない思いが、私にしっかりしろよという言葉になるのだろう。「お母《が》さん、ところで毎日の生活費《かがり》はどうなってるの《なんじょになってるえん》」「それは《ごだァ》、お国《がみ》の方から送って下さる《くなは》ので《はんて》、先づいいけど《まんつぃいんども》、いつ《づ》またどうなるか《なんどきなんじょになるんだか》。お前たち《めえだづ》の新聞《すんぶん》配達は《ハァ》止められない《えねんだんじぇ》よ」「あ、そう云《そ》えば、報恩寺前《ずめえ》の土手に《どでっこさ》、芒《すすぎ》、丁度よくなってる《えぐではってら》よ《つけ》、十五夜さんはいつだ《だっけ》?」「そう《そん》だな、明日《あす》、明後日《あさって》だかな《だえがな》、暦に《こよみさ》書いてない《でねェ》か《が》?」「いやァ《じゃじゃじゃ》暦には《こよみさば》今日だって書いてる《でら》よ、供える果物買ってこなければ《こねえばねえなはん》」「そうか《そうっか》、今夜か《が》。それじゃ《すたらば》栗《くる》とか《どが》枝豆とか《どが》、団子《だんご》も拵《こし》えねば。粉《こなっコ》あったかな《たったえがな》」「南方に《さ》も十五夜ってあるかな《えが》」「世界中に月《おつきさん》はひとつだろう《べよ》、お父さん《どっつあん》も忘れずに《ねえで》見ると《でるど》思うよ《なァ》」「お母《が》さん、月《つぎ》と俺達とお父さん《どっつあん》を結ぶと《べば》三角形だね《なはん》」

雲のあい間に見え隠れする月を見ながら、母と二人でつぶやいた。

パンの贅沢　95

見るからに弱そうな、小野寺君が学期なかばに転校してきた。先生の話によると、喘息とかで盛岡病院で診てもらうために引越して来たそうだ。見るところ弱そうだが金持のようだ。服は、金ボタンが付いた新品のようだし、詰襟のホックと首の回りの白いカラーが目立つ。「中学生の服でない《ねぇ》の《が》？」と思う。

昼休み、皆は弁当を拡げながらそれとなく小野寺君を見る。彼はうつむき加減にラシャで出来た紐つきの袋からパンと牛乳、それにゆで玉子を取り出すとためらいがちに「あまり俺の方見ねでけらんや」と言った。「お前《め》いま何と言っ《なんてしゃべっ》た。聞こえなかった《けえねえがったでぁ》」と私は耳に手のひらをかざすようにした、ともう一度「あまり俺の方、見ねでけらんやって」「ふん《ふーん》、ケランヤって今まで聞いた事無い《だごだァねえ》な。それに、小野寺君は毎日《ぬづ》パンか《が》？ハイカラだな、外国人みたいだ《みってぇだナ》、うまいか《めぇが》？　それで腹空かないか《へらねえがァ》？」矢継ぎ早のことで彼もとまどっている。マサ子が「あんた《おめはん》ったら、あまり聞かない《がねぇ》んだ、あれ泣きそうだよ《だんちぇ》、意地悪しないで《いんつくされさねぇんだァ》」。小野寺君は怒りもせず、赤くなった目をマサ子に向け「いいから《が》」という。マサ子の回りに何人かの友達が寄ってきて「小野寺君、私達《おらだち》で君のこと《おめはんごどァ》は守って呉れるから《けぇるがら》」。女の子は、このごろ弱者の味方なのだ。

翌日は午前で授業が終ったがその頃合いを測《みはから》って彼は、自宅からねえやさんに運ばせて例のパンの焼きがけにバターを塗ったのを、味方の女の子等に配ったらしい。更に翌日、その立話を聞いてしまった。「この西洋くさいのは何なの《なんだえん》って聞いたら《だっけぇ》、バタだと」「美味か《うめぇが》ったね《なはん》、バタというの初《のをはず》めて食べ《くった》た私《おら》」「それにし《す》ても女中《ねぇや》使ってる位《くれぇ》なら《だば》、余程《よっぽど》の家《え》だね《なはん》」「バタは何処で《ってどんたなどごで》売ってるの《えん》」「私《おら》知らない《すらねぇ》」「それにし《す》ても贅沢《じぇいたぐ》なもの《ん》だ。小野寺君は、何《なぬ》をやってる家か《すてるえだがす》知らないけど《ねぇんども》、あま《あん》り大事にされて《で》陽《ひっこ》に《さ》も当《あだ》らない《ねぇ》で、萌《も》やしみたいに《すみってぇぬ》育て《で》られ《え》れば、喘息に《じぇんそくぬ》もなるんだね《なはん》」。

細《ささ》やかな団欒《だんらん》 96

正月の三ケ日《さんがにち》、父は新年会だといって、欠かさず出掛けていっては酒に酔って帰ってきたが四日の夕方、母が父に尋ねている。

「お前《めえ》さん、まさか今日は《なんぼすたって》新年会は《ハ》無いでしょうね《なござんすべナ》」「ああ無いな《ねぇ》。けれども《すた》、日暮れかたになったら《だぬなったっけや》咽喉《のどつんこ》のあたり《だりゃ》ヒクラヒクラとなってきたようだ《よんたな》。三日も続けて《げで》癖《くしぇ》になったかな《べが》」「又《まだ》、飲みたくなったんですか《たってスカ》。丈夫だなって《だなっス》賞めればいいのか《ええのだが》、底無し《そごなす》で金《じぇねっこ》ばかり《ばり》かかるって言え《そ》ばいいのか《ええのだが》、隣の兄《えな》さんなら《だば》 盃一杯《さかずきコひとつ》で真赤になってハカハカってるのに《らっけのにス》」「あんな話《たなはなす》にならぬ奴と《ねえやづど》較べない《ねぇ》で、酔ったって何処にでも《ぐれでどっこさ》寝てしまう《す》奴と《やづど》か、何処だかの《が》薬屋みたいに《くするやみってぇぬ》口説く《くどぐ》なっていつまでも帰《けえ》らない奴とか《ねえやづどが》、そんなの《たな》と《ど》較べれば、俺などは立派《ハァるっぱ》な方《ほう》でないのか《ねぇのが》、どうだ《なんじょだ》」「お前《めえ》さんも結構口説いです《かなるくどがんス》よ。同じ事《ずごどう》を何度《なんかい》も言います《しゃべりやんす》よ。そんな時《たなどぎゃ》は気嫌の良いときだから《きげんコォええどぎなんだス》、黙って我慢しているけど《すてるんども》ね《ス》」「少し《べえっこ》ばかり口説いのは《くでえなァ》仕方ないな《すがだねえべ》」「それから《あどなっス》、酔うと《よつぱらうど》声高《たが》くなって、子供らが《わらしゃどァ》起き《ぎ》てくるの《のハ》困るなァ《なっス》」。〃それもそうだな〃と思ったのか、父は無言に構え、明後日《あさって》を見ている。やがて、父がボソッと口をひらいた。「俺も、今夜《こんにゃァ》は何も《なって》無いし《ねえス》、久し《す》ぶり《る》に皆揃って、晩飯《ばんめす》にするか《が》。本家から幸一《あにィ》も呼んでよ《よばって》、都合いいか《つごえぇが》聞きに行って来《こ》う」「幸一《あにィ》の都合なら《つごだば》、俺行って聞いて《で》くるゥ」と私は勢いこんだ。「ちゃんと伯父《おんつぁん》と伯母《ばっちゃん》に《さ》挨拶《ええさつ》忘れるんで無いよ《ねえようぬな》」と母は私を追いかけ「幸一《あにィ》が来れるようなら《くるにええっつたら》、帰り《けえ》、八百屋に《さ》寄って長芋《とろろいも》一本、魚屋に《さ》も寄って鰤《ぶり》か何か、頭《かすら》のついたのあるか見てこや」「うん」父の声も追う「刺身《さすみ》ッコもな」「あやお前《めえ》さん、今夜《こんにゃ》もまた飲むのですか《だのむってす》」「ああ幸一久し《ひさす》ぶり《る》に《ぬ》来るのなら《だば》、飲まずに《ねえで》いられないな《えねえんじぇ》」「お前《めえ》さんたら。道理《どうる》で。たまに好い《え》こと《ごど》に《さ》気《きぃ》がついたと《だど》思ったら《たっけや》。刺身《さすみァ》高い《たげえ》んですよ《がんすだよ》。子供の《わらしゃどの》分も何か《なぬが》足しますよ《やんす》、では《すたらばァ》」。

薪《たきぎ》騒動　97

上田は高松池《たかまつのいけ》のもっと奥の方から、学校まで一時間以上もかかってくる正市《しょういち》が、疲れた顔で教室へ入るなり云った「今日は一番《きょうはァいづばん》だな。高松の《いげ》氷《こおる》ァ十糎《センツ》超えたようだ《だよんた》」「道理《どおる》で、今朝の校庭は《ハァ》、デロガリって歩けなかった《あるがりねが》」というと「なァに《ぬ》お前など《めえなどァ》、這っても来《く》れる所《どご》に《さ》居るくせ《しぇ》に」と正市は腰の手拭で首筋を拭いた。教室の隅の方で腕組みをしていた喜代三《きよみ》が「お前達《めえだづァ》、そんなことより《たなごど》、ストーブの薪《たぎぎ》、足りないぞ《るねえ》、こんなに《た》寒《さむ》いと《ば》余計《よげえ》焚く《たぐ》んだ《んだがらな》。先生《しぇんしぇ》来ない《こねえ》うちに《うづぬ》早く沢山《ぐいっぺえ》持って来い《こう》」。組一番の権力者の声に皆は腰を浮かせる。「何してるんだ《なぬすてるっけな》、早く《ひらからど》持ってこい《こう》」と二番手の五郎も声を荒げる。薪は校舎の軒下に、一間《けん》程の高さで十数間《けん》も続いている。雪を払って三十糎《センチ》位に切ってある楢の木を持って先生に見つからないよう背を丸めて走る。足の遅い利雄《としお》がのめりこむように帰ってくる。セーターの前で薪を匿すようにして走って来た愛子《あいこ》が「隣の組の先生、チョーク箱持って、こっちの《っ》方に歩いて《さあるって》来たようだ《よんたっけよ》」と叫んだ。

薪を入れる箱がいっぱいになって、それ以上に持って来た薪は入れる所が無いことがわかった。「ちぇっ、こんどは《だア》元に戻さ《もどさ》なけりゃ《ねえばァ》ないのか《ねえのがァ》」と利雄が喚く。同じように入れる所の無い数人も薪を持ってウロウロしている。「こりゃア、戻すなんて《なんかって》勿体ない《もってねえ》ことを《ごどオ》するな。余った薪は《やづァ》教壇の下に入《さ》れろ」と喜代三《きよみ》が叫んだ。「それ、皆で《みんなステ》教壇を持ち《もっちゃ》上げろ」と五郎が続けた。「先生来たぞう《じえ》」と誰かが叫んだ。「早く《ぐ》やれ」。持っていた薪をあわてて放《ほう》るように入れる。教壇はバタンと大きな音をたてて下ろされた。先生がドアから入ってきた。「今の大きな《おっきい》音《おど》はなに？」と先生が訊く。「なんで《なって》もない《ねえ》」と喜代三はニヤリとする。「あ、そう」と言いながら、先生はそのまま教壇にあがった。教壇はガタッと音がして僅《わず》かにシーソーのように下がった。「何か《なぬが》隠したか《かぐすたんだが》、悪い《わる》事を《ごどオ》すれば、必ず暴露《ばれ》るんだから」と見回しながら先生は笑った。

塩引き　98

宿題をやらずに寝てしまったことが気になって、朝早く目覚めたからフトンに腹這いのまま教科書や帳面をひろげていたが、ひょいと顔を出した父が「あれ《じゃ》、丁度《ちょんど》よく《えぐ》起き《ぎ》てる《でら》な。少し《べえっこばり》急ぐので《んだス》この風呂敷包み《ふるすぎつづ》、伯父さん《おんつぁん》の所に《どごさ》届けて《げで》呉《け》れぬか《ねえが》」と来た。〃これじゃ《だば》宿題は間《ハ》に合わ《ぬ》ない《ねえ》な〃と思ったが父の用は絶対なのだ。住込みの兄は本家の店前を掃除していたが、私の顔をみると「何だ、《なぬすた》随分早い《ひんでえはやえ》では《で》ない《ねえ》か《が》」私はやや不機嫌に「一寸《ちょっどぎま》届けもの頼まれて《で》。伯父《おんつぁん》はいるか《が》」といいながら横端《よこはじ》の土間から裏の台所へと抜ける。朝餉《あさげ》の匂いと伯母の後姿が見えた。「お早よう《はやがんす》。伯父さん居ますか《おんつぁんおでんすたが》」「何て《なんたら》早いこと《はええごど》、常居《じょい》にいたよ《だ》。用《よっこ》が終ったら朝飯《めす》食べて《で》いけ《げ》な」という。伯父は長火鉢《おがろ》に両肘《ひじ》を立てて煙管《キセル》で気持ちよさそうに刻煙草《きざみたばこ》を吸っていた。「父から《おどっつぁんがら》、頼まれもの届け《とどげ》に来ました《きゃんした》」と正座する「お、待っていた《らった》。此処《こご》に《サ》持って来い《こ》」と言いながら懐の皮袋

から二銭銅貨を出し「ほれ駄賃《だつんコ》だ、勉強してるか《すてらが》」と笑う。私は宿題のことを忘れて〝来てよか《えが》ったな〟と思う。お辞儀をして退座すると伯母が縁側から声をかける。「お前《めえ》さん《さんス》、御飯ですよ《がんス》、源蔵も加えます《かでやん》よ」。家でもこれから御飯だなと思いながら飯台にペタリと座ると兄が「馬鹿、そこ《ご》は一《いづ》番偉い人《ええひたァ》が座《ねま》る場《どご》だ。お前《めえ》はこっち端《つはず》よ」と睨む。飯台の上には、菠薐草《ほうれんそう》のお浸《ひた》しと小さいが鮭の塩引が見える。沢庵と味噌汁だけの我家とは較べものにならない。「伯母さん《ばっちゃん》、俺この塩引《すおびき》、家《えサ》に持ってっていい《えすか》」「何で《なんたら》嫌いか《きれえなのが》」「いや《ううん》、家《え》の弟達《たづサ》にも食わせたいから《かしぇてえが》」「そうか《つかァ》、そうなら《そんだば》その分は別にやるか《が》ら、それ《そいづ》はここで食べて行け《でいげ》」と伯母はちょっと目を潤《うる》ませる。私もふと思いつきで言っただけなのにその目を見たらなんとなく悲しくなったが「なら《すたら》、思い切って食べる《で》かな《ぐが》」と笑うと伯父は「子供等《わらしゃど》いっぱい《ぺえ》だからな。魚は少し《さかなっコすこすよげ》多めにやればいいんだ《じぇ》」と伯母に言った。

紙一重　99

道ばたの中に、ふと光るものが見えたとき、ハッとする気持があっても〝どうせ《どしぇこしぇ》サイダーの蓋《ふたっコ》ぐらい《れぇ》のもの《もん》だ《だベナ》〟という思いで蹴ろうとしたのだが、私の目はそこへ釘づけになってしまった。〝銭《ぜにっコ》だ。五銭か十銭だ〟と気づくと私は殆んど無意識にその金《かね》の上に足を乗せていた。素直に拾って歩き出せばいいものを、貧しく育ってきた私の心には、咄嗟《とっさ》に独りじめの気持が働《うご》いたのだ。私はその場所から一歩も動けなくなった。私の後ろから来たフミちゃんが「どうしたの《なぬすたえん》」と訊く。〝何といえばいいのか《なんてしゃべったらいいんだが》〟学帽の額《ひたい》のあたりに汗が滲《にじ》んでくる「俺いま急に忘れもの思い出した」「なに《ぬ》忘れたの《だえん》」「なに《ぬ》忘れた《だ》か《が》、忘れた《だ》」「あや可笑しいこと《おがすうごど》。早く《ぐ》思い出して《だすむしぇ》」とフミちゃんは遠ざかって行く。その姿を目で追いながら前後に人目のないことを確かめ、素早く拾い、ポケットに入れると、どっと疲れが出る。足早やに家に帰るとすぐ便所に直行、ポケットから出してみ

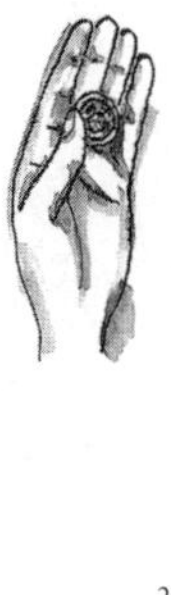

る。十銭だった。〃十銭あれば、活動写真は二回見れる、少年倶楽部も買えるな〃と思う。使いみちに迷いながら廊下を歩いてくると母が心配そうに私の方を見ているではないか。「おら、何も《なっても》し《さ》ない《ねえ》よ《よ》」というと「下痢《はらくだり》でもし《す》たのか《が》。便所へ《まで》走《はしぇ》ったりし《す》てヨ」「下痢《はらくだり》なんかしてない《すてねえ》」「ならどうして《すたらなぬすて》」〃これは《ハ》駄目だ《わがねえ》、見破られた《らえだ》〃と思う。「銭《じぇにっコ》、拾った時は《どきア》、どう《なんじょ》するんだ」「何《なぬ》、拾《ひろ》った《て》のか《が》、なんぼ拾った」「拾銭」「拾銭なら《だば》大金だ。交番に《サ》届けねば。四ツ家の交番まで一緒に行って呉《け》れるか《が》ら」と母はそわそわする。「そんなに《たぬ》急《せ》が《が》なくてもいいんだ」「馬鹿タレ、落し《おどす》た人の気になってみろ、どんな《た》に《ぬ》大変《てえへえ》がっているんだか《が》。届いてる《でら》よってわかった《が》ら、どんなに《なんぼが》喜ぶん《おもしえん》だが」私はまだどこかで、損した心と良いことをした心で揺れている。母がつぶやいた「落し《おどす》た人が出れば一割《いづわる》、出なければ《ハらね》マルマルだ」。

子供用自転車　100

本《ほんコ》読みの三郎は「読むか《ガァ》」といって、しょっちゅう真田《さなだ》十勇士かなんかの本を持ってきた。二日もすると「読んだか《ガァ》」と聞きにきて「まだだ」というと「早く読め、又《まだ》、次《つぎ》貸すか《が》らヨ」といって帰って行く。貸したことが気になると見えて、うるさいときには「読んだハァ」というと「早いな《はええ》」といって亦持ってくる。三郎は金持ちだから二階の自分の部屋は図書館みたいに本棚が並んでいる。その三郎が今日はピカピカの自転車に乗ってきた。しかも珍らしい子供用自転車だ。チリンと鈴《ベル》を鳴らしたりして得意そうだ。いつの間にか、そのあたりから羨ましそうな顔が集まってくる。「買って貰ったのか《ガァ》」と聞かなくてもいいことを訊く。そして矢次早やに「なんぼ位《ぐれェ》するんだ」と言いながらハンドルをなでる「なんぼだか《が》知らないが《すらねえんども》、大人用より《よりハァ》高いと《たげえがったて》言ってた《そってらっけぇ》」「へえ何故《なすて》だ」「何故だか《なすてだが》俺《おら》知らない《すらねえ》」そこに六年生で顔のきく長屋の健が顔を出した

「どれ《どりゃ》、俺に貸《さ》せ《しぇ》、乗り按配みて呉れるか《のるあんべえみでけえるガァ》」と三郎を押しのけてグイと走り出す。「遠く《とおぐ》に行かないでヨ《さがねえでやア》」と三郎は声高に叫ぶ。健は尻を高くして走って行ったがすぐ戻ってきて「やっぱり《す》子供《わらす》の自転車だ、スピードが出ないし《ねえス》、逃《ぬ》げる時役に立たぬ《どぎァやぐぬただねぇ》」「何故《なすて》逃《ぬ》げるの《のス》」「うるせえ《しぇエ》、軽口《カラクヅ》きく《ぐ》な」と三郎を睨む。私は「却って良か《えが》ったんだ、貸せ《しぇ》って来ないん《こねえぐなるん》だか《が》ら」とこっそり言い「とこ《ご》ろで俺にも貸《さ》さないか《ねえが》」「うん、壊す《ぶっかす》なよ」と不安そうな顔をした三郎に「俺《おら》これでも大人《おどな》用に三《さ》角乗り《る》出《で》来《げ》るんだか《が》ら」と言って走り出した。実に軽快だった。ハンドルの握りも尻の下のサドルもいい感触だ。ブレーキもよく効く。横町の角を曲るとフト我を忘れた。歩く人が珍しそうに私を見ている気がする。学校まで行って戻って来たら三郎の兄が一緒に立っていて「いい気になってこら《りゃア》。俺もまだ乗って《のはって》ないのに《ねえんだぞ》」と怒った。それから暫くは三郎も本を貸しにこなくなった。

いちろく銀行 101

その日の夕方、母は箪笥の引出しの奥の方から普段は見なれない着物を取り出して風呂敷に包むところだった。ほつれた髪や顔色を見ていたが、どことなく元気がない。「母《おが》さん、何してる《なぬすたえん》」と聞く。母はハッと気づいたように「ふうん、これ《こいづ》持って一六《いづろぐ》銀行に《さ》行ってくるかなと《がなって》考えてるところ《でらどご》だ」「一六銀行って《たら》？」「お前《めえ》は《ハ》知《す》らなくてもいい所《どご》だ」と風呂敷包みを持って立つ。「今頃銀行は閉《す》まってるだろ《べんちぇ》」「一六銀行は夜中も開けて《あげで》る」といいながら「源蔵には《さば》教えて《おしぇで》おくかな《ぐが》、一六銀行は《たらナ》、金《かねっこ》貸《す》して呉《け》れる所で《どごでサ》、その代りにこうして着物《きものっこ》など預けて《げで》、金を返《かねっこけえす》した時《どぎ》に持ってくる所《どごさ》よ」「何故《なすて》、そんなこと《たなごど》やら《さ》ねばないの《ねえのス》」「この頃な、父さん《おどっつぁ》気分《きぶんこ》が勝れない《すぐれねえ》とかで《どがって》全然稼がない《さっぱりかしぇがねえ》んだよ、職人《しょぐにんず》という《うも》のは気分《きぶんこ》乗らねば、いい仕事《すごど》できねェって《ってサ》。その代り気分《きぶんこ》乗れば、寝ない《ねねえ》でも稼《かしぇ》ぐし《ス》、仕事《すごどっこ》も捗る《ばらめぐ》のさ。仕事は《すごとごだァ》いっぱい《ぺえ》貯《た》まってるようだ《んた》どもね《さ》」「その着物、持ってけ《げ》ばなんぼ貸してくれ《け》るの《のス》」「この間《こねえだ》は無理《むる》無理《むる》と十円貸してもらった」とわずかに笑っている。この着物は、何回も一六銀行を行ったり来たりしているのだ。「しかし《すたども》、十円返せない時は《けえしぇねぐなったどぎア》どうなるの《なんじょになるえん》」「流れるだけサ」「どこに《ごさ》流れるの」「どこっ《ごさっ》てー」と母は、すわりなおして「この着物はなア私《おれ》が松本へ《さ》来る時《どぎ》に一緒に持ってきた着物でな、こういう時《こんたなどぎ》のために、父さん《おどっつぁ》に《さ》匿してる《かぐすてらん》のだ《だヨ》。父さん《おどっつぁ》はな、金の足りない《ねえ》話《はなしっこ》すれば嫌な《やんた》顔するし、私《おれ》もそんな《たな》顔見たくない《ねえ》し〝間に《ぬ》合ってますよ《やんす》〟というよう《いったよん》な《た》顔し《す》て稼ぎ始《かしぇぎはづ》めるのを待ってるのス」「職人て駄目な《わがね》もの《もん》だな」「いや《うんにゃ》、父さん《おどっつぁ》は、名人気質《ずんかたぎ》で自分に気に入ったものし《す》か出さない《ねえ》人だから。今の話《はなすっこ》は、誰だり《だって》に《さ》しゃべるな」と風呂敷包を抱いて立ち、髪のほつれをなおす。一六銀行が質屋のことだと、隣の健ちゃんに「知《す》らなか《ねえが》ったのか《が》ア」と笑われた。

勧進帳　102

学芸会の終わりを飾るのは、男子高等科一、二年合同で行われる劇「安宅の関」である。約一ヶ月前から練習、セリフを覚えた出演者と、舞台袖で歌う合唱者たちまで含めれば、殆んど全員出演という豪華さなのだ。数日後に控えた出演者の衣裳づくりは弁慶を始めとする義経主従が、山伏姿となる為、頭に乗せる黒い椀《わんこ》を引っくり返したような兜巾《ときん》づくり、厚紙は糊がつきにくく紐で結《ゆわ》えたりして苦心している。早くも出来上がって頭に乗せ顎《あご》の下で紐を結び「どうだ《なんじょ》」というもの、本物のお椀に錐《きり》で穴をあけたチャッカリ者、袈裟衣《けさごろも》は黒が原則だが、そうもいかず茶色の大きな風呂敷をまとったり、寺の子は、古い本物を持ってきて裾《すそ》をたくし上げ、腰のあたりでまくって、荒縄でしばると主役より目立つ。篠懸《すずかけ》のところに腹掛をつけて「可笑しいか《おがすうが》」と真面目な顔で聞く。笈《おい》は蜜柑箱に黒紙を貼るか新聞紙を貼って墨《すみ》を塗る。破れた柳行李を工夫して紐

のつけ方に苦心の者、義経の田中は役目柄、林檎箱、弁慶の向口《むかいぐち》さんに「あまり強く叩《つぇぐはだ》かない《がねぇ》で《でや》」と言っている。関守の富樫役は武田さん、烏帽子《えぼし》は格構よく出来たが直垂《ひたたれ》が蚊帳《かや》みたいで両腕がうまく出ない「穴《あなっこ》あけ《げ》るし《す》か無い《ねぇ》な」。さてリハーサルは前日。合唱組の「旅の衣は篠懸の、露けき袖やしおるらん……」で始まり山伏主従は弁慶を先頭に舞台の中央に進む。関所を無事に通りぬける為の勧進帳を向口弁慶がパラリと巻《まき》物を拡げ「……大恩教主の秋の月は……」と何も書いてない白紙を読むのだが、もしやの時のカンペー《カンニングペーパー》がハラリと落ちてから俄然《にわかに》つまってしまった。「如何《なんじょ》した《すた》弁慶」と高い机の上から富樫が低い声で聞く。弁慶はのぼせて義経にいきなり大声で「貴様のお蔭《がげ》で忘れて《で》し《す》まった《たでァ》。えい憎《にっく》き奴め」と金剛杖でビッタビッタと叩いた。田中義経は驚いて「話《はなすっコ》違う《つがうでァ》、そんなに《たぬ》強く叩《つえぐはだ》かない《ねぇ》でって言った筈《そったっけえじェ》」。笈の紙が破れ笑いをこらえた富樫は「いいから叩く《がらはだぐ》の止めて《で》早く《はやぐ》行け《いげ》通《とお》れ、通れ」。先生もあきれて「明日《あすたハア》、どう《なんじょに》なるべ」。

万灯《まんどう》の夏　103

「ほら《らア》こんなに《た》青い《あえぃ》林檎《るんご》貰って来たァ」と母は、つめられるだけつめた唐草模様の風呂敷の青林檎をドサッと置き、やれやれと言った顔で、髪のほつれをかきあげた。「落ち《おづ》林檎《るんご》でも何でもいいから《かまねがら》って持てるだけ《もづにいいくれぇ》もらってきた」「重たか《おもでぇが》ったね母《べなおが》さん」と急ぎ井戸水で冷した手拭を渡す。盆が近づくと、一斉に八百屋の店先にも並ぶあれだ。

「食って腹に入れ《さへぇ》ば買ったのも落ちた《づだ》のも同じだか《ずだが》らな」。

「そうだ《うんだうんだ》、どれ《どりゃ》一ツ味見《あずみ》するか《がな》」と風呂敷の隙間から抜いて上着の端でゴシゴシと擦り大きな口でガブリとやる。「まだ固いけど《かでぇども》、買ったのより美味しい《うめぇ》位い《くれぇだ》だ《だじゃ》」と保証する。「ところで先程《さきた》、今日も万灯に出る者は《さではるのだば》日暮頃《かた》大泉寺に集《さあづ》まれって来たっけぞ」と父が言う。私はちょっと万灯で門付けして歩くのは好きでないが「折角《せっかぐ》、万灯もあるし集まらねば困るべな」と思う。

大泉寺の入口は強い夕陽《ひざし》が照りつけ、集まった万灯の武者絵が逆光に輝いて勇ましい。世話役が人差し指で万灯を数えて「大体集《あづ》まったな」と頷き「今日も一回練習《す》してから出《が》掛《げ》けるぞ」という。「ヨンヨ、サンエ、七夕まつり《づる》、まつり《づる》ヨ、今年《こどし》や豊年満作だ、トコシェ。池《いげえ》の鯉、鮒、みみずで釣れる、トコシェ。山のうさぎァなに見てはねる、十五夜お月さん見てはねる、トコシェ。愛宕山《あだんご》か《が》ら馬町《まづ》見ィれば、馬の小便《しょんべ》で、土《つづ》掘れた《だ》、トコシェ。愛宕山《あだんご》から鬼けつ出《でえ》はって、鉈《なだ》で切るよな屁ッコたれたトコシェ。一本股引《ももひぎ》これはない、お厠《がわ》の引出《す》しこれもない。若い衆たのみましょ、回りましょ、回りましょ、そろりそろりとまいりましょう」。門付けに立つと「ごくろうさんだなハン」と何処の家も喜んで迎えてくれるし、万灯の輪が解ければ、小銭が世話役に渡され、次の家へ回る。とっぷりと日の落ちた頃、万灯が終って「ほれ今日の駄賃《だつんこ》だ」と渡された小銭を握った私は一目散にたどりついた家の前で、そっと開いた手のひらには七銭があった。

哲子の家　104

全校朝礼はいつもクラス毎、縦の一列に前から背丈の順に並ぶ。隣の組の遠山君がいつも私の左側になった。少し頭でっかちだがオカッパの髪がきれいに揃って、はれぼったい目の一重《ひとえ》まぶたが可愛い。いつも声をかけたいのだが話題がみつからない。ある朝、目がピタと合った「遠山君、君は《おめはん》いつも《いっつも》真白い服を《まっすれえふぐばり》着てるが《るんども》、よく《ぐ》汚さないな《きたなぐさねなア》、毎日《まいぬづ》洗うのか《がア》」「あら《あんや》、この服のこと《ごどすカ》、そうかも《そんだごった》、うちのママは毎朝これを着て《きるむしぇ》あれを着て《きるむしぇ》っていうの《そうおや》」「ママって母《おが》さんのことか《どが》」「そう《うんだよ》、家《おらほ》では父さんもパパだよ」「へぇハイカラだな、どうして《なすてだべナ》」「哲子はね《なはん》、学校に《さ》入る前は東京に《さ》住んでたの《らったのス》」「そう《そっかア》、遠山君は昔《むがす》、東京の人なのか《がア》」「それから私《わだす》のこと《ごど》遠山君って呼ばないで」「だって《すた》遠山君だべ」「だけど《うんだども》家《おらほ》ではみんな哲子っていう《そ》よ、その方が返事《へんず》し《す》易《やす》いし」「それは《ハア》君《おめはん》の家《え》に居る人は《ひたア》皆遠山だから《が》名前で呼ぶのは《なア》当り前だよ《あだるめえだんちぇ》」。私はとても哲子なんて呼べないと顔の赤らむ思いがする。

それからどれ位の日が経ったろうか。哲子が「私《おらほ》家《うっつァ》にこないか《ねす》、ママが連れて《で》きてってサ」「君の《おめはん》家《えァ》はどこさ《ごだえん》」「内丸《うづまる》の裁判所の近く《つかぐ》」「すぐ《そんま》そこ《ご》だ」と行く決心をした。官舎だった。履いたことのないスリッパにドギマギする。広い台所の真中は大きなテーブルがあって背もたれのある腰掛だ。「よく来《ぐ》て呉れたね《けだごど》。先《さぎ》にここ《ご》で手を洗って」思わず自分の手を見る。「この人がママか《がァ》」新しい白いエプロンをしている。「これだ」と哲子の白を納得する。やがて皿の上に乗せたカップに縦長のホーローの入物から赤い茶がつがれた「これは何《いづァ》だ」「紅茶」「どんな字《たなず》だ」「紅《べに》の茶、初めて《はずめでスカ》？」「みたこと無い《だごだァねえナァ》」。更に金色に光る入れ物を押して「砂糖《さどっこ》入れたら《だ》」という。次は珍らしいカステラが出た。驚きですぐには手も出ない。私はママの目を盗むようにカステラと紅茶をのみこんで「俺帰る《おらァけえるハァ》」と腰を浮かす。哲子は驚いて「何故《なすて》そんなに早《た》く《ぐ》。帰《けえ》らないで《ねえんでェ》」と、もみじのような両手を広げ、ドアの前に立つ。私はとても観念するしかなかった。

鶴松つぁん 105

父方の伯父にあたる米屋の鶴松つぁんが、大八車に叺入《かますいれ》の米一俵を積んで寺の下の久昌寺前からやってくる。道の真中をひょうひょうと通るので自動車がよけていくという話だ。本家に焚付の鉋《かな》がらや木端《こっぱ》を貰いに来ていた私をみて「久しぶり《ひさすぶる》だな。君は《おめはん》源ちゃんたっけか《ってそったっけがァ》」「うん、《うんだよ》伯父さん《おんつぁん》は鶴松つぁんたっけね《なはん》」「んだんだ、よく覚えてた《おべえでらった》な《ごど》」「だって、《すたって》松《まづ》の木に《さ》鶴が《つるア》留ま《たが》ってる名前だから《なんだす》」「こら《りゃア》鶴が木に《さ》留ま《たが》ってるなどと《って》云う《しゃべる》奴あるか、《がァ》鶴と松は《まづア》目出たいもの《てえもん》なんだ、今時の子供は《わらすア》もの知らず《す》だから《が》な」憮然とする伯父をみて〃また言《そ》ってし《す》まった〃と首をすくめる。「おいでかな《おでんすたがァ》、鶴松《まづ》です。《がんすウ》」と云いながら叺を肩に乗せ横の土間を行く。「あら遠い《あややや》所申訳ないです《どごおもさげなござんすたァ》」と伯母が出る。「商売《しょうべえ》ですから《がんすから》。米櫃《びっつァ》へ入れときますよ《ぎゃんす》」と鶴松つぁんは叺を逆さにそろそろと入れ、終ってからも何度も叺を振っている。「よく覚えてや《ぐおべでぐむしぇや》、こうし《す》て終の《おすめえ》一粒まで

振って《ほろうのス》、君も《おめはん》その板《いだ》の間の米粒拾いなさい《うむしぇ》。粗末にして駄目だよ《すてハわがねんちぇ》」。やがて伯母が茶を持って来た。鶴松つぁんは上り框《かまち》に掛けうまそうに目を細め、口をすぼめるようにして飲む。「ところで嫂《あね》さんね《なっス》、あれ覚えてる《おべで》でしょう《やんすえん》、この間《こねえだ》『一杯飯権次《いっぺえめすごんず》』が来てね《ス》、お宅《こっら》の墓が《はがっこァ》曲っていたので《らったどかって》ちゃんと直し《す》ておいたって《おぎやんすたって》、本町に《さ》行ったら話して《はなスッコす》おいて下《でくな》さい《んしぇや》って頼まれたんども《やんすたども》」と遠慮がちに云うのを聞いて「あや《あややや》、この春先に《さぎぬ》も家の《おらほ》墓《はがっこ》のどこか直し《なおす》たとか《どが》云《そ》って小遣銭《こづけぇしぇん》渡し《わだす》た筈だな、一杯飯権次《いっぺぇめすごんず》は《ごだァ》、それを《それば》仕事《すごどっこ》にし《す》ているのでしょうが《だべんども》、続け《げ》ざまだと本当かなと《だべがなって》思いますよ《やんすなァ》、まさか自分《がずぶん》で曲げた《だ》り直し《す》たりしてるのでないでしょうね《がんすべなっス》」「権次は《ごんずごだァ》言えば《しゃべれば》すぐ《すぐど》駄賃が《だづんこァ》貰えると思ってるかもね《んでながんすすか》、今回は《こんだァ》知らぬ《すらねえ》ふり《ふる》して《す》もいいんだ《よがんすだ》」。伯母は笑って「けれど《すた》も、駄賃《だづんこ》貰えなか《ねが》ったたって、また《だ》墓を《おはがァ》、わざと曲《やぐだり》げた《だ》りし《さ》なけれ《ね》ばいいが《んども》、困ったねェ《なっす》」。

オガッパ頭　106

母がいかにも慣れない手つきで、おとうと功《いさお》の伸びた髪を切っている。功は床屋が嫌いで、母は仕方なしにやっている「何故《なんたら》、床屋が《ば》嫌い《やんた》なんだかな《がナァ》」「そう《そん》だね《だなはん》、あれ程《あんたぬ》泣か《が》れれば床屋さんだってどうにも《なんじょぬ》ならない《ねえ》しね《すなはん》」「本当《ほぬさ》、初《はづ》めの内《うづァ》はあのカミソリ、巾広い《ひれえ》皮でスタスタと研《と》ぐのを見て《で》恐かっ《おっかねがっ》たのか《が》さ」「それとも白い服《すれえふぐ》見ると《ど》注射《ちゅうしゃっこ》した医者《されだおいしゃ》に見えた《だ》のだかな《だえんがなァ》」「白い服《すれえふぐ》脱いでも駄目だった《わがねえがっけヨ》」「それなら《すたらば》、もしや《もすかすて》あの顎《あご》の所に《どごさ》何だか《なぬなんだが》をつけて《で》上から覗かれる《まがってみられれば》と恐く《おっかねぐ》見えるかな《のが》」「成程《なるほど》口《くづァ》が見《め》えなく《ぐ》なって顎《あごばり》長く《ぐ》なるか《が》らな」「そうだ《そんだ》、もしや《もすかすて》、床屋の父《おど》さんでなく母《かっちゃ》さんにやってもらったら。白い服《すれえふぐ》も着ない《ねえ》でサ」「それもそう《ん》だ。じゃ《すたら》いま中途《ながらはんぱ》だけど《だども》、このまま連れて《で》くか《ぐがァ》」となった。うまいことに床屋には母《かっちゃ》さんしか居なかった。「あら《あやや》、髪《がみっコ》じょうず《ん》に鋏《はさみっコ》入れたこと《やんしたごどヤ》、この侭《まんま》〝オガッパ〟にし《す》てし《す》まえば可愛いく《めんけえぐ》なるか《が》と思います《やんす》ヨ」と母さん

が云う「そうですか《そんでがんすかァ》、それもいいですね《よがんすなっす》」母は自分の鋏さばきを誉められたと思ったのか、あっさり云う。功も不思議と泣かずに終ったが、頭は立派な女の子になってしまった。

姉の後、男ばかり五人も続いたせいか、やがて母は姉の子供の頃の服など懐かしそうに出して功に着せる。功は功で模様のついた服を着るとはしゃいだ。それがいいことになって頭の方も次第に当り前になっていったのだが「し《す》ばらく《ぐ》振《ぶ》り《る》で女の子《おなごわらす》生まれて《で》良《え》か《が》ったですね《なっす》」とたまさか来た客が世辞をいったりすると、母も「そう《ん》でもないで《ながん》すよ」などと笑いながら、曖昧な返事をしている。この頃、佃煮になるとかで学校の奨《すす》めで稲の天敵、蝗《ハッタギ》取りが流行《はやり》、近所の子供らが競って油町裏の田圃に出掛けるとオガッパの功もついてきた。夫々大きな布袋《ぬのぶくろ》を持って蝗を捕えて入れていたが突如、豆腐やのサヨちゃんが叫んだ。「みんな見て《みるむしぇ》、女児《おなご》のくせ《しぇ》に、あれ立小便し《たつしょんべんす》てらァ」。

体操の選手　107

「もしかした《もすかすて》ら、俺も体操の選手に選ばれるか《が》も知れない《すれねえな》」と思ったのは、この秋にある運動会の種目に、各組毎の選手による体操模範演技があって、その候補のひとりに指名されたからだった。私の得意種目は跳箱だ。助走して踏切板で強くはずみをつけ跳び上がると両手をついて宙返りをするのだが着地に尻餅をつくようでは駄目なのだ。コツというよりやはり練習を重ね、両腕と手首をバネのようにするのだ。放課後毎日のように候補になった者は何人か組んで練習をする。帰り支度をした下級生がうらやましそうな顔をして見ている。「俺《おら》も早く《ぐ》あゝいう《あんたな》ふうになりたい《てぇ》な」と思っているだろうと考えると、いくらか得意な気持になる。ふと気付くと、中に同じ組の愛子も端の方でじっと見ている。「そういえば、昨日《きのな》も来てらっけな、一昨日《おどどい》も居た《だ》ったか《が》な」と妙にその時から気になり始めた。

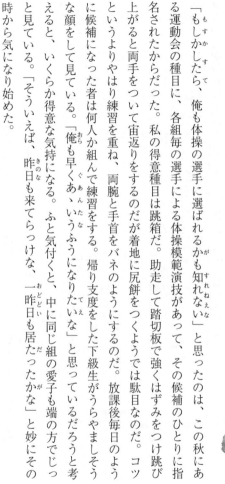

愛子は勉強はよく出来るが体操は苦手な方だ。おとなしくて時間があれば本ばかり読んでいる。愛子がいると思ったときから下手なところは見せられないと思うようになった。助走の前にチラリと見てしまう。終わってからも又チラリと見る。心なしか、私の方を見ているように思うのだ。練習が終わって私は声をかけた。「愛子跳箱面白いか《おもしぇがァ》。愛子もやって見たいだろうが無理《てぐなるべんどもむる》だな」愛子はうなづきながら「源ちゃんは上手でい《うまくてぃぃ》いね《なはん》」としゃがんだまま上目づかいに私を見る。「俺、選手になれそうか《そんだがァ》」「なれそうだよ」。私は嬉しくなって「愛子からみて上手い方か《うめぇほうだが》」と訊く。「ふうん」「本当か《ほんとぬがァ》」と私は責任のようなものを感じる。数日後跳箱の段が五段になった。不安が頭をよぎる。何度めかのとき両手をついたとたん左手首の感覚が無くなり着地してみると手首が物凄く腫れ上った。骨が折れたのだった。これで候補から外《はず》れ愛子には「源ちゃんにはやはり《ハァやっぱし》無理だったのね《なハン》」と言われ、私は「やはり《やっぱす》って、初めから《はずめっ》そう思ってたのか《らったのがァ》」と唇を噛んだ。

蕪は蒲鉾　108

今でいう忘年会だろうか、父はしこたま飲んで来たようで入口の硝子戸を勢いよく開《あ》けると「たらいまァ。松本《まづもど》上等兵、唯今《たらいまァ》帰りましたァ」と聞こえた。私は弟らと共に、折詰の土産?·を期待して飛び出す。母も顔を出す。「お前さん、《めえさんたら》いいご機嫌《ぎ》だこと《ごど》」と言いかけて息をのむ。父の後に見たことのある芸者さんが居た。「今晩は、旦那さん、《おばんでござんスだんなさんなっス》かなりお酔いになられたので、《かんなるおよいぇったよんただスなッスー》送って参りました《おぐるもすてきやんすたァ》」と小腰を屈《かが》める。「ささ此処まで切角《しぇっかく》きたのだから《なんだス》少し《べえっこ》中《なが》に《さ》入《へえ》って休んでって《ぐむしぇ》」。ここで失礼するという芸者さんの声を遮るように父は「それ、子供等《わらしゃども》もその辺《そごらあだり》を片付けろ《かたづげで》、母さん《おが》は酒《さげっコ》と漬物か何か《がなぬが》用意して《すてけろ》」。母はキョトンとした顔で「まあ《あや》お前さん、《めぇさんのかってェ》まだ飲むの、《のむってすカ》第一酒《だいづうさげっコ》なんか無い《なが》ですよ《んす》、ひとに送られる《える》程《くれえ》飲んできて。姐《あね》さんには《さば》悪いけど、《わるいよんたども》心付け《きもっつこ》か何か《ばなぬが》あげて《で》帰《けえ》って頂く方いいじゃないの、《いただいだほうよがんすでながんススカア》そうでしょう姐さん《そんでがんスエンあね》も」「旦那さん、《さんス》奥さん《おがみ》の言う《そわる》とおりですよ《がんすだ》、では《すたら》失礼します《すづれいしやんす》」と紫色の角巻をバホッと肩に羽織ると甘い香りを残して帰って行く。上り《あが》框《がまち》に横になった父は、聞こえないふりなのか、本当に眠ったのか動かない。「それ《それぇ》、みんなで《みんなすてェ》父さん《おどっつあん》を中へ《さ》連れて《で》いけ《げ》」と母は私らに声高く言いつけた。

大晦日ももうすぐの日、父は母と陸炉《おかろ》を挟むようにして低い声で話をしている。どうやら月末にもらえる筈の代金が払ってもらえないらしい。「餅も搗かないとならない《つがねぇばねぇんだ》し《す》、年越《としとり》のご馳走《ごっつぉう》も拵《こし》えねばない《ねえ》し《ス》、こうなれば、お前《めぇ》さんの飲み代も勿体無いで《もってぇねえぐなる》すね《なっすウ》」「いまに《いまごろ》なって払え《なってがらア》ないなんて《ねぇぐなったなんてなア》。何《なぬ》か《が》罰《ばづ》あた《だ》るようなこと《ごど》でもし《す》たかな《べがア》」「し《す》たと思うよ《おもいやんすよ》、先頃《せんころ》の芸者《げしゃっこ》に送られ《え》て《で》きた時《どぎ》の……」「言《そ》うな、頼むもしないのによ《さねがったのに、いづまでも》、口説く《くでぐ》なるな」。結局、年越《としとり》のご馳走は「今日はな、蕪《かぶ》は蒲鉾《かまぶぐ》だと思ってな、沢庵《たぐ》は夕マゴ焼《やぎ》だと思ってな、白菜は平目《ひらめ》の刺身《さすみ》だと思って食《く》べすよ」となった。

魔法の手　109

姉が嫁ぐとき、母は七人目の弟が臨月に近く祝宴にも出なかったが、その年は米内光政が海軍大臣に就任したことから、父は光政の名から一字を貰い、光《こう》と名付けた。その光が生まれたときは普通より小さめで弱かった。母は「光が腹の中に《ながさ》いた時は《どぎア》栄養の無《ねえ》いものばかり食《くっ》べていた《らった》ような気《きい》がするなア」と理由にこだわって「誕生すぎても《でも》歩けないのは《あるげねえなア》骨《ほねっコア》が弱いから《よわえが》だろう《べえ》」と煮干を買ってきては「これを食《しぇくっ》べてれば骨は《ほねっコア》丈夫になるから《が》」と言い私らにも鰯は骨も頭も食べるように強制した。殆んど出なくなった母の乳房にしがみつく弟に「いくら《なんぼ》吸ってもゴムみたいだから《みってえなんだがら》止めろな」と言って乳首に南蛮を塗ったりした。

そんなことで私が遊びに出る時も「光を背負《おぶ》って行け《えげ》な」と守手《もるで》を渡される。光の背中から両脇を通しヒョイと背に回し胸の前で×印に交差させ、守手の端を光の尻に再び交差して前で結ぶ。初めのうちは軽くても一時間もすれば肩にくいこむように痛い。光が眠ると愈々重くなって「母《おが》さん肩《かだ》の骨折れるようだ《んた》。おろし《す》てもいいか《いいスがア》」と助けを求めるが「あと少し《ぺえっこ》だか《が》らな」と必ず言う。或日《あるひ》、なんだか臭《にお》うなと思った。「お前《めえ》やったな」と背中に向って叫び、友達の家から急いで戻った。「母《おが》さん大変《てえへん》だ、光の奴《やつ》たれだようだ《んたア》」さすがの母も急いでおろしに手伝う。すぐにおしめをひろげ「随分悪い色だ《ひんでえわるういろすて》な《るな》。緑色だか《ば》ら下痢《はらくだり》だ、押入《おすいれ》か《が》ら布団《ふとんコ》出し《す》て敷《す》いて《で》呉《け》れ《ろ》」という。いつもは白い顔の光《こう》が青褪《あおざ》めてみえる。「何か《なぬが》悪い《う》もの食わせたかな《かしぇだったえんがな》」と言いながら、じっと弟の顔をみながら壁に下がっているトンプクの袋から胃腸薬を出し、茶飲み茶碗にあけ、白湯《さゆ》を入れ、人差し指で溶《と》き、光の頭を抱えるようにして飲ませた。夕飯どきになって、母は光の腹のあたりを布団の中でずっと、摩《さす》っている。「どうだ《なんじょ》、良《え》く《ぐ》なってきたべ。母《おが》さんの手は魔法の手だか《が》らな」。

近歩三《きんぽさん》　110

「どりゃ、なんぼか《が》重く《おもでぐ》なったか《が》、ここ《ご》に《さ》ブラ下ってみろ」と父は、よく両腕を横に伸ばし肘《ひじ》から直角に曲げ、筋肉の盛り上ったあたりを顎で示した。弟たちは先を争ってその腕にブラ下がると「よし《す》よし《す》、みんな重く《おもでぐ》なった。早く大きく《おっきぐ》なって稼い《かしぇ》で助《す》けろよ」という。弟達を両腕にブラ下げて歩く父はとても頼もしい。畳の室の真中にくると「よし《ようす》、こんどは飛行機だ」とあおむけになって両足の上に小さい弟の腹を乗せ、前後左右に揺れ動かしブルルブルルとプロペラの音を口ずさむ。半《なか》ばおっかなびっくりだが弟も両手を広げて奇声を上げて空中遊泳をする。「俺に《さ》も」と次の弟がせがむ。三人目の弟が乗ると流石《さすが》、重すぎて脇の方にドタと落とし「ささ、油が《あぶらっコア》切れて《で》墜落し《す》たな」と笑う。その後は三人とも木の匂いのする父の両腕を枕に並ぶ。「あや、今日は《きやぁ》父さん《おどっつぁん》に遊《あす》んでもらって良かったな《えがったごどやア》。お前達《めぇだづ》面白《おもし》えがべ」と母も目を細める。

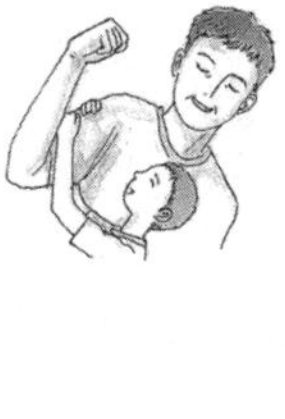

今日の父は気嫌がいい。先程、近く入営するという町内の若者と話の中で「松本《まづもど》さん、軍隊はどこに入《さ》隊したのですか《すたんでがんすか》、弘前ですか《がんすすか》」と聞かれた。父にとってこの質問程嬉しいものはない。「俺は近歩三だ《きんぽさんす》」「近歩三？」「なに《ぬ》近歩三とは《たらなはん》近衛歩兵三連隊のこと《ごど》さ。近衛歩兵とは、陛下の居られる宮城の軍隊のことさ。全国から身体強壮《すんたいきょうそ》、志操堅固《すそうけんご》、身元確実《みもどかくづつ》と《づ》いう《う》者が選ばれるのさ」「そうか《そっかア》、この辺《ごらあだり》から《が》あと誰か《が》」「なに、岩手県から《が》は何人でも無え、俺はね《なはん》、歩兵銃《あのてっぽう》の競技会で何回も一等とって、二年で上等兵になってさ、除隊の時は伍長になるだろうと《ごったって》言われたが《だんども》、後で聞いた話だと《だハナスッコだば》、俺《おれなはん》、唯一《たった》回外出の閉門時間に《さ》ギリギリ遅れそうになったことあってさ、それで、伍長に《さ》推されなかったそうだ《させらえねえがったづうはなす》、遅《おぐ》れた訳《だ》で無か《ねえが》ったのにさ。軍隊は弁解も何《なぬ》もきかない《がねえが》から。ま、上等兵でも近衛なら《このえだば》上等だべ」。父の顔に少し赤みがさしたようだった。

マルチナ III

三年のとき転校してきたマルチナは、いつもキョトンとした顔で首が長く痩せて姿勢がよく、腰かけると両手を膝の上でキチンと揃え、話しかけると少し首をかしげて「如何したの《なぬすたえん》」というように口《くち》をキュッと曲げた。マルチナはいつも鼻水をするような子で、ポケットには柔らかそうな鼻紙がいっぱい入っていたが「お前な《おめはんなはん》、鼻かんだ紙は《ば》チャンとごみ箱に《さ》入れたら《へえだ》どうだ《なんじょ》」「でも《すたって》誰か《が》拾って投げて呉《で》れ《け》るよ」という。「ひどい《ひんでぇ》女子《おなご》きたもの《ん》だ」とあきれる。「マルチナは、少し《すこす》おかしい《おがすう》のでない《んでねぇ》か《がア》」「名前からして《がらすて》変《ひょんた》だから《だがら》な」「日本人だか《が》?」「俺も何故《なすて》マルチナなんて《なんかって》名前なんだって聞いたら《きいだっけぇ》、俺《おら》も知らない《すらねぇ》ってケロッとして《す》ら」「俺はね《さ》、マルは何となく《ぐ》解るけど《わがるんども》、チナが解《わが》らねえ」「そして《あどなはん》マルチナは帳面《ちょうめんコ》に《さ》何か《なぬが》書いても《で》少し間違えば《ぺえっこまづげえれば》ビリッと裂く《ぶっちゃぐス》し、贅沢《じぇいたぐ》だっけ」「勿体ないこと《もってえねえごど》知らない《すらねぇ》んだ」「金持ち《かねもづ》程、吝嗇くさい《けっつくしえ》って言うけどな《そうんどもな》」

「そう《うだな》、あの服《ふぐ》見れば当り前でないな《あだるめえでハねえんじぇ》随分《かんなり》ハイカラだな《なほうだ》」。その日の午後は雨になった。女子《おなご》の家では大抵《たいてい》昇降口に傘を持って母が迎えに来た。マルチナにも迎えにくる筈だが昇降口にひとり立っていた。迎えのこない男子《おどご》は帽子の上から手拭で頬被《ほっかむ》りしてズボンを捲《まく》り「それっ」と走って行く。忽《たちま》ち背中まで尻跳《すっぱね》のあがるのが見える。小降りになるのを待つように立っていた私はマルチナに声をかけた。「マルチナの家《え》は遠いのか《が》」「近くない《つかぐハアねえ》よ」と目は校門を見ていたが「あっ来た」というなりそのまま走り出した。「いま此処まで来るんだ《べっちぇ》」と私は叫んだのだが、マルチナは校庭の水溜りを飛ぶように蝙蝠《こうもり》傘めがけて駈けて行く。マルチナの母さんは、市松模様で裾の長いスカートに背中からバホッと桃色の何かひっかけた格好をして立ちどまり、マルチナを待った。やがてマルチナの肩に手をかけて遠ざかる後姿は、どこか寂しげだった。

伯父の居候　112

東京に住む母方の伯父寛之丞《かんのじょう》から手紙が来たようだ。さっきから長い巻紙を読んでいる父が「なんだか《ななだが》、くずして《ずらめがすて》書いていて《ででぇ》、訳わからない《ほんでくってねぇ》手紙だな。上手な《うめぇ》つもりだろうが《だべんどもがァ》、読まれない《ねぇ》のは《のハァ》困ったものだ《ん》」と渋い顔をしている。「どれ、私《おれ》にも《さ》見せて《みしぇで》下さい《くなんしぇ》」と母が覗く「筆《ふで》でこんなに《た》ズラズラと《ど》、紙《かみっこ》も勿体ない《もってぇねぇ》のに、いい振りして《ふるこいで》」と、それでも目は中味を追っていたが「何だって《なぬすたって》。今度の七日《なのが》あたり《だ》愈々来るつもりだって書いてます《けえでやんす》よ。そういえば《そ》、去年だったか《えんが》盛岡《もるおが》に《さ》行きたい《てぇ》から《がら》泊まる所《どごろ》探して《すてで》呉れないかって《けぇねぇが》、言って《そ》いた《らった》な」「一晩位《ぐれぇ》なら《だば》二階に《ぬげぇさ》泊めたらいい《いがべ》」「違う《つが》の《のス》、東京は近頃《つかごろ》何だか《なんなだが》煩く《うるさぐ》なったので《たんだス》盛岡に来たいと《さくるてぇどス》」「で《すたら》、どこか《どごが》見つけたのか《めっけだってが》」「スッカリ忘れてました《わすれでやんスた》」「だったら《なんたらすたらば》、七日《なのが》に来ても《きたって》駄目って《わがね》手紙《てがみッコ》出せ《しぇ》」「七日だと《ば》間に《まぬ》合わない《なが》ですね《んすだ》、先づ《まんず》差当り《さすあだって》二階片付けて《げで》泊って貰いながら探して《す》も。何とか《なんじょぬ》なる《が》でしょ《なるんでがんすだァ》、二

階に居る内《うづ》、子供《わらしゃど》らのズボンの綻《ほごろ》びなど直して《なおす》もらうから《がらス》」。母はどうやら初めからそのつもりだったらしい。「伯父《おんつぁん》は名前《なめぇ》こそ《ご》どこか《ごが》の芝居《すべぇッコ》の役者みたい《みってぇ》で損《す》してるが《んども》、本当《ほんたァ》は洋服仕立《ふぐすたで》職人で中々の腕《うでッコ》持ってる人だ」と聞いたことがあった。私もその時「何《なす》で《て》寛之丞か《だべ》、雪之丞変化《へんげ》とか映画《かつどう》の名前に似てるな《がらとったのだべが》」と思い出していた。その日、伯父はボストンバッグや大きな風呂敷包みなど積んだ人力車でやってきたが「まるで《まるっきり》夜逃げ《よぬ》して《す》来たようだな《んた》」と父が私につぶやき「これは《ハァ》、初めから《はずめっ》そのつもりで《る》来たようだ《よんた》な《ナァ》」とも云った。我家では二階が一番大きい室だったから、そこを占領されると大変だった。借りているうちは俺の室だとばかり置いてあるものも邪魔にした。父に「いつ《づ》まで居るつもりだかな《だべなはん》」と聞いたら「東京に居られなく《さいらえねぐ》なって来たようだから《んただか》仕方ない《すがだねぇ》な《なァ》。邪魔にすれば母さん《おが》も困るべから《が》、我慢せえ《しぇ》。戦争《せんそっコ》終わるまでヨ」。

伯父の居候（承前）113

二階に間借りして、どうやら居座ってしまったような寛之丞伯父は、ひとの好き嫌いが極端だ。好きな人が来れば、正に相好をくずして迎え「ささ、どうぞどうぞ、むさ苦しい所へようこそ」と云いながら座布団を何回も裏返しては埃をはらっている。「親類《すんるい》だからって、我家《おらほ》の一番《いづばん》いい室《へやっこ》を占領し《す》て、むさ苦し《す》い所《うどごろ》も何《なぬ》も無《ねぇ》いもんだ」と私にはまだまだ納得がいかない。薄くて白くなった頭を撫でている伯父の卑屈にさえ見える姿に私は舌打ちをする。

或日、家の外から二階に向かって何度も伯父を呼ぶ声がする〝はて、伯父は二階に居る筈だが〟と、下から大声で「伯父さん《おんつぁあん》、外に《おもでさ》お客《ぎゃく》さんですよ《がんすよ》」と叫ぶ。返事がないので再度叫ぶと「わかってるう」と、さも五月蝿《うるさ》そうな大声がした。「聞えた《きげえだ》ら返事位《ずぐれえ》し《す》たらいいのに《いがえんちぇ》、さっきから《さきたがら》叫《さが》んでる《ら》よ」伯父はムッとした顔で「余計なこと云うな、耳まで年はとってねェ、返事したく無《ね》えからしないだけだ。子供のくせに生意気いうな」それを聞いた私は猛然と反発「子供《わらす》のくせ《くしぇ》にとはなに《ぬ》よ、返事しない《さねぇ》方悪《わるん》いでない《ねぇ》か《が》、おら昔《むかす》から《が》〝立つ《づ》より返事《ず》〟って母《おが》さんに《がら》教えられたし《おしぇらえだす》、第一《だいいづ》お客《ぎゃぐ》さんに悪い《さわるう》んでないか《ねスカ》。急に転がりこんで来たくせ《しぇ》に威張って《いばりちらすて》迷惑かけて《げで》、俺達《おらだづ》の事嫌いなら《ごどやんたばハア》早く出て《ぐではって》行ったら《いぐむしぇ》」。興奮した私は一気に、声をつまらせながらも、日頃のうっ憤《ぷん》をぶちまけてしまった。「なんだ、それが伯父に向っていう言葉か」伯父もいきり立つ。聞きつけた母が「なんで《なんたら》二人共、みっともない《たぐねェ》。お客《ぎゃぐ》さんの前《めえ》で。源蔵も目上に向かって《さが》そんな口《たなくつ》きくもんでねェ、お前《めえ》さんも子供相手《わらすっコあいで》に万八《まんぱづ》になって。子供等《わらしゃど》の気持《きもづっコ》もわからね《が》訳ない《わげながん》でしょ《すべっちぇ》」と私の前に立ちはだかる。伯父は「お前にそこまで言われちゃ、終りだな《おしめぇ》」と静かに二階に上って行く。いつのまにか、客は居なくなっていた。

サンドイッチ　114

隣の健ちゃんの妹、幸《さっ》ちゃんがやって来て「ちょっと、《ちょっとぎま》家に来ないかって《おらほさこねえすか》」健ちゃんが呼んでるという。昼少し前だったが「どうしたかな《なぬすたえなァ》」と腰を上げた。入ってすぐ右側の室を覗くと卓袱台の上に白い布を被せた大皿が見えて、回りには健ちゃんと弟の征《せこ》ちゃんが待っていた。数年前までレストランを経営していた父さんが白い前掛をはずしながらやって来て「よく《よぐ》来るによかったね《えがったなはん》」と笑う。健ちゃんが「俺サ、源ちゃんに《さ》も食わせ《かしぇ》てって言《そ》ったのさ《おや》」と白布をサッと外《はず》したが、父さんは立ったまま「少し《ぺえっこ》待て《まで》な」と手で制しながら幸《さっ》ちゃんに「台所《でんどこ》の戸棚から《が》小皿持って来て《こう》」と言いつけた。そして奥の方を見やりながら「母さん《かっちゃ》にも《さ》先《さぎ》にあげてから《が》一緒にな」と言う。健ちゃんの母さんは、ずっと前から身体が弱くて、寝たり起きたりしているのだ。白布の下の大皿には四角に切った食パンに、何やら挟んだのがキチッと積まれていて皿の回りには三角に切った赤いトマトが並んでいて美しい。そこから父さんは小皿にとって「母《かっちゃ》さんに《さ》な」という。奥の裏庭が見えるあたりに母さんはいま起き上がって髪のほつれを直している。私の方を見て静かに笑ったようだったから、私も座り直してちょっと頭を下げる。「もう食べ《はァくっ》てもいいか《ええのすか》」と征《せこ》ちゃんが手を出す「こら《こりゃ》」と健ちゃんがその手を叩く。征《せこ》ちゃんは「母《かっちゃ》さん、早く食べて《はやぐくうむしぇ》」と叫ぶ。母さんは小皿を持ってきた父さんに、軽く手を合わせるようにして「申訳ありません《おもさげながんすなァ》」というように頭を下げている。「君たち《おめはんだづ》の父さん《おどっつぁ》は優しい《すぅ》な」と思わずささやく。「俺達《おらだづ》の弁当も作る《こしぇる》し《ス》、いつもだ《いっつものごど》から《だァ》」と言う。やがて父さんは「さあそれでは《さあさすたらば》皆で一緒に食べるベナ」とゆっくりと座った。

家に帰ると「どこに行ってた《どごさいってらったけな》、昼飯どきに《ひるめすどぎ》」となったが弟達の手前、自分だけご馳走になってきたとは言えず、家でも又食べてしまった。

舟コ流しの日　115

川原町の叔母が前触《まえぶ》れなくやってきて「お変《が》わ《る》りなくてましたか《やんすたがァ》、おヨシ《ヨス》さん《さんス》」と言いながら見通しのいい家の中に入って来た。母は「あら《あやや》、お《ご》イサさんこそお達《マメ》者で《すくて》」と頭の手拭をはずしながら出迎える。やれやれといった風情の叔母は尻が畳にべったりとつくように座って、首筋の汗を拭き「今年《こどし》の舟コ流し《ス》に《さ》お宅《おめはんだづ》の子供等《わらすだづ》も揃って来て呉《け》ればいいと《ええなど》思って《おもってす》」という。誰かの回忌で盆の十六日だし、親類の子供等を呼んで供養にしたいとか。

その日私は弟四人を連れて出掛けた。餌差小路あたりになると浴衣を着た子や、日傘をさして明治橋方向めざして行く人に出合う。お祭りのようだ。叔母の家近くなると「ごめん下さい《くなんしぇ》。お辞儀なしで《す》ゾロゾロと連れて来ました《やんスた》」と学帽をとり額《ひたい》の汗をふく。弟達が私の後《うしろ》から叔母の家の中を代わるがわる覗いている。満面の笑みを浮かべ叔

母がでてきた。「待ってたよ《らった》、お入り《へえれ》お入り《へえれ》」と弟の靴を脱がせる。涼しそうな奥の広い室にはもう何人もの子供達が大きなテーブルを囲んでいたが見ると女ばかりではないか。一瞬たじろいだが思い切って「加えて《かでで》下さい《くなんしぇ》、松本です《でがんす》」すると年上の女の子が「年寄《としょり》くさいこと《せぇごど》」と席をあけ「なに君達《おめはんだづ》の兄弟は《って》男《おどご》ばかり《が》なの《なのスカ》」と目を丸くした。私は咄嗟に負けてならじと「此処《ここ》に居るのは《なア》女《おなご》ばかり《がる》だな《だおな》」とやり返す。「女《おなご》ばかり《が》で悪いね《がったなはん》」私もすぐ「男《おどご》ばかり《が》で悪いな《がったなはん》」そこへ叔母さんが大きな盆に西瓜と金瓜《きんか》をいっぱい持ってきて「さあ《さささ》、皆で《みんなすて》好き《ぎ》なだけ食べてね《くれえくうむしぇやア》。今日はね《なはん》喧嘩なんかしない《されねえ》日なんだよ、世の中というの《ずうも》は男《おどご》半分に女《おなご》半分と対等《てえご》に生まれて《で》くるように《ぬ》なってるの《のス》。どこに《さ》行っても男《おどご》ばかり《が》の国《くぬ》も無いし《ねえス》、女《おなご》ばかり《が》の国《くぬ》も無いの《ねえのス》。これ《こいづ》食べたら舟コ流し見に《さ》行って、帰って《けえ》来た頃に《ぬ》は赤飯《おごわ》できてる《げでる》から《が》、ね《なはん》」。明治橋は黒山の人で弟は大人の股の下から見ていたが私には流れる舟の黒い煙だけが見えた。

柾《まさ》屋根　116

雨の降るたびに漏るところにバケツや洗面器を置かなければならないから、梅雨どきは嫌いだった。雨水が溜まるとはねて畳が濡れる。夕立のときは漏る場所がわかるから落ちてくる前に急いで置く。雨の降る日は、誰もこなければいいと思う。仕方ないと思っても、どこかで情けないのだ。「見事《みごと》なものだね《もんだなっス》」と賞めてくれる人もいるのだが「家《え》の中《なが》で傘《かさッコ》さす程でない《ねぇ》から《が》まだいい《ええ》方《ほう》ですな《でがんすおや》」と父は笑ってごまかしている。我家の屋根は古い柾屋根だから、いうなれば風化するし、強い風雨では部分的に飛ばされる。父は時折、晴れの日には屋根の上を渡るように点検するのだが、雨漏りがしなくなったということもないようで気休めに過ぎない。雨の夜、布団を敷くときは、そこを避けて敷くことになるが、洗面器の中に雑巾をおくのを忘れると顔にはねてくる。真夏に雨がくれば、「よい《ええ》お湿り《すめ》ですね《がんすナ》」というのだが、私の家では「畜生《つくしょう》、くされ雨、時《えづ》

でもなく《だりかずだり》降ってきて」となる。向かいはトタン屋根で隣は瓦屋根だ。柾屋根は、このあたりでは我家《おらほ》だけだ。

「何故《なすて》、我家《おらほ》だけ《だげ》柾屋根なの《だえん》」「此処《ここさ》へ来た時から《どぎが》柾屋根だ《だでゃ》」「柾屋根でない《ねえ》方《ほぁ》が良か《えが》ったな」「柾屋根は《あ》雨《あめッコ》降っても音《おどッコ》がしなく《さね》ていい《ええ》んだ」「でも雨《んでもあめッコ》、あちこち漏《あちゃこちゃむ》って駄目《わがねぇ》だよ《んちぇ》」「屋根《やねっコ》ばかりで《る》無エ《ね》、古く《ぐ》なればみんな同じ《おんなず》よ」「瓦屋根もか《すか》」「あゝ、瓦屋根の漏るのは面倒くさいらしぞ《なアめんどくしぇらす》」「どうも《なんなだが》、父さん《おどっつあん》と話してると《はなすッコすてれば》、柾屋根が一番良い《あいづばんええ》ように《ぬ》聞こえる《きけ》な《おなア》」少し離れたところにいる母が言った「父さん《おどっつぁん》はね《な》、指物師《さすものす》の家《え》に《さ》生まれて《で》、仕事《すごど》も指物師だから《さすものすなんだす》、木《きぃ》が好き《ぎ》なんだよ、家《え》の前《めえ》の堰《せぎ》の端板《はすいだ》もセメントよりも《る》木の《が》方がいい《ほあええ》ってね《な》。雨漏りぐらい《あまもるぐれえ》何だってんだ《けなア》、借家《しゃぐや》でないだけも《ねえばり》、有難い《あるがでえど》と思わねば、ね《な》」

この時初めて家というものは、持家と借家があることを覚えてこだわるようになった。

マルメロ　117

「何だか《が》クソ臭いようだ《くしぇよんたな》」「あら《あんや》お前《めぇ》さんたら《のかってぇ》クソ臭いなんて《くしぇなどって》下品ですよ《がんすよ》」「下品だ？　だったら《すたら》馬鹿《ばばが》臭いと云えば《くしぇってそ》いいのか《いいってがァ》」「クソ臭いより《くしぇよりが》ウンコ臭いの方が《くしぇずう》上品でない《ながんす》の《すか》」「同じだ《おんなず》、いや《うんにゃ》ウンコの方が《ほうぁ》クソより汚ない《ねぇ》な、〃クソ食らえ《くっそくれぇ》〃でなく〃ウンコ食らえ《くれぇ》〃ではやはり可笑しい《ハアっぱすおがすんじぇ》」「お前《めぇ》さんたら《のかってぇ》」。それにしても、その臭い《にお》は強烈になってきた。母が「そう言えば《そ》、ウンコ汲みが《あ》、今日あたり来る《だ》話《はなす》、先頃聞いていたな《せんどながらすてらった》」「道理《どうる》で。それにしても《す》天気《きあ》いいせいか《しぇなんだがァ》、余計《よげぃ》臭うようだ《よんたなァ》」「仕方ないですね《すっかだながんすだなァ》、汲んで貰っただけで《げ》有難い位《あるがでぇくれぇ》なのに、あの人達《だづァ》は却って《てがァ》お蔭《かげ》さんですって《でがんす》畑《はだけ》のもの等《なんど》持って来ますからね《きやんすがらなっす》」「この間《こねぇだ》どこかで《ごが》馴染み《いっつも》の人でなく《ねぇぐす》知らない奴が《ねぇやづァ》汲んでったとかで《どがって》怒られた《ごしゃがれだ》話だが《だっけが》ウンコ汲みもお得意《どぐ》さんを奪い《ば》合いなのかな《やってるが》」「そう《そすかァ》、我家なら頭数《おらほなどだばあだまかず》が《ァ》多いから《いんだ》差し《すさす》当たって《あだ》、いいお得意《どぐ》さんだかもね《がなっす》」「頭数《あだまかづァ》いっぱい《ぺぇ》でも、肥し《こやす》の中味《ながみァ》

はどうだか《なんじょだがァ》、それにし《す》てもあんなのが《たなものァ》畑《はだげ》の肥しに《こやすぬ》なるなんてな」「全くね《まったぐなっす》、不思議《ふすぎ》なものですね《もんでがんすな》。さて裏の戸閉《す》めましょうか《やんすえがァ》」。「なに《ぬ》閉《す》めれば却って《てが》肥し《こやす》の臭いが《かまりァ》家《え》の中か《ながが》ら出なく《ではらねえぐ》なるんでないか《ねえが》」。それでも父は常居の長火鉢《おがろ》で母の注《つ》ぐ熱い渋茶をすすっている。「俺、ちょっと《ごっ》見て《で》くるかな《が》」私は矢庭に立つと裏の長い廊下を走って汲みとり最中の便所に入った。便壷の中に、長い柄杓《ひしゃく》が出入りしている。強烈な臭いに思わず小鼻を指でつまむ。小窓を開けてみる。タオルを顎の横で結んだ大人が「あと少し《どべぇっこ》だか《が》らね《なはん》」と笑う。やがてその人は、離れたリヤカーから真白い大根を五本持って来て「お蔭《がげ》さんでした《がんすた》」と、顎のタオルを緩めた。私は大根を抱え廊下を走って戻る。母は大根を受取り「臭かったでしょ《くしぇがったべ》、箪笥の引出し開けて《すあげで》嗅いで《かまって》みろ、いい匂い《かまりっコ》するか《が》ら」私は急いで引出しに首を入れるとプンと甘ったるい、マルメロの匂いがした。

火をみるより明らか　118

学校から帰った私に、母は笑って話した。

「先づ《まんつ》今日は《ハ》何とも《なぬもかぬも》騒動した《そんどす》日だった。急に《ぬな》青年団の人が《ひたァ》来て昼すぎから《が》防空演習の消火訓練やるから必ず《んだス》出る《ではる》ようにってサ。愛国婦人《ずん》会の人もモンペに《サ》防空頭布被《かぶ》って来て『モンペに頭布《どづぎん》ですよ《がんすよ》』私《おれ》の格好をジ《ず》ロッと見るのサ。私は《おらハァ》ああいうの嫌いだな《きれえだおな》」。空襲に備え、家の前には防火用にと漬物樽に水を一杯に入れている。その側《そば》には火の粉を払うとかで棒の先にモップをつけたのも立てている。

「時《ず》間になって頭布に《サ》モンペ履いて集《であづ》まったら《っけや》、せんだって《せどな》来たばかり《ばり》の向い《むげえ》の嫁さんも来て《で》て、先づ《まんつ》来ただけ《げ》でも目立つのに、着てきたモンペ姿《すがだ》ったら、何考えて《なぬかんげえで》モンペに拵《こし》らえなおし《す》たものか《んなんだが》、だァれ大《おっ》きな牡丹《ぼだん》の花《はなっこ》の柄で目立つ《づ》なんてものでない《ねえ》、眩しい《まっぺえ》格好し《す》て来て仮装行列みたいだって《ってえだな》言う《そ》人も居たっけ《けス》。そして《あどな》、その嫁さんの隣りの仙

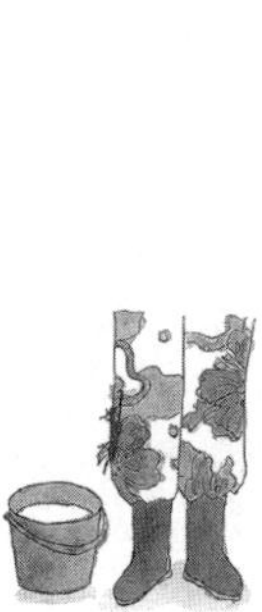

石さんの婆さん《ばさま》ときたら、一足し《す》か無い《ねえ》長靴《くづ》、旦那が《だんなどのア》先に《さぎぬ》履いて出《で》掛《はっ》けたって、下駄《げだ》履いて《で》鼻緒は《ば》真田紐で結えて《ゆっけで》来たっけがすぐ紐《ひもッコァ》切れて《で》サ。問題はその後《あど》サ。今日の訓練は、本舘さんの下《すた》屋根に《サ》焼夷弾が落ちた《づだ》こと《ごど》に《ぬ》して《す》、梯子《はすご》掛けして《す》バケツリレーする段になったら《たっけや》、みんな屋根の上に《サ》昇《あが》るのに《ぬ》遠慮して《す》譲ってサ。だァれ屋根の上は誰だって《ハァだって》怖い《おっかね》んだよ《だおな》。集《あづ》まってるのは《なア》年寄婆様《としよりばさま》が多いと《いっぺえど》来てるし《ス》結局〝若い《わげえ》人、若い《わげえ》人〟と呼《さが》びながら向い《むげえ》の嫁さんの方《ほう》見るんだ《べえ》。嫁さんも回り《まわる》見て《で》覚悟決めたとみえ《だどめで》、颯爽と昇ったのサ。とこ《ご》ろがも少しの時《あどべっこだっどぎ》、あの派手なモンペが《ア》梯子《はすご》の釘だか《が》に《サ》引っかかったようで《んて》ビリッと鉤裂き《かぎざぎ》になってしまったのサ。私みたい《おらみってえ》なのと違って《どつが》あの布地《きれっこ》だべ。嫁さん癇癪《かんしゃぐ》おこし《す》たんだな。リレーで上がってきたバケツの水を叩き《ただぎ》つけるように撒けて《まげで》サ、その水が《みづア》下《すた》に居る人に《サ》、まとも《ど》に《ぬ》跳ねて《で》掛ったのサ。『はァあれだと《ば》、あそこ《ご》の旦那殿は《だんなどのア》大変《てえへん》だな』って皆で言《すてそ》ってた《ら》っけ」。

火をみるより明らか（承前）119

「向い《むげぇ》の嫁さん、実家《ずっか》に帰った《サけぇ》そうで《ずん》ない《ねぇ》の《スカ》」「そうでしょう《だぇん》、此頃家《つかごろえ》の前《め》を箒で《ではぎ》掃いてる姿見えないね《すがだっコめぇねぐなったなっス》」「やはり《っぱす》な。そうなるんでない《ねぇ》かなと思って《がなって》いた《らったナ》」「ほう《ほぁ》?」「俺《おれ》の《ハア》見た所《だどご》、あれなら《だば》初め《はずめっ》からあの母親と《おふぐろど》話《はなすコ》も何《なぬ》も合う筈ないとね《はづアねぇどみでらった》」「そんなに《た》だったの」《ってスカ》「俺は《ハア》、何回か《がア》二人《ふたる》で言争って《すてしゃべく》るのを見たこと《だごど》あるけど《んども》、嫁の《よめっコ》方で話《はなすっコ》、合わせ《しぇ》ねば。大体、初め《はずめっ》から二人《ふたる》とも他人同志《たぬんどうす》なんだから《スサ》。合わせようと《しぇべっと》し《さ》なけれ《ね》ば《ば》合う筈《はずア》無いな」《ねんだなハン》「あの母親《ばさま》も利《き》かないからね《ねぇがっけおな》」「いい勝負さ、絶対《じぇってぇ》に《が》負けない《ねぇ》ようだ《がっけおン》」「角突き《ツノつぎ》合って橋《はす》から《が》落ちずに《づねぇで》、家《え》から《がら》出たか《ではったてすがア》」「でも《とごろで》、その息子は《のほア》どうなんだ《なんじょ》。追いかけて《おっかげで》行ったの《のスカ》?」「あれは《あれごだア》家《え》の中に《ながサ》居た《だ》っけ。あれは《はア》駄目だ《わがねエ》。嫁さんには《さば》初め《はずめっ》からデレデレだっけし《ってらっけス》、母親に《おふぐろさ》は《ば》全く《ぐ》頭《あだま》上がらないし《ねがっけス》、駄目《わがね》息子の見本さ《テンキリス》」「人好し《ひとっこよす》だがね《なんだんどもなッス》」「人好し《ひとっこええ》は《のハア》昔《むがす》から《が》だけども《だんども》、どこか《ごが》ぐにゃぐにゃって訳《わげ》の解《わが》らない《ねぇ》所《どご》あるのさ《っけおな》」「誰彼《だってさ》

に好く《もぇぐ》思われたいのか《てぇんだが》調子《ちょすコ》ばかりよく《がるぇ》て筋《すず》通らない所あってね《どごあるっけをなハン》」「嫁さんも選《よ》りに選《よ》ってこういう《こんたなふうな》家に《えさ》来たものだね《おなア》」「嫁さんは北《ごだア》の方の良い《ええ》所《どご》の娘《むすめっコ》だそうだが《ずんども》、年齢《とす》だか《が》らと相当《ってかなる》な道具《どうぐっコ》持ってきたという《どがづ》話《はなすコ》だっけが」「俺《おら》も聞いた《ぎやんスタ》。総桐の箪笥に《サ》着物いっぱい《ぺぇ》入《へぇ》ったものを《やず》三棹四棹《みっつよっつ》持ってきたとか《どが》って」「あの母親《ばさま》もひと月位前《づぎばりめえ》か《が》ら、嫁《よめっコ》くるか《が》らと《って》、家《え》の中《なが》の畳《ただみ》みんな取り替《とっけ》えた《だ》りし《す》たっけが」「電気の笠《かさ》も新しくしたっけ《あだらすぐすやんすたっけヨ》」「あんた《おめはん》、そこ《ご》まで見たの《だのスカ》」「晩《ばんげ》になれば電気つくし格子《ぐスこすこ》の中《なが》の障子《しょんつコ》あいて《で》れば見えます《めえやんすえん》よ《じぇ》、障子紙《しょずがみ》も張り替《げ》えたようで《やんすたっけよ》」「そう《そっがア》、あの母親《おふぐろごだア》、嫁《よめっコ》のこと《ごど》よりも嫁《よめっコ》の家《え》の財産の方に《サ》目《めぇ》がいったんだ。母親《ばさま》の家《え》も金持《もづ》ちだか《が》ら、良い《ええ》所《とご》見せたか《しぇてが》っただろうし《べすなア》」「息子もいいなりで来て呉《け》れる人が居れば誰でも《だって》いいって《とがって》」「酷な《ひんでぇ》話《はなス》だ。その中《うづ》に嫁《よめっコ》の実家《ずっか》から一人《ひとる》娘傷モノになったって箪笥などとりに《サ》くるんだべな」「おらは《ハァ》知らない《ねエ》。どう《なんじょ》なるんだか《になるもんなんだがア》」。

進路 120

中等学校などにいくのは贅沢だという父の考え方で、六年生から自動的に小学校の高等科に進んだ私だが、高等科二年で卒業することになって再び、そのことが話題となった。若いうちに、少しでも早く働く、働かせたいというのが父の昔からの信念のようだったが、その日学校の父兄会から帰った父は私と母を長火鉢《おがろ》の前に呼んだ。

「昔から《むがスが》俺は、学者になるわけでも無い《ねエ》のに皆々《みんなみな》、上の学校に《サ》行ったって《がらって》そんなに偉《た》く《ぐ》なれるものでも無いし《ねがべス》、むしろ早《す》くか《ぐが》ら手に職を持って暮し《くらす》を助けるほうがいい《ええ》と思ってきた《らった》が、学校の先生の話《はなす》では《だば》職人《ぬん》でも、これか《が》らは中等学校ぐらいは《れエさば》入《へエ》れる人《ひた》は《ア》入《へエ》っておいた《だ》方がいいという話《はなすコ》だった」と口《くち》をへの字に結んだ。母の差出す茶をすると

「俺は《ハア》勿《もづ》論小学校一年か《が》ら何の不思議《ふすぎ》もなく《ねエぐ》今の仕事《すごど》を教えられ《え》て来たし《ス》、お前の兄、幸一に《さ》もそうさせて《で》きた。お前《め》は二《ぬ》番目で跡《あど》とりでない《ねエ》か《が》らそれも仕方ない《すっかだねエ》と考えて《で》

歩いて《あるって》来たが」と私と母をみくらべて「高等科からいけ《げ》るのは師範《すはん》学校、工業学校、農学校の三ツだと。そこで俺は、その時《どき》は工業学校にして《ぬすて》下さいと《くなんしぇって》頼んできた。工業なら《だば》卒業し《す》てすぐ《すぐど》稼ぐ場所《どごろ》いっぱい《ぺェ》あるそうだ。師範《すはん》は卒業まで長く《なげエぐ》かかるし《がス》、自分《ずぶん》の息子が先生《しぇんしぇ》」と《などって》呼ばれたら《だ》気はずかしいヨ《こっちョすねェデァ》」という。「行かせてくれるなら《しぇでけるんだば》俺《おらア》は師範《すはん》学校に《サ》いきたい《てエナ》」「馬鹿《ばが》なこと《ごど》言う《そ》な、師範《すはん》は卒業まで長い《なげぇ》というのは稼ぐ《かしぇ》のが遅く《おしぇぐ》なると《って》いうこと《ごど》だ。工業の授業料を出し《す》て貰うばかり《る》も有難い《あるがでエ》と《ど》思え。贅沢《じぇいたぐ》いうな」。母が静かに言った「父さん《おどっつぁん》はな、本当《たア》は早く稼い《ぐ》で貰いたいのだが《てんのだども》、学校の先生も云う《そわる》こと《ごど》だし《だス》って我慢してる《みさって》んだ。工業でも何でもいかせて《えがしぇで》貰えれば有難い《あるがでぇ》のだ。種々云え《なんだりかんだりしゃべれ》ば、父さん《おどっつあん》の短気《きみじか》が起きて《ぎで》〝もう止めだ《されや》〟なんて《かって》」「なに、《ぬすたど》俺が短気《きみツカ》だってか《が》」「そう《そん》いうふう《たな》になる所《どごろ》が危ないと《ねエの》いうの《でながんすスか》」。

語りべの落ち穂拾い

〝民男君〟の思い出

クラス替えのあったときから、民男は私に好意的だった。席が近いこともあったが、彼が私の側にきて腰かけると農家で育った独特のにおいがした。彼は帳面のあちこちに余白があれば、馬が走っている姿を一気に描いてみせるのが得意で聞いてみると彼の家では馬を飼っていて、棟続きの小屋に「絵馬」がいっぱい張られているからだと云う。

その頃、馬は荷の積んだ車を、大きな煙管《きせる》などくわえながら闊歩する〝馬車引き〟のうしろから、従順そうな顔をたてにふりふり、正確なリズムで、道のまんなかを歩きながら、時々は馬糞をポタポタと並べて落として行く。

花屋町には藤井という馬蹄屋があって、民男といっしょに学校の帰りによく立寄った。頭にタオルを巻いた父親が、馬の足をしっかりと抱えこむようにし、フイゴから取り出した赤く焼けた金具を、そばのバケツの水にジュッと入れてから、馬の蹄にあてると、白い煙りと一緒に強烈な爪《つめ》の臭いがする。蹄のかたちに合わせているのだ。何度か繰返して合えばそのまま、四センチもあるような頭の四角な釘を数本、自分の口《くち》にくわえてから一本ずつ機械のような早さで次々と打ちこんでゆく。自分の足の裏に釘をさされているような気分で、馬って痛くないのかなと思ったりする。馬の首のあたりにからだごと寄せて、持主がくつわをとって動かないように支えている。親父は汗をぬぐおうともせず、次の足に移る。こうして四本の足が終るのをみとどけると、大きなため息をついて私らも、そこを離れる。民男の家の馬も、ときどきくるのだと云った。

民男の家は、ここからそう遠くなかったのである日、初めて彼の家に寄ることになった。寺の前の坂を斜めに下ると、なるほど右側に大きな馬小屋があった。こまかにきざんだ藁のいっぱい入った飼葉《かいば》を食べていたが、見上げると絵馬がずらりと並んでいる。新しいものから古いものまで壁一面みたいだ。民男の描く馬がこれだったのかと納得する。

「よく来たごど、民男の友だちスカ」と、やさしい目のお母さんが出てきた。うなずくと民男が「母さん、何か食うもの」と催促する。台所のようだが広くて、半分は土間、まんなかの窯に大きな鉄鍋がかかっていて、薪がチロチロ燃えている。気がつくと、民男のにおいは、この台所にもあった。

「おめはん、家はどこ、いいどぎ来たごと」と、まだ熱《あつ》そうなキミ（玉蜀黍《とうもろこし》）が食べきれないほど出る。鱈腹《たらふく》食べても余ったので心配していると、「家《え》サ、持ってケ」と新聞紙に包んでくれた。弟たちの喜ぶ顔が浮かび途中から走った。

数日後の夜、雨と風が激しく、裏のトタン塀が倒れた。隣の家の裏がマル見えになって、思わず笑ってしまう。

教室に入ると、すぐ民男が寄ってきた。

「畑、大変《てえへ》だった。昨夜《ゆんべかた》の風で桃が一面に落づでヨ」。とっさに私には想像がつかない。

「拾うのか」「いや、みんなわがねがべって今朝、畑から戻って来たっけ」

放課後、帰りながらまたその話になる。民男は、桃は落ちると傷がつき易くそこからすぐ腐るという。落ちた桃は、ナンボでも呉れるから畑サ行かネカ、となった。

畑は遠かった。民男の足は早い。暗い坂を何度か登ると、あった、なる程一面の桃だらけだ。呆然となった。民男は小走りに向うの小屋に入ると、汚れた風呂敷を持って来て、持てるだけ持っていけという。

私はこれ程重いものを持って遠い道を歩いたことはない。台所に拡げたときは、腰がぬけたようになった。
やがて弟たちと一緒に、むさぼるように食べたが、持ってきた特典でよけいに食ったせいだろう夜になると腹がゴロゴロと鳴り、激しい下痢をした。翌日、学校を休んだのはいうまでもない。

「JAいわて」平成五年十月号より

別れ

所用で京都にいる娘を訪ねた際の帰りに、京都駅まで見送るという。改札口を出ると、すぐ目の前にエスカレーターがあり、それに乗ると自然に遠ざかるということになった。

改札口で手を振る姿がしだいに遠くなり、やがて見えなくなる。「ごくろうさん、またくるからな、元気で」。そんな思いをこめた、まなざしを送りながら、私も小さく手を振る。

別れるというのは、いつでもつらい思いがあるものだ。手を振りながら、それが駅であることからなのか、私は電車の中で、兄との別れを思い出した。

昭和十七年の一月、兄は出征兵士で盛岡駅を離れた。詰襟《つめえり》の学生服に無帽の兄は、タスキを肩からかけた姿で、窓から身体を乗り出すようにして手を振った。私は夢中で盛岡駅のホームを駆け、ホームの切れる端まで見送った。涙が目にあふれ、ぼんやりと汽車がかすんでしまった。それから約半年後、兄の部隊が盛岡駅を通過するという知らせがあった。誰が知らせてくれたのか、私と父は、真夜中に盛岡駅に走った。一時頃らしいと聞いただけで、詳しくはわからない臨時列車だった。何度となく貨物列車が通ったあと、それらしい列車が入って来た。窓が閉じたままなので、どこにいるのかと、目を皿のようにして探す。今にも発車するのでないかという思いと、窓の開かないためのいらだたしさから、じっとりと汗ばむ。

探し終らぬうちに発車になった。静かに動き出した列車を私たちは目で追う。「あれじゃないか」と父が叫んだが私にはわからなかった。スピードを増す列車の最後尾の赤いランプを見て帰ることになった。

父は歩きながら、「渡されなかったナ」とつぶやいた。風呂敷に包んだダンゴのことであった。兄は十九年九月に戦病死したと、終戦後まもなく広報が入ったが、見えなかった夜の列車が、私の頭から消えることはない。

「いわて教育時報」平成三年十一月号より

大工百年

「岩谷稲荷のお祭りサいくどこだ、お前《め》も行くか」と父がいう。めったに誘《さそ》ってくれることなど無い父だから、二ツ返事でついて行く。士族が住んだという下小路の静かな通りに、ひときわ目立つ洋館建てがある。「オラホの隣の加藤医者の別荘だ」という。「中《なか》はどのように《なんじょ》なってるベナ」と思う。やがて、天に聳《そび》えるような二本のポプラの木の前を通る。風も無いのにザワザワと天辺《てっぺん》が揺れているのだ。やがて左側に私の背よりも高い石垣が長く続くのは南部別邸だ。外国の宮殿みたいな鉄の扉がいつも閉まっていて奥は松の木の陰に黒い瓦《かわら》屋根が見える。岩谷稲荷へ曲がる角《かど》はもうすぐだ。標識がなければとてもわからない、両側からせまった家の間をぬけると広くて明るい田圃《たんぼ》が目の前にひろがる。と、ここから岩谷稲荷の幟《のぼり》が見えて賑やかな祭りの音が風にのってくるのだ。田圃の畦道《あぜみち》は稲荷さんまで真《ま》っ直《すぐ》でない。ぐにゃぐにゃと曲がった道だから、まだるっかしい。

参拝が終って、神楽《かぐら》の舞台から社務所へとぬける。「よくおでんした。さ、さこっちの方サおでんせ」と顔見知りの総代さんが手まねきをしている。相好をくずした父は、「お前《め》もあがれ」といいながら奥へ通る。御神酒が用意されているのだった。

あの頃から、もう六十年が経つ。町内会長を引受けた関係から私は地域消防の後援会副会長となり副分団長の猪狩義司郎さんと知合いになった。

「猪狩は大工の家系で私は五代目だども、三代、四代目も大工の棟梁をやりながら消防の分団長をやりあんした。両方の血が流れてるようでガンスな」という。「それじゃ、お前《め》さんも次は分団長でガンスな」というと「いやァまだまだ、何しろ若過ぎて」「これからの分団長は年寄りでなく若返るのス、知事さんみてェになはん」。

山岸を根城《ねじろ》とする猪狩さんだから、私の思い出の中に岩谷稲荷があると話したら、三代目初五郎さんは、岩谷稲荷の総代さんを長くやったという。「さては、あの時の総代さんは猪狩さんだったか」と思い当る。指物師だった父と、大工の棟梁だった猪狩さんなら、同業みたいなものだ。そうなんだ、きっと。

話しているうちに、あの下小路の加藤さんの別荘は三代目が精魂こめて建てたものだと聞いた。そのうえ南部別邸には三代目が十九才の時に職人として参加したともいう。「百年経ってもちゃんとした建物をつくるのが、猪狩の伝統でナッス、世間様に認められて、今はお寺の山門や庫裡などまで注文いただくようになりあんした。先祖のお蔭だと思って、毎朝、神仏の礼拝は欠かさなガンス」と義司郎さんは胸を張った。猪狩工務店の新しい事務所を出た私は、その帰り途、いまは中央公民館となった南部別邸や、黒川医院になってもそのままの洋館を見ながら、新たな感慨を覚えるのだった。

『擬宝珠の街Ⅱ』平成七年九月より

美《う》味《め》がった話

仁王学校の帰り途《みち》は、浩君と一緒のことが多かった。浩君は映画《かつどうしゃしん》のこととなると何でもよく知っているのだ。「こんどできる第一は東宝、内丸は松竹だし、大都《だいと》は生姜町の日活館なんだ」と大人みたいな話をする。生姜町の話をしているうちに「直利庵て〝そばや〟覚えて《おべで》いるか」という。「聞いたことあるんども何故《なすて》」「俺《おら》ホで親類だから〝そば〟食《く》いてば、連れて行く《ぐ》ぞ。食いたい《て》か」と聞く。「食いたい《て》サ、いつだって」「それ《す》な《た》ら行くか、俺サ従いてくればいい《え》」と肩を振って前を行く。日活館の看板をちらりと見て「まだ地雷也か」とつまらなそうにつぶやきながら過ぎる。直利庵は、角の店で大きく立派だ。浩君は入口の前でちょっと立止まったかと思うと、私を手招きして。「ここだからヨ、入《へえ》るぞ」夕方少し前のせいか、客はいない。少し奥の方に立っている女の人に向って「そば、二つ」と言った。咄嗟に女の人は「お父《どっつぁ》さんか、お母《が》さんは」という。「いいから〝そば〟」。浩君は動ずるふうがない。女の人は、首をかしげ、〝そば〟の種類を聞かず奥の方へ消えた。「浩、大丈夫か」と心配になった。浩君はムスッとしている。店の女の人は、中々戻ってこない。「駄目《わがねん》でネカ、浩、帰《けえ》るべ」。そんな筈は無いと浩は動かないのだ。

やがて奥の暖簾《のれん》の間から、赤ら顔のおじいさんが顔を出した。「何だ、浩か、お前《めえ》はここから入《へえ》るのでねェ。横サ回れ、横サ」という。浩と私は立上がって一旦外へ出た。直利庵は角の店だから横にも入口がある。そこは、家族の入口のようで、浩はいつもそこから出入りしているらしい。

「浩、お父《どっつぁ》さんは元気か」と聞きながら大きな火鉢の前にどっかりと座ると「ところで、今日は何の用だ」と聞く。「この友達《ともだづ》ァ、そば食いてェというから連れてきた」。私は驚いて「先に、食いてェく無《ね》エかって聞いたから、食ってもええって」「あは丶、他人《ひと》のせいにするな、浩」と笑ってくれたおじいさんは「よし、それじゃ《そだば》御馳走《ごっつお》すっか二人サ」と、両手をパンパンとたたいた。

「この童《わらし》たちサ、何か食わせ《かしぇ》でやってけろ」と顔を出した店の女の人にいいつける。

「店で食ったら、寄道《よりみち》さねで帰《けえ》るんだぞ」。

額《ひたい》からだらだらと流れる汗もふかないで、暗くなりかけた外を気にしながら、時々、お互いの目を見ては不安をかき消すようにニヤッと笑う。「さ、帰るか」と立った浩の丼にはまだ汁が残っている。「汁《つゆ》、残すのか」と聞くと「そんたな、貧乏臭《くしぇ》いごと聞くな」という。ほんとは飲みてエのだと思ったが、私も立上がってしまった。

帰り途、唇をなめるように「美味《うめ》がったナ」というと「当たり前《め》よ、直利庵の〝そば〟は盛一《もりいち》だからナ」と言う。「俺も〝そばや〟に親類があればいいなあ」と思うのだった。

『擬宝珠の街Ⅱ』平成七年九月より

街の周辺

掲載のエッセイは、タウン誌『街もりおか』の平成三年一月号から平成四年十二月号にかけて担当した表紙写真と解説です。

瀬川正三郎像／舟越保武作

瀬川正三郎像

昭和十四年、運動会のための跳箱を練習していたとき、左手首を骨折し、担任の先生の自転車のうしろに乗せられ、加賀野の瀬川さん宅で治療してもらった。その時の痛さとともに瀬川さんは忘れられない人となった。「ナアニ、テスタゴトネ、テスタゴトネ」といわれても涙が出た。あれから五十年余り、いま瀬川さんの像の前で、なおしてもらった左手にカメラを持ちながら、お世話になりましたと頭を下げる。

像の目の前は毘沙門橋、子供の頃はユラユラ揺れる釣り橋で、上級生がわざと下級生を困らせた橋だなと思い出した。

瀬川さんがどうして毘沙門橋の側なのか分らなかったけれど、橋はいま鉄橋になり、川向うにはビルが次々と建てられ、「ヤ、ヤ、ヤァ、タマゲタナッス」と頭を撫でる瀬川さんが浮かぶ。この中津川をのぼれば加賀野に行く。

あのときの家はいまもあるのかなと、思ってしまった。

岩手公園を背にした静かな川沿いのせまい道は、通る人が少なくもないが、冬のせいか下を向いて歩く人が多い。

撮る角度をみながら、像のうしろに廻ってハッとした。ひらいた耳のかたちが、私の耳とそっくりだと気づいたからである。

改めて親近感を覚え、柔道着の肩を撫でてから帰った。

『街もりおか』平成三年二月号より

柴内魁三像／菊池政美作

柴内魁三像

毎朝登校してくる子たちの足音に聞き耳をたてているような、そして正面にまわってみると、美しい音楽を聞いているような表情の「しばないせんせい」。この像は県立盲学校の玄関脇にある。

子どもの頃の私が知っている柴内先生は、いつも先に立って行く子どもの肩に手をかけて、上をみながら立派な姿勢で歩いている姿で、街なかで時々お目にかかることがあった。「あの人は、日露戦争で鉄砲玉が目の前をかすったために、めくらになってしまったそうだ」といううわさであった。

私の強烈な思い出の中に盲学校の卒業式がある、昭和三十七年三月、私は知り合いの先生の許しを得て撮影に行ったが、机の上におかれた点字の紙を両手でさぐりながら、斜上方に目を向けたままで読み上げる答辞のすばらしさに、私は感動の涙が止まらず、シャッターを押すことができなかった。それは私の得難い体験となった。

この像の作者菊池政美氏は、北ホテルの前の社長さん、このホテルがまだ菊屋ホテルといった頃、私はよく呼び出された。「たァのむゥ、まァだ（又）たァのむゥ、ちょこっと来て、ペカッとやってけでェ」作品は完成まじかのことが多かった。「ちょこっと来て」といっても行ってみれば必ず長かった。〝ここからみて〟〝こっちからみて〟〝ちょっと待って〟〝おれさもみせで〟と決まらなかった。「よし、たのむ」となるまで小一時間はあった。あんまり長くなって「メシ食ってぐむしェ」ということもあった。だから私は粘土でできたばかりの政美さんの作品はかなり見ている。全く飾らないいい人だった。政美さんは今年七回忌になる。

『街もりおか』平成三年五月号より

天満宮の狛犬／伝　上小路・高畑源次郎作

天満宮の狛犬

その頃のお年寄は「オデンツアン」と呼んだが、毎年夏休みが始まるとすぐ天神さんのお祭りであった。空を覆うような大木の下、始めの石段は一ツ一ツが高く、急な坂を一歩一歩確かめるように登っていく。

踊り場のようなところで一息ついて、更に登りきると筆のかたちをした大きな石碑がある。筆塚というそうだ。実はこの御社《おやしろ》の裏手の、ちょうどいい広場に特別に展示する場所がつくられ、そこに私たち盛岡市内の小学校の生徒らが奉納した「書方《かきかた》」や「図画《づぐわ》」が並べられる。自分の作品が並べられてあることが誇らしく、祭りの日には見にいくのである。親子で眺めるもの、走り回るもの、ワタ飴をなめるもの、緑につつまれた広場のまつりは楽しかった。小遣いに貳銭銅貨をもらっていって屋台の「おでん」やで串にさしたコンニャクを買うと壹銭で二ツくれる。そこで壹銭のおつりがくる、それがたまらない喜びであり、まだ壹銭あるという気持が心豊かであった。

私のその頃とは昭和十年から十二年頃のことである。「配所にゆきし君あわれ」と歌った祭神の菅原道真《みちざね》公のことは学校の国史の時間に博識の政治家であり文学者であったが、讒言《ざんげん》によって九州の大宰府に流された非運の人であると習い、私らにとって親しみのもてる神様になっていたように思うが、学問の神様と呼ばれ今では受験専門の守り神のようでもあることが、境内の祈願札でわかる。

天神さんを親しみ深いものにしたものにこの狛犬がいることも確か。普段は静かなたたずまいの中にそれでも寂しくなんかないよ、というような顔をしている。昨日写真を撮りに行ったときは、フト先頃亡くなった弟の顔に似ていると思って、独りで笑ってしまった。

「書方」を展示したとき記念品、「菅公会」と印刷された濃い紫色の鉛筆は、いまも私の手元にある。

天神さんのお祭りは七月二十五、二十六日、その日が今年もまもなくやってくる。いまも小学生の作品を展示しているのだろうか、と遠い日を追うような気持になってしまった。

『街もりおか』平成三年七月号より

笛吹き少年像／舟越保武作

笛吹き少年像

彫塑《ちょうそ》を、うしろから見ると、何か新鮮な感触がある。昔から面影を伝える莫座九《ござく》の塀が煙るような秋雨の中に、静かなたたずまいをみせて、それに少年の吹く笛の音が、更に中津川の流れを美しく聞かせてくれる。

盛岡の中心を流れる中津川は美しい。京都の鴨川の眺めに勝るとも劣らぬそうだと聞いて訪れた京のお方がいたが、足が不自由な為にタクシーに乗ったまま見られないかと尋ねたら、答はノーであった。タクシーは、中津川畔の殆んどを走ることができないという。

タクシーに乗ったままでは、橋の上を通っ

ても県民会館の脇を通っても見えないのである。仕方がないことではあったが、同時に車でゆっくりと眺めることのできる環境をつくれないものか、と思ってしまった。一カ所でも二カ所でもいい、ここなら車を止めて、しばしその風情にふれることができるという場所があってもいい。そういう人達のために。

市庁舎の裏の中津川に面した庭は、春も秋も季節毎に美しい植栽があり、決して広くはないまでも年輪を経た大木などで、真夏の涼風が人を誘うし、割と通る人が多いけれども、いささか残念なことに、ここは駐車場となっているようで、一列に並んだ車でこの場所から美しい川を見るには不都合だ。休日なら車はいないだろうと思ったら、休日もギッシリと並んでいて、大いに失望したことであった。

『街もりおか』平成三年十一月号より

はばたきの像／舟越保武作

はばたきの像

盛岡のまんなかを流れる中津川にかかる、「与の字橋」のたもと、岩手県民会館の一角に「はばたき」の像がある。

このあたりは昔、知事官舎のあったところで、黒くて高い塀がずっと続いて、せまい川端の道に松の木の枝やなんかがせり出していたし、脇の堰がとても深かった。

川上の方へ歩いていくと、左側に洒落た建物の洋食屋「日盛軒」があり、勿論高嶺の花で食事した記憶はないが、父についていって入ったとき板敷きの室に靴のまま入って歩くという驚きがあった。まもなく製材所があって、大きな材木が山と積んであった。オガクズが川端一杯に散らかっている。荷馬車が何台かいつも居て、飼葉を喰べている馬の姿が印象に残る。オガクズの山の中には必ず、甲虫《カブトムシ》がいて、湿って冷たい感触の中にツノの生えた大きなヤツを見つけては喊声をあげた。消防第五部のポンプ小屋をすぎると、盛岡病院（現中央病院跡）の前を帽子に甲虫をつけたまま通るのだが、その時は手で口《くち》を押さえて通るようにと言われた。誰かが「病気がうつる」とかいって、右ならえをしたことであった。

一年の約束で引受けた表紙だったが、次の素材への気配りとしめ切りが気になった。〝街〟同人の斎藤氏に、ボケ防止になるから、来年もどうかと打診されたが、今のところ、ボケたいとは思わないが、避けて通るつもりである。

『街もりおか』平成三年十二月号より

酒蔵

「やっぱり、もう一年、表紙をたのもうと思って」と〝街〟同人の山田氏にも下駄を預けられ、困惑と光栄が交錯したことであったが、大きなタメイキと共に引受けてしまった。

紺屋町の菊の司の前を通ると酒の匂いがして、思わず鼻孔が大きくなる。路面一杯に建てられた、窓と杉玉の美しい白壁があざやかすぎる程だが、それにしても徒《いたずら》に近代化しないで保存していることに、感歎の思いがある。

ちょうど、この斜め向かいに、高層マンションが建っている。しばらく空地になって駐車場だったこともあるが、戦前この地に

「衆楽座」という東京の歌舞伎座そっくりの建物が出来たとき、その豪華絢爛さに驚いた。建物が金ピカに見えた。カイゼル髭のような、そり返った屋根の入口から中をのぞくと、赤い敷物が見えて、ここに入る人は金持ちなんだなァと思った。戦争になってから間もなくこの劇場は営業できなくなったのだろう。

戦後、国民映画劇場から国劇と名を変えて洋画専門館となったが、そうなってから初めてこの建物に入ることが出来た。中のつくりが全く芝居の観覧席ふうになったままの感じで、暗くなれば関係ないとはいうものの、洋画とは実に異質な感じだったことを覚えている。

激しく変わる街の様子をみながら、敢えて変わることに抵抗感を持ち、変わらぬものに安堵を思うのは私だけではあるまいと思う。

『街もりおか』平成四年一月号より

雪、降る日。

私の小学校の同級生には、更の沢、上田堤、上田左京長根などから通ってくるものがいた。更の沢は今の県営野球場、上田堤は競馬場の蔭にあたる。左京長根は、緑ヶ丘である。雪の多い日は一時間以上歩いて学校に着く。頭から湯気をたててくる元気者、殆んど泣きながら長靴の中に雪が入ったまま教室に入る者などあった。元気者は、雪を固めながら近道をきたといい、泣き虫は、雪を漕いできたと表現した。

長靴は必需品、この上ないものであったが殆んど底が擦り減ってテロテロであった。滑らぬようにと荒縄《あらなわ》を靴の上から巻くように縛って学校にやってきた。その頃のゴム長靴は裏に布が張ってるわけでなく、右も左も似たような形で、色に冴えが無く、大抵、中に藁《わら》を折って入れたりした。たまに、ヘチマの靴底を入れた者は、わざわざ取り出して鼻近く持ってみせて〝臭くネゾ〟と小鼻を動かす。

私の家の隣は雑貨屋で長靴を売っていた。或る日、エナメルを塗ったピカピカと光る靴が並んでいた。店の親父さんに履いてみていいかと聞くと私の顔をジロッとみて頷いた。ソロソロと足を入れると、ピッタリだった。私は躍るような心で家に帰り、私に丁度よい長靴が隣にあると言った。父は、そうか、と驚くふうもなく〝今、履いている靴を持ってこい〟という。私は、テロテロと減った靴をこれみよがしに持って来て、父にみせた。父は、裏をみたり、中をみたりしてから、おもむろに私に言ったものだ。

「あと二、三年は、履ける」。

『街もりおか』平成四年三月号より

白い、プラタナス

明治・大正生まれが人口の一割だという。平成生まれが明治生まれより多いともいう。だとすると、ここが盛岡赤十字病院の跡ですといっても、にわかには信じない人も多いかも知れない。況《ま》してその並びの内丸教会、盛岡幼稚園の庭の、空に聳《そび》える欅《けやき》の木のある静かなたたずまいがあったなどとは、思いもよらぬことかも。

　さて、「街」四月号の盛岡事始め、小学校のはじまりに、明治六年四月南岩手郡仁王村に、第一番小学校が開設されたとあるがそれは今の北銀本店の隣接地に「聖跡記念塔」として残っている。仁王小学校発祥の地であり、明治天皇が学校視察に訪れたところだと教えられた。

戦時中のことだが、軍服を着た宮様《みやさん》が馬に乗って、屡《しばしば》、盛岡にこられた。私共はその度にお迎えに出て道路の両側に整列させられた記憶がある。それは不思議にこの聖跡記念塔附近だったと思う。脇目もふらずカタくなってると、最敬礼の号令がかかり、深々と頭を下げる。宮殿下が過ぎた頃、なおれの号令で頭を上げる。殿下のお顔を見るよしもない筈だが、ひそかにオラ見たゾという者もいた。

或る時の事だ。先導視察の軍人の乗った馬が、糞をしながら過ぎた。誰もが、何となく困ったことになった、とは思ったのだが、どうにもならぬ気持でざわめいていた。と列の間から女の子が箒《ほうき》と塵《ちり》とりを持って、するすると出、あっという間に糞をさらって引っ込んだ。引率の先生も唖然としたに違いない。

翌日の朝礼でこの女の子は言葉を窮《きわ》めて誉《ほ》められた。その女の子とは、本町大手先の喫茶「ママ」の節ちゃんのことであると、知ってる人も、少なくなった筈だ。

『街もりおか』平成四年五月号より

富士見橋

　このあたりは牛越場《うしごえば》といって、仁王学校の夏休みに指定されたプールだった。俵に石や砂を積《つ》めて何十個も並べ、川を堰き止めて子どもの首ぐらいの深さになっていた。俵の下流は浅瀬だから、ズボンをまくり上げた子どもが兄弟とメダカ取りに手拭をひろげたり、上級生は、川面に硝子箱をあて、片手に、ヤスを持って、鰍《かじか》とりに夢中であった。硝子箱をのぞくと、捕った鰍が一匹二匹と見える。

　粗末な木橋だった富士見橋は、道が砂利土《つち》を盛っただけで歩く足に痛かったが、高さも二メートル位だから、欄干から飛び込むには丁度よかった。といっても、誰でも出来る芸当ではなく、飛びこみに成功すると「おら、ジャッカン出来たぞ」と自慢できたがジャッカンの意味はいまもってわからない。ヌルヌルしたり川底まで顔が近づく感触が今もある。

低学年の子は殆んどがムフン（無褌）だが、めざめる頃には赤い褌《ふんどし》をしめた。T字帯ようの既製品も売っていたが川から上《あ》がると濡れた褌が水の重みでだらしなく下がり、脇から見えたりして評判が悪く、やはり六尺ものを肩にかけて、キリッと結ぶあの方法が一番で、子ども心にも引締った。誰だったかが、木綿の赤褌を買って貰えなくて、女の子の繻子《しゅす》の帯かなんかを締めて泳いでいたら、結び方が悪かったのか、途中で解けたのを知らず、立上がったら、もう無かったという話も思い出す。

牛越場という名は、南部の殿様の頃、上の橋を牛が渡ることを許されず、上の橋の脇から降りて、川を渡り、この堀割りを通って街道に出たということからつけられたとは、戦後も大分経ってから、吉田義昭氏に教わったことであった。

『街もりおか』平成四年七月号より

つなぎ大橋

私の自動車運転免許証は、昭和二十三年八月に取得したが、その頃は自動車学校が無く学校の校庭や路上で練習したのだから驚いてしまう。試験場は盛岡八幡宮の境内で、荒縄を張ったコースを七分だったかで、一めぐりするというものだった。ガソリンの入手も難しい、クルマの寡《すく》ない頃だがストレートに合格できたという嬉しさは気持の中でかくしようもなく、何かにつけて車に乗りたかった。

その頃、向う三軒両隣りのグループで五日《いつか》会《かい》というのがあった。春は桜、秋は紅葉と、風流まがいの野原で、ゴザをひろげ、一升ビンを立てての飲み会だったが、酒は勿論、おかずやら何やら、そして参加する人まで運ぶのは、向いの八百屋の自動三輪車であった。

一番若い私は、コマゴマと用をいいつけられたが八百屋の親父さんの代りに運転を頼まれることが目的でもあった。ペロペロとなるまで飲んでは帰りがおぼつかない。飲んでもシッカリしている若い者がいれば安心だというのである。

その会が旧桜山であったある日、酒も平《たい》らげて意気軒昂、あの坂を下りながら叫んだ人がいた。「運転手、このまま〝つなぎ〟さ行け、飲み足りネェ」。少しでも長く運転したい私は「皆さん、皆さん、よがんスカ」、と運転しながら背中に声をかけ、走る。太田橋を右に曲ったところで巡査に会った。「おい、その車どこさ行く」「繋温泉まで」「大分酔ってるようだが、気をつけて行けよ」「ありがとがんス」。快適なエンジンをふかせて、私たちはつなぎ大橋を渡ったのであった。

あの時のメンバー、旅館、菓子問屋、帽子屋、八百屋、洋品店そして薬屋の親父さん達、今は亡く、私のくるのをまだかと待ってるような気もする。

『街もりおか』平成四年九月号より

りんご畑

明日は遠足という日の夜は、本当に寝つかれなかった。ひとりでに、笑いがこみあげてきて、まくら元に置いた明日の持ちものを、何度も確かめる。一個ずつ紙に包んできちっと十個、きれいに並んで入っているキャラメル、森永よりも、オマケのついたグリコよりも、私はフルヤのウインターキャラメルが好きだった。店で「これ、下さい」と指さしする時の気持は、今だに忘れ難い。

ところが、私の同級生に吉田虎夫というのがいて、これが或日、遠足に西瓜を持って来た。縞《しま》模様の大きな風呂敷にグルグル包んで肩に背負って来たものだ。西瓜は予想以上に重いものだが、最も難儀して持って行った虎夫が、割って食べる時はホンの切れ端し一ケだけ、寄ってたかって大勢に食べられてしまう。虎夫はいままでいう苛《いじ》められっ子だったから、皆の機嫌をとろうと持って来たらしかったが、失敗だった。私は虎夫と少し離れた所に腰をおろし、大切なキャラメルを二個呉れた。虎夫は何も言わず、無念だった思いをキャラメルの甘さと引換えてわずかに笑う。

虎夫の家は北山の奥の方の農家だったが、或る日、学校の帰り、「俺の家の畑サ来《こ》ネカ」という。そこまで一時間位も歩いたようだったが、虎夫は畑の中の大きな林檎の木を指して、「好きなくれェ、食っていいから」という。グイと枝からもぎとって、汚れたズボンの上からゴシゴシとこすってから、よこした。とても固《かた》い感じだったが甘酸《あまず》っぱい味で、続けて二ツ食べた。帰りがけにもっと持ってけと言われたが、カバンには二ツしか入らなかった。

大分経ってから誰かに聞いたが、虎夫は怪我がもとで若くして死んだとか、彼の家もどこだったのか結局、今もってわからない。

『街もりおか』平成四年十一月号より

思い出のアルバム

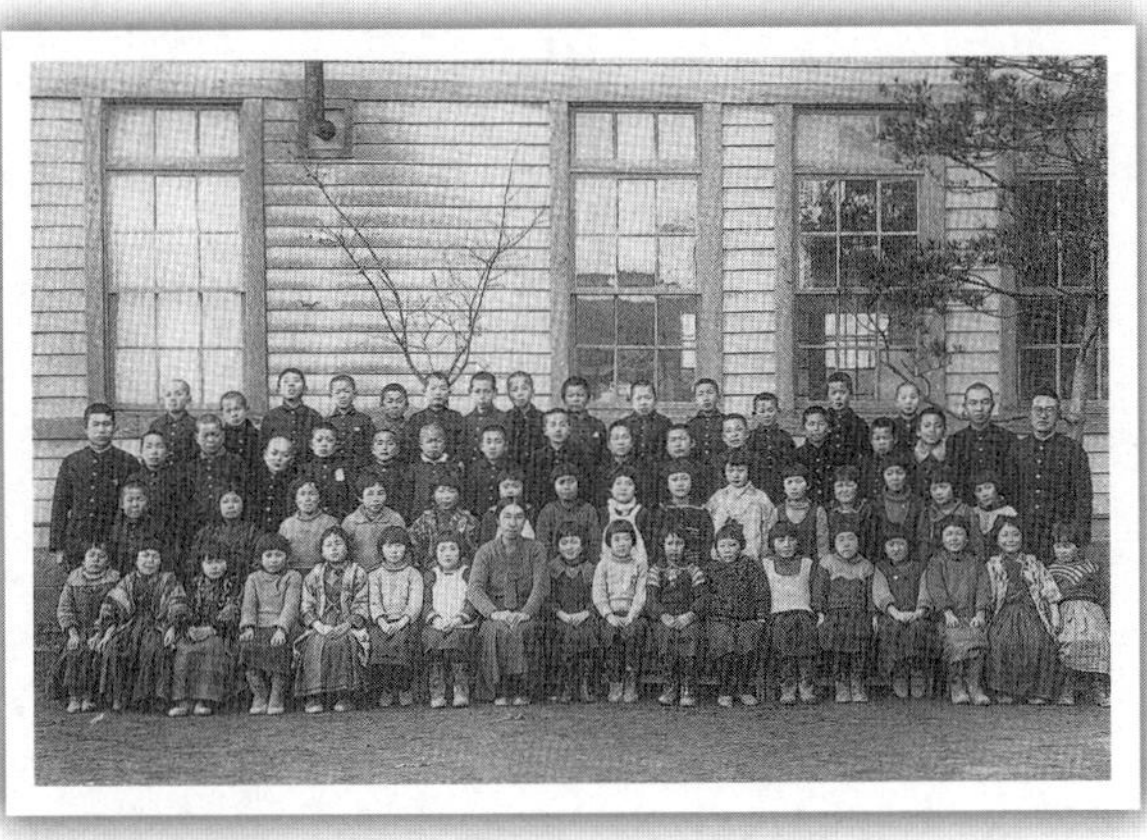

（昭和12年４月撮影）
岩手県師範学校附属仁王小学校　５年生（後列左端が筆者）

（昭和15年撮影）
火をみるより明らかより「防空演習の消火訓練」（母は左から８人目）

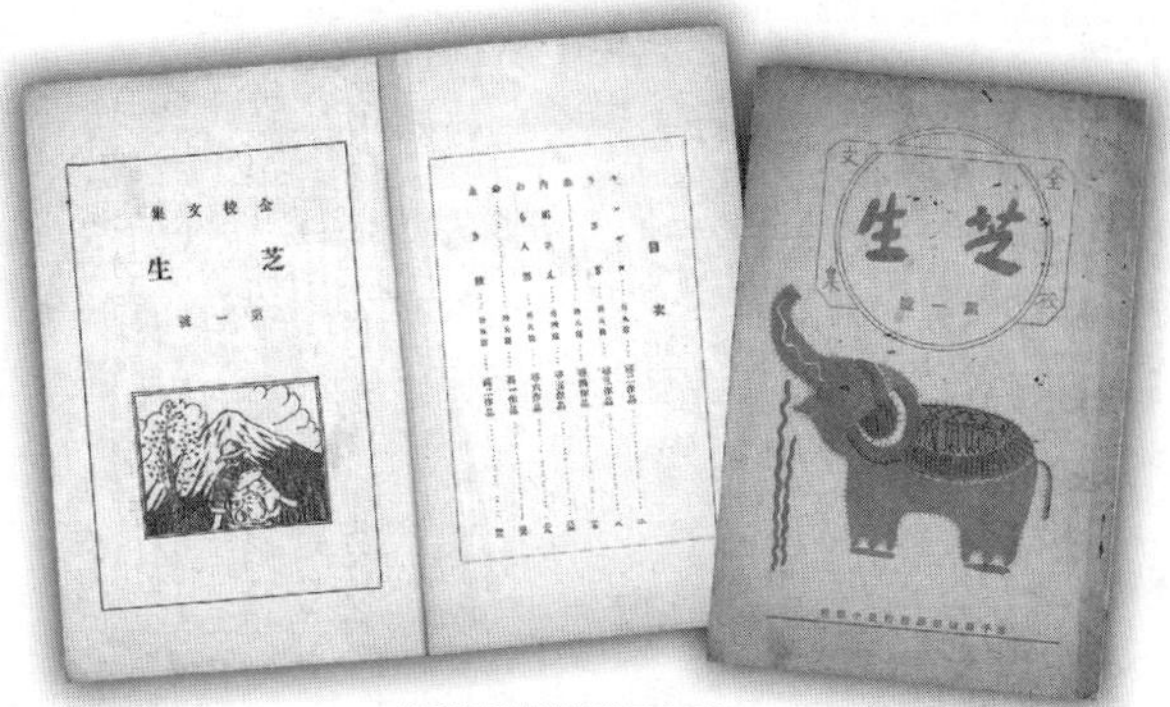

岩手県師範学校附属小学校
全校文集「芝生」第一号
(昭和９年７月20日発行)

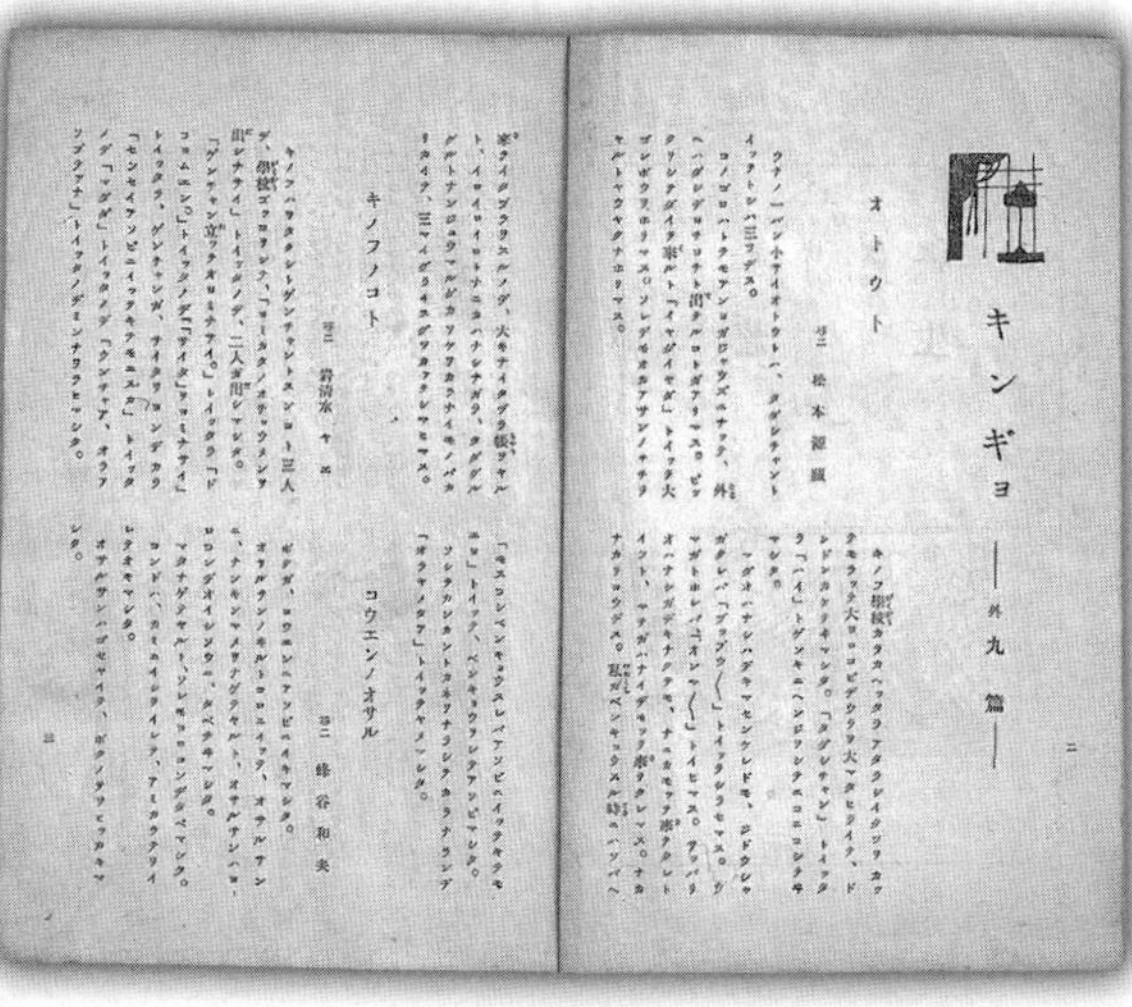

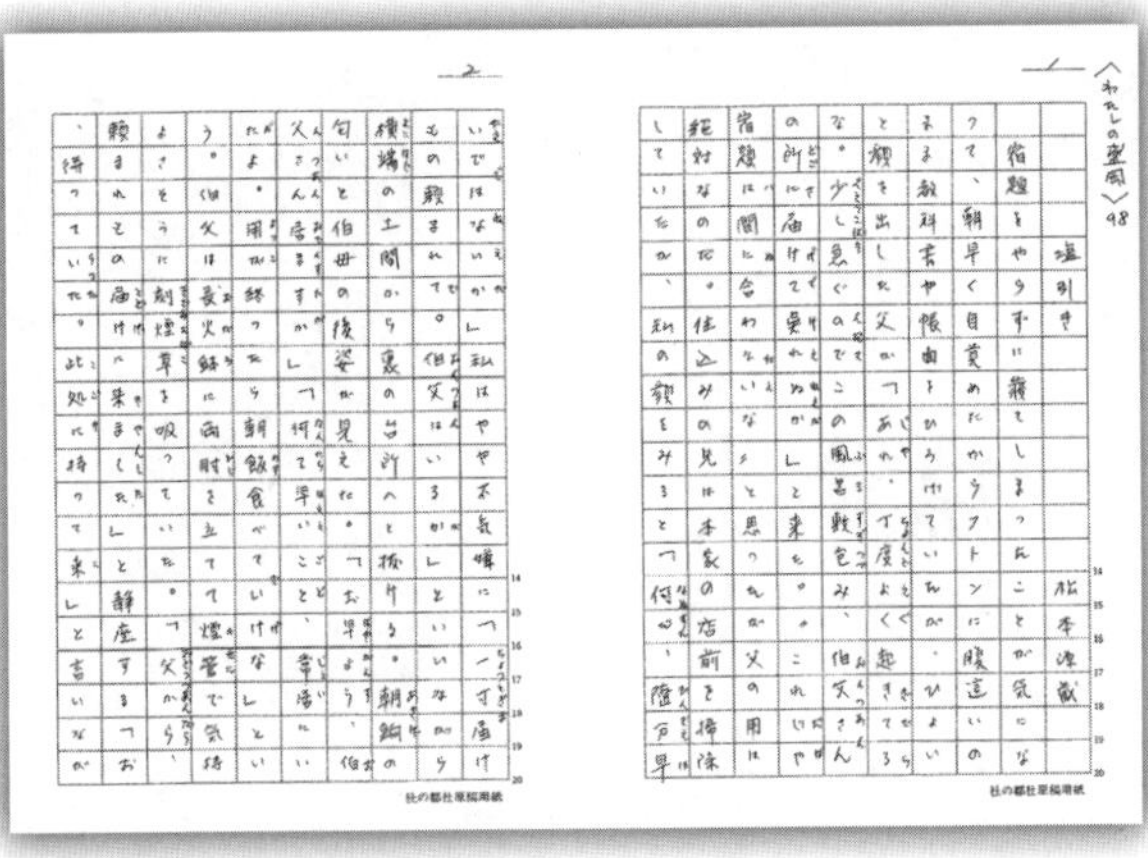
〈わたしの楽園〉98

塩引き

松本源蔵

(昭和11年撮影)
前列左から　四男 正・父 正蔵・
　　　　　　次男 源蔵(筆者)・三男 圭司
後列左から　五男 功・母 ヨシ・
　　　　　　長男 幸一・長女 カヨ

(昭和16年12月撮影)
前列左から　四男 正、五男 功・六男 光
後列左から　三男 圭司・長男 幸一・
　　　　　　次男 源蔵(筆者)

あとがき

自分の書いたものが活字になる喜びを知ったのは、きっと小学二年のときの文集のせいかと思う。その時の思いを今日《こんにち》までひきづっていたのかも知れないし「わたしの盛岡」はそんな背景もあるのか小学校に入学した昭和八年から、高等科を卒業した十六年までのできごとを書いたものになりました。

読みかえしてみると、私のいままでを支えて来たものは、子供の頃の貧しさと、それ故に培われた絆ではなかったか、と思っています。貧しいからこそ得られたもの、それはいまの世相からは思いもよらぬものであり、いまとなってはとても再現し得ないものばかりかも知れません。貧しいから助け合う心が生まれたのかも知れないし、豊かであれば守勢に回るのも理解できます。でも本能的には誰でもやさしい心を持っているし、一方では負けたくない心も持っていると思うのです。

平成三年一月、「街もりおか」の表紙写真を担当したのが始まりで、いつのまにか十年の歳月がたち、休まず続けられたことを吾ながら驚いています。昔から煽《おだ》てに弱い性格でしたから「毎月読んでらヨ」という人に会うと、その気になっての十年だったということです。貧しい生活でも八人の兄弟がなんとか育った時代の親子、兄弟、友達への想いが、書くたびに蘇ってきました。

昨年七月に亡くなった妻が、「こんなに続けば一冊の本になるねェ」とひそかに期待していたこともあって、更にその気になってしまったのでした。

添付したCDについては、点字図書館で「音声訳の会」の人たちと話をしたときに感じたことから、盛岡弁を使える人が急激に減っていくなかで、使えなくてもわかる人から、全くわからない人たちにも、盛岡弁のニュアンス或いはイントネーションを生《なま》の声で伝えておくのもいいのではないかと思いついたからでした。

平成七年一月、盛岡文士劇復活公演があって、盛岡版「結婚の申込」と翌年の盛岡版「父帰る」で、盛岡弁を使っての芝居に出演したことも、その気になってしまった原因のひとつになっているように思えます。

ともあれ、私にとっては、生きてきた証《あかし》となりましたし、本とCDのドッキングという「かたち」として残せたことをとても感謝しています。しかもこの話が、妻の一周忌に間に合わせてくれることに快諾して下さった制作スタッフ、川口印刷工業の神山仁さん、川村薫さん、杜の都社の斎藤五郎さん、そして表紙装訂の杉本吉武さんに心から感謝の意を表するものです。

松本源藏

平成十三年七月

続・わたしの盛岡　あとがき

「街もりおか」に連載していた〝わたしの盛岡〟の一冊目は、丁度百話になったとき、その出版できる日をそれとなく心待ちにしながら前年の夏に亡くなった妻の、一周忌が真近かだったことで、平成十三年七月にその気持に応えようと出版したものでした。

連載はその後も続けられ、十年目を節目として百二十回をもって終りました。

前回の出版はＣＤつきとして百話の中から二十話を選び、私が朗読したものを添付しましたが、このＣＤが予想以上の反響を得て、その後は毎月のようにナマの朗読会を頼まれる有様でした。盛岡弁で語る、「私の少年時代」が、同年代の方々の共感を呼び、更には、近年、殆ど聞かれなくなった盛岡弁が郷愁を誘ったのかも知れません。

盛岡弁の微妙なイントネーションは、活字だけでは伝えられない「歯がゆさ」があって、それを伝える手段としてＣＤの効果は大きかったと、言えるでしょう。

いみじくもこの朗読会は「第56回もりげき八時の芝居小屋」に朗読劇として参加、畑中美耶子アナと共に〝かけ合い〟で行われ、これも好評を得たので、一冊目のあとの二十話も二枚目のCDに収録することを決めるキッカケとなりました。

ラジオさえ珍らしい頃、盛岡の周辺には自然や農村の風情がふんだんに残っていて、私の少年時代は正に素朴さがあり、感情も豊かにやりとりできた、いわば一歩ずつ足で確かめながら歩くような時代だったのです。

今はそんな、のんびりしていられない、隙の無い喧騒さが溢れる時代です。それだけに単に昔を懐かしむだけでなく、大切にしたい何かを探らなければならない時代かも知れません。

今回の「続・わたしの盛岡」を出版するにあたって、再度、川口印刷工業の神山・川村両氏のお世話になりました。心から御礼を申上げたいと思います。

松本源藏

平成十六年二月

復刊によせて

このたび、亡父が著した『わたしの盛岡』が新書版で復刊されるお話をいただき、たいへん有難く恐縮の思いです。元々は、自分の小学生だった昔の私的な思い出話を綴っただけの、自費出版の私家本だったので書店に並ぶ事も無かったのですから。

本書で、特徴的な事があるとすれば、会話部分に盛岡弁のルビをふっている事だと思います。この点について、生前、父は次のような事を述べておりました。

〝盛岡弁に限らず、近ごろ方言が見直されるようになってきたけれど、言葉というのはそれが実際に使われる暮らしぶりと切りはなしては意味がない。方言が大事だ、失われないように語り継がねば、というけれど、それは家族のありようとか、隣り近所とのつきあいの中で生きた言葉になる。方言辞典みたいなものだけではおもしろくもない〟

市井の人々の暮らしの中で交わされた会話の形で、盛岡弁を表現した、ということでしょうか。あるいはむしろ、優しい響きを持つといわれる盛岡ことば、それを育くんだこの街の人々の暮らしと心情をこそ、伝えたかったのだと思います。

また、数十年も昔の事を、きのうあった事のように、よく生き生きと覚えていたものだ、と言われる事に対しては、

〝貧乏だった時の事は、忘れられないもんだ〟

と言い、また次のようにも述べていました。

〝それでも、腹がすいていたり、冬に手が冷たい事はつらかったけれど、周りのみんながいっしょに貧しかったから、楽しい思い出はあっても、自分だけがみじめだと思った事は無かった〟

本書が盛岡の街の発展にとって、そこに暮らす人々の人情の温かさを育む一助になれば望外の喜びです。

松本静毅

平成二十九年三月

私家版の発売元

『わたしの盛岡』　平成十三年七月十六日
『続・わたしの盛岡』　平成十六年二月七日

〒020－0015
盛岡市本町通一丁目十六番一号
有限会社カメラのキクヤ
TEL　019－623－8281
FAX　019－652－1916

注記

本文中に、今日、不適切とされる表現も見受けられますが、時代背景、著者の意図、作品価値を考慮し、そのままとしました。

もりおか暮らし物語読本刊行委員会

構成団体

盛岡ブランド市民推進委員会

盛岡出版コミュニティー

協力　杜陵高速印刷株式会社

有限会社カメラのキクヤ

有限会社杜の都社

著者紹介

松本源蔵（まつもと・げんぞう）

大正15年（1926）盛岡市生まれ。仁王尋常高等小学校、盛岡工業学校機械科卒。昭和25年カメラのキクヤ創業以来、盛岡青年会議所理事長、岩手県写真連盟会長（第3代・昭和52年～平成8年）など各種団体の要職を歴任。平成13年カメラのキクヤ会長、岩手県芸術文化協会会長。特にも芸術団体では優れたリーダーとして岩手県教育表彰、文部大臣表彰、勲五等瑞宝章を授与される。盛岡弁の語りべとして盛岡文士劇に出演し方言ブームのきっかけをつくった。平成27年（2015）10月逝去。

もりおか暮らし物語読本
わたしの盛岡

2017年3月28日　第1刷発行

著　者　松本源蔵
発　行　もりおか暮らし物語読本刊行委員会
〒020-0824
盛岡市東安庭2-2-7
盛岡出版コミュニティー内
TEL&FAX 019-651-3033
出　版　盛岡出版コミュニティー
〒020-0824
盛岡市東安庭2-2-7
TEL&FAX 019-651-3033
http://moriokabunko.jp
印刷製本　杜陵高速印刷株式会社

ISBN978-4-904870-39-6 C0295